ALEKSANDRA

Lisa Weeda

ALEKSANDRA

Roman

2023

DE BEZIGE BIJ

AMSTERDAM

Voor het schrijven van dit werk ontving de auteur een
C.C.S. Cronestipendium van de gemeente Utrecht.
Deze uitgave kwam tot stand door bemiddeling van
Wintertuin Literary Agency.

Dit is fictie. Elke gelijkenis met bestaande personen of
gebeurtenissen berust op toeval.

Copyright © 2021 Lisa Weeda
Eerste druk 2021
Elfde druk 2023
Omslagontwerp Moker Ontwerp
Foto auteur Geert Snoeijer
Vormgeving binnenwerk Aard Bakker
Kaart Gerrit van Omme, G-O graphics
Druk en bindwerk Wilco, Amersfoort
ISBN 978 94 031 3081 1
NUR 301

debezigebij.nl

Lisa Weeda kan als spreker worden geboekt via Beespeakers.com,
het sprekersbureau van De Bezige Bij

Noot voor de lezer

Sasja is de roepnaam voor Aleksandra – eigenlijk moet de vrouwelijke afkorting Sjoera zijn, maar omdat Aleksandra in Nederland gekscherend Sjoera-hoer-a werd genoemd, veranderde zij het in Sasja. Sasja is normaliter de roepnaam voor Aleksandr.

Nastja is de roepnaam voor Anastasiia.

Kolja geldt als roepnaam voor Nikolaj. In deze roman komen drie Nikolajs voorbij. De oudste heet consequent Nikolaj en de jongste consequent Kolja.

Een volle Oekraïense naam bestaat normaliter uit een voornaam, vadersnaam en achternaam. De vadersnaam en achternaam worden verbogen naar geslacht. Zo is de achternaam van mijn overgrootvader Temnikov en die van mijn grootmoeder Temnikova.

De stad Loegansk heette van 1935-1958 en 1970-1990 Vorosjylovhrad.

Zie voor de stamboom pagina 348-349 en voor de kaart pagina 351

Voor mijn oma Aleksandra

'And these are the trenches?'
'Yeah, these are the trenches. The final trenches of Europe.'

Reizen Waes, S4E8 'Oekraïne (2/2)'

Ik durf te zeggen dat we onze kans van de jaren negentig hebben gemist. Bij de keus tussen een sterk land en een waardig land, waar het goed leven is, werd gekozen voor het sterke. Het is weer de tijd van de kracht. Russen vechten tegen Oekraïners. Tegen hun broeders. Mijn vader was Wit-Rus, mijn moeder Oekraïens. Zo is het bij velen. [...] Een tijd van hoop is vervangen door een tijd van vrees. De tijd loopt achterwaarts.

Svetlana Alexijevitsj
dankrede Nobelprijs voor de Literatuur 2015

(vert. Jan Robert Braat)

Grensovergang Oekraïne – Volksrepubliek Loegansk

Zelfs als ik Aleksandra's naam, haar vadersnaam Nikola-jevna en haar achternaam Temnikova noem, mag ik niet langs het checkpoint. Ik neem mijn paspoort terug aan en wijs naar de brug richting Loegansk.

'Toen ze werd weggehaald heette deze stad nog Vorosjy-lovhrad,' zeg ik.

De Oekraïense soldaat, die iedereen voor mij heeft doorgelaten, schuift zijn geweer van zijn buik naar zijn rug en slaat zijn armen over elkaar. De brug hangt als een in tweeën gespleten boom in de rivier, die de gesepareer-de republiek scheidt van de Oekraïense grond waar ik op sta. De houten constructie, die al bijna vier jaar door moet gaan voor opgang naar het ingestorte wegdek, ziet er zelfs vanaf hier krakkemikkig uit.

'Overal liggen mijnen, er wordt om de haverklap ge-schoten, 's nachts zijn er bombardementen,' bromt de soldaat.

'Dat zeiden ze al.'

'Wie, ze?'

'Mijn oma. Haar zus Nina die hier woont, ken je haar? Mijn oudtante en haar zoon in Odessa. Ze zeiden: je bent gek.'

De soldaat schudt nog eens zijn hoofd.

'Dus je omaatje, die jou hopelijk liefheeft, stuurt je naar een oorlogsgebied. Is ze mesjogge?'

'Het moet,' zeg ik, 'ze heeft het me gevraagd.'

'Er moet wel meer nu. Je kunt wel papieren hebben, maar je bent alleen. Regel een fixer, iemand die met je meegaat.'

'Mijn achternichten wonen in Loegansk,' ga ik door, 'hier, hun telefoonnummers.'

Ik duw mijn telefoon onder zijn neus en scrol tot de namen Ira en Joelja voorbijkomen. Hij drukt zijn over elkaar geslagen armen nog strakker tegen zijn borst, waardoor het blauw-gele embleem op zijn mouw een beetje kreukelt.

'Meisje, het spijt me.'

Met een zo ernstig mogelijk gezicht trek ik een langwerpige linnen doek uit mijn tas. Ik laat hem aan de soldaat zien.

'Deze doek is bijna een eeuw oud. Hij heeft duizenden kilometers afgelegd. Je mag dit ding geen laatste reis naar huis ontzeggen.'

Op de witte doek zijn zwarte en rode lijnen geborduurd. De randen zijn versierd met bloemenpatronen in de kleuren blauw, rood en zwart. Ik prik mijn wijsvinger erin. 'Zie je deze lijn, die waar de naam Kolja boven staat, de lijn die stopt in 2015? Mijn mesjogge oma vroeg me deze doek naar zijn graf te brengen om de tijd te dichten. Anders is hij verloren.'

De soldaat kijkt hoe ik de doek weer opvouw. Traag, eerst over de helft en dan nog een keer over de helft, tot ik een klein vierkant stuk stof vasthoud. Voorzichtig stop ik het in mijn tas. Ik probeer het zo dramatisch mogelijk te doen, langzaam, alsof dit het allerbelangrijkste object ter wereld is.

'Geef me gewoon dit laatste stukje. Een paar dagen, dan ben ik weer weg.'

Ik rommel nog eens in mijn tas en haal de oude foto van Aleksandra tevoorschijn, mijn troef, het laatste wat ik bij me heb om hem over te halen. Ik houd de foto voor zijn gezicht, duw hem bijna tegen zijn neus, zodat hij er wel naar moet kijken. Aleksandra kijkt hem recht aan. Links en rechts van haar zitten Njoesja en Doesja, haar nichtjes, die net als zij mee werden genomen in de oorlog.

'Godallemachtig,' zegt de soldaat zacht en slaat zijn ogen naar de hemel.

'Alle andere foto's uit haar jeugd zijn verbrand,' zeg ik. 'Ik heb rondgevraagd, mijn moeder heeft rondgevraagd, niemand in de familie heeft nog iets. Alles is verdwenen. In de fik gestoken. Door de Duitsers.'

Hij pakt de foto en houdt 'm naast mijn gezicht, knijpt één oog dicht, kijkt naar mij en dan weer naar de foto. Ik trek dezelfde strakke mond als Aleksandra en knijp mijn ogen een beetje dicht. Had ik van mijn piekerige haar een vlecht moeten maken en die op traditionele wijze om mijn hoofd moeten leggen als een kroon?

'Jullie lijken op elkaar. Alleen dat haar...'

'Flauw, zo flauw,' mompel ik.

Ik gris de foto uit zijn hand en stop hem met een felle beweging in mijn tas. Dit is het toppunt van mijn dramatische kunnen. Had ik maar meer felheid in me, de felheid van mijn Oekraïense tantetjes, die eindeloos tegen iemand aan blaffen zonder adem te halen.

'Laat me binnen,' probeer ik te snauwen.

De oude vrouw achter me begint nadrukkelijk te zuchten. Ze zet haar plastic tassen met een theatrale kreun op de grond en vraagt hoelang mijn toneelstuk nog gaat duren. Als ze praat blinken haar gouden hoektanden in het zonlicht.

'Het is nu voorbij,' zegt de soldaat, en wuift me weg. 'Ga uit de rij. Voorbij die Oekraïense vlag, daar, na de brug, ben je met deze papiertjes, die doek en die zielige foto niet veilig.'

'Ik heb iets beloofd,' ga ik tegen hem in, 'laat me er gewoon door, dan ben je van me af.'

'Nee. Er willen meer mensen langs, mensen die echt naar huis moeten. Die hier wonen,' zegt hij hard. De vrouw knikt chagrijnig met hem mee.

'Mensen zoals ik,' bijt ze, 'dit is geen plek voor jou. Kom terug als de oorlog voorbij is. Je dooie neef gaat heus nergens naartoe, geloof mij maar. Hop, ga opzij, ik moet een pokkeneind lopen naar huis en dan ook nog koken.'

'Kan ik niet met u mee,' dram ik door, 'zodra we Loegansk bereiken ga ik mijn eigen weg, als ik mijn familie gebeld heb.'

'En als ze niet opnemen? Blijf je dan bij mij? Ik ga in de avond naar mijn kelder, nog steeds, na vier jaar. Kom je dan naast me in mijn eenpersoonsbedje liggen? Moet ik je verhalen vertellen over betere tijden tot je in slaap valt?'

'Papieren, mevrouw,' zegt de soldaat en steekt zijn arm uit.

'Ja, ja.'

De vrouw sist naar me en tilt haar tassen op een lange tafel. Uit haar beha trekt ze een Oekraïens paspoort en een paspoort van de Volksrepubliek Loegansk. De soldaat kijkt naar haar gezicht en naar de foto's. Dan opent hij een voor een haar tassen. Hij is niet veel ouder dan ik, zie ik nu. Zijn handen bewegen door de spullen, weckpotten met augurken, pakken melk, bebloemde onderbroeken, in knisperend plastic verpakte panty's, een broccoli, een artisjok, blikken bonen, knakworsten, smalle blikjes met sardientjes, geel-blauw gestreepte plastic bekers, een zwart brood, plastic borden met felroze bloemen erop.

'Waarom was u in Oekraïne?'

'Pensioen. Groente. Brood, panty's. Een paar nieuwe onderbroeken.'

'Wat komt u hier doen?'

'Man, man, man, je zou me inmiddels moeten herkennen. Je zou me over die gammele brug naar huis moeten dragen. Ja! In die grote armen van je, waar je de hele dag deze lichte paspoortjes mee vasthoudt.'

'Mevrouw —'

'Ik ben het zat. Zo zat. Ben jij het niet zat? Dit circus, dit theaterspel.'

'Mevrouw, alstublieft, nu staat u zelf de rij op te houden. Wij doen meer dan paspoorten controleren, dat weet u ook.'

'Ja, aan díé kant!'

Ze wijst achter zich, naar Oekraïne, en lacht schamper: 'Wat een mop. Iedereen loopt hier altijd maar grenswachtertje te spelen. Er is geen bal veranderd in al die tijd dat ik hier leef.'

'Neem me nou mee,' onderbreek ik haar gekakel, 'mijn oma is hier opgegroeid, ze is geboren in een dorpje aan de grens met Rusland, misschien kent u het wel.'

Weer pak ik mijn telefoon, nu om haar de kaart te laten zien.

'O!' tettert de vrouw. 'Je grootmoeder is hier in de buurt geboren! Nou, dat verandert de zaak natuurlijk.' Ze stopt haar paspoorten terug en trekt de tassen met een ruk van de tafel.

'Deze vervloekte geboortegrond van je omaatje is geen plek om te bezoeken, het is te gevaarlijk. *Do swidanija!*'

Ze duwt haar tassen demonstratief tegen mijn buik, waardoor ik een stap achteruit moet doen, wurmt zich langs me en wandelt zo statig als ze kan op haar lichtblauwe plastic glitterhakjes langs de grenspost. Nors groet ze de vijf soldaten die in alle paraatheid over de weg heen en weer lopen. In hoog tempo schrijdt ze over de hete asfaltweg, waar de hitte vanaf dampt. Door haar gebloemde jurk verandert ze langzaam in een felgekleurd blobje dat richting de houten opgang zweeft. Ik pak mijn rugtas op en draai me om.

'Dan niet hè,' zeg ik, hard genoeg, zodat de soldaat het hoort.

'Ja ja, ga nou maar,' bromt hij.

Ik draai me om en loop terug naar Oekraïne. Overal langs de weg is het land goud. Het graan beweegt met de wind mee. Aan de horizon roken fabrieken, hun witte sliertige rookwolken verdelen de helderblauwe lucht in stukken. Ergens in de verte klinkt een schot. Dan nog twee, dan vier, steeds sneller achter elkaar. Het schieten komt van twee kanten, oost en west. Ik schrik van het geluid en kijk naar de rij mensen voor het checkpoint om te zien of zij ook schrikken. Oudjes, mannen en vrouwen met de leeftijd van mijn ouders, een handvol jonge mensen – niemand kijkt ervan op. Ze scrollen rustig op hun telefoons en verplaatsen hun gewicht van hun ene naar hun andere been. De echo van de knallen vervliegt boven de velden. Terwijl ik het verdwijnende geluid volg, stopt er een blikkerige auto achter de rij wachtenden. Het is een oud model Zaporozjets, hoekig en bij elkaar geraapt: alleen het linkerachterportier is rood in plaats van wit. Een man stapt uit, kijkt even op zijn zilveren horloge en dan naar de rij onder het spaanplaat afdak. Hij knikt tevreden en buigt kort door het open autoraam om nog iets te zeggen tegen de bestuurder. Dan loopt hij het graanveld in. De auto rijdt na een paar keer onhandig voor- en achteruitsteken terug over de stoffige weg.

'Ho, wacht even.'

De soldaat duwt een meisje haar paspoort in haar handen. Hij loopt naar het einde van de rij om te zien wat er in het veld gebeurt. Iedereen valt stil, mensen laten hun telefoon zakken. Ze draaien zich om naar de man in het veld. Ze volgen zijn lichaam, dat eerst tot zijn heupen, dan tot zijn schouders en ten slotte tot aan zijn kruin in het graan verdwijnt.

'Loopt daar nou iemand,' blaft hij tegen een slungelige jongen, die schichtig in elkaar duikt.

'Hij ging plassen, denk ik.'

'Verdomme, de idioot,' vloekt de soldaat.

Hij beent naar de rand van het veld, waar een smalle gang is ontstaan. Als hij één stap op de aarde voor hem wil zetten, blèrt er een ringtone in het veld: 'Waarom verlaat je me nou,' klinkt een wulpse stem. Het drukt alle geluiden in de omgeving weg. Iedereen in de rij staat stil, kijkt.

'Hallo?' klinkt er vanuit het graan.

Het graan beweegt niet meer, het stof gaat liggen. De zwarte aarde houdt zich koest, wacht op wat er komen gaat.

'Ja, ja natuurlijk, logisch,' gaat de man verder.

Zijn kruin beweegt even. Ik zie een vrouw van het veld wegdraaien en haar ogen dichtdoen, alsof ze wacht op iets. Er klinkt een vreemd zuigend geluid. Iets klapt. Een enorme knal drukt mijn trommelvliezen dicht. Zwarte aarde en halmen graan vliegen door de lucht. De kruin van de man verdwijnt in een tiende van een seconde in een wolk van rook. De mensen in de rij buigen tegelijk naar beneden. Door de piep in mijn oren ben ik mijn oriëntatie kwijt. Ik zie het wuivende graan en de soldaten. Met hun machinegeweren in de aanslag rennen ze naar het stuk berm voor de plek van de ontploffing. Ze praten hard en in korte zinnen.

'Is ie dood?'

'Morsdood.'

'Onhandig op dit uur van de dag.'

'Volslagen idioot weer, mannen, volslagen idioot.'

Ze schuiven dichter naar elkaar toe op de stoffige weg om op fluistertoon verder te overleggen.

'Blijven staan,' roepen ze richting de rij, 'iedereen! Niemand beweegt tot we deze plek veilig hebben verklaard.'

In een korte colonne lopen ze het veld in, hun geweren in de aanslag. Eén soldaat blijft aan de rand van het veld staan om het checkpoint in de gaten te houden. Een oude man begint zacht te huilen. Anderen kijken op hun horloges en telefoons, schudden geërgerd hun hoofd.

'Is het nou een keer afgelopen, wat een debielen,' mompelt een jongen in een Loegansk-voetbalshirt. Hij slaat zijn getatoeëerde armen over elkaar en kijkt naar het veld, waar de helmen van de soldaten overheen zweven. Een van de soldaten roept dat er een ambulance moet komen, waarop een ander zegt dat een ambulance helemaal geen zin heeft en ze beter de ledematen van de man bij elkaar kunnen rapen en de plaatselijke politie kunnen bellen. Ik kijk naar de brug in de verte en dan weer naar het meisje vooraan, dat inmiddels aan het bellen is. Haar parelmoeren Swarovski-hoesje schittert in de zon.

'Ja, ja, ik ben later,' zegt ze met een diepe zucht, 'je raadt het al. Staat ook gewoon zo'n bordje aan de rand van het veld hè, maar opletten, ho maar.'

Iedereen om mij heen staat onderhand te bellen. Ik draai me om. Ik ben gek, denk ik, dan zet ik het op een lopen. Ik ren voorbij het lege checkpointhok en slalom om de betonnen roadblocks richting de houten opgang van de brug.

'Niet doen, meisje,' roept een oude man me na, 'je oma zou zich schamen voor hoe haar land er nu uitziet!'

Al rennend steek ik mijn arm in de lucht en maak een wegwerpgebaar. Ik kan niet stoppen met rennen, niet nu. Wat gebeurt er als ik stil ga staan? Wat mogen soldaten eigenlijk doen bij een illegale oversteek? Terwijl de geboortegrond van mijn oma dichterbij komt, denk ik aan de middag dat mijn moeder me huilend opbelde en maar één zin zei: 'Ze hebben hem gevonden, Kolja.' En aan Aleksandra, die de doek voor me opvouwde en zei dat Kolja de doek het hardst nodig had van ons allemaal, en me daarna opdroeg een kogelvrij vest te kopen voor onder mijn T-shirts – iets wat ik niet deed en daar heb ik spijt van nu ik een van de soldaten achter me hoor roepen dat ik onmiddellijk terug moet komen.

'Niemand komt je dode lichaam halen als het misgaat,' schreeuwt hij.

Ik ren de oude vrouw in de bloemenjurk voorbij, de gammele houten opgang op. Even zie ik mijn oma verdrietig haar hoofd schudden aan de eettafel in haar aanleunwoning en vergeet ik naar het kapotgescheurde wegdek van de brug te kijken. De afgrond links van me trekt me bijna de Donets in, de rivier waar zij altijd over praat, waar ze in zwom als kind, waar mijn moeder in zwom toen ze voor het eerst hier was, de rivier die ik nu voor het eerst zie en waarvan ik denk: als ik val, dan ben ik er geweest. Ik beweeg naar rechts, pak de reling vast en zet dan nog harder af tegen het gebarsten asfalt. Aan het einde begin ik een onhandige afdaling op de trap die al net zo provisorisch in elkaar zit. De trap is niet veel meer dan een stel schuine houten platen, waarop latjes zijn gemonteerd om niet in één roetsj naar beneden te glijden.

'Wat een haast!' roept een man, die me tegemoet loopt. Hij trekt een boodschappentrolley met versleten wieltjes achter zich aan. Na elk latje waar hij de trolley met een ruk overheen trekt, pauzeert hij even. Onder de oksels van zijn hawaïshirt zitten ronde zweetplekken, zijn haren zijn netjes opzij gekamd en hij ruikt naar zoete eau de cologne. De geur prikt in mijn neus.

'Meneer,' vraag ik, terwijl ik ook stilhoud en met mijn handen op mijn knieën steun om even op adem te komen, 'de oude begraafplaats, weet u die?'

'Die aan de Schidnyi-laan?'

Ik knik.

'Rechtdoor en rechtdoor en dan ergens rechts. Het is lang lopen, hoor, vergis je niet. En als je straks onder aan de brug bent: niet meer rennen, dat valt op.'

Ik bedank hem en loop op een drafje verder naar beneden, langs oude vrouwen en mannen. Hun pas is langzaam. Ze trekken zich op aan de wiebelige houten reling. De hitte lijkt de oudjes bijna achteruit te duwen. Ze deppen het zweet van hun voorhoofd met bebloemde zakdoeken, net als Aleksandra op hete zomerdagen, wanneer ze in haar kleine voortuin in de zon zit. De weg achter hen is lang en zit vol kuilen. Aleksandra zegt dat de rivier vroeger om de hoek was, maar nu ik de weg voor me zie liggen en in de verte alleen het checkpoint van de Volksrepubliek, denk ik: waar begint dat oude Loegansk van haar precies?

'Hé meisje. Je kan hier echt niet zomaar naartoe!'

De soldaat is halverwege de brug. De grote stappen die hij in zijn laarzen maakt, klappen dof op het asfalt.

'Rennen, toch rennen!' jakkert de man in het hawaï-shirt van boven. Hij positioneert zich midden op de trap en legt zijn trolley dwars over de treden, doet of hij iets zoekt. Hij opent de flap en begint er van alles uit te halen: tomaten, aardappelen, een meloen.

'Dit houdt hem niet lang tegen, *dawai*!'

Ik trek de banden van mijn rugtas strakker en zet me af tegen de laatste lat. Beneden, in de stoffige berm, glijd ik onderuit. De mensen die aan komen lopen vanuit het oorlogsgebied kijken verward naar mijn onhandige bewegingen.

'Hou die soldaat tegen!' roep ik, 'alsjeblieft, ik ben op weg naar het graf van mijn oom.'

Ik kijk nog even om. Net als ik bedenk dat ik zo ook nog door de volgende grenspost moet zien te komen, hoor ik een man roepen, ergens links van me.

'Hier, het veld in!'

Ik steek de weg over en hol de stem achterna, voorbij een rood driehoekig bordje met: *pas op, mijnen!*

'Ah kut nee,' vloek ik, terwijl ik boven de halmen zoek naar de stem die me daarnet riep.

'Blijf rennen, mijn kind, bijna. Er zal je niks overkomen.'

De tarwe slaat tegen mijn gezicht en maakt afdrukken op mijn onderarmen, dunne rode striemen op mijn kuiten. Ik maai als een malloot voor me uit, om in ieder geval de volgende meter van de aarde te kunnen zien. Om zo min mogelijk grond te raken, spurt ik op mijn tenen vooruit.

'Waar moet ik heen dan?' roep ik.

'Hier!'

Na één stap naar rechts stoot ik mijn teen tegen een stenen blok. Ik verlies mijn evenwicht en klap voorover op een gigantische witte trap.

Paleis van de verloren
Don Kozak

Brede marmeren treden strekken zich uit aan weerszijden van mijn lichaam. Ik kom overeind en ga zo snel ik kan de trap op. De treden zijn zo hoog dat ik sprongen moet maken. Als ik uithijg op een diep bordes zie ik een gigantische toren. Een hysterische verjaardagstaart, een smallere versie van de toren van Babel. Het gevaarte bestaat uit zes grote ronde verdiepingen. Bovenop staat een standbeeld van Lenin. Iedere verdieping is bekleed met zuilen. Erbovenop staan standbeelden: mensen, vijf keer zo groot als ik. Ze dragen vlaggen en marcheren vooruit, ik zie arbeiders en kinderen, kolchozmeisjes, jongens met beitels en hamers in hun hand. Ze dragen tweedelige werkpakken, tuinbroeken, schorten over jurken, hoofddoeken en petten. Lenin maakt bijna een kwart van het gebouw uit en wijst de verte in, richting het checkpoint in Oekraïne, richting het Westen, weg van het oorlogsgebied, weg van de grens met Rusland. Ik volg zijn vinger en zie de helm van de soldaat bewegen aan de rand van het tarweveld.

Volgt hij me nou nog? Achter de eerste zuilenrij schuift een houten deur met een krakend geluid open.

'Hé, zeg!' sist de stem, 'wat sta je nou te hannesen.'

Een hoofd steekt door een kier naar buiten. Ik herken het gezicht van een zwart-witportret dat in de slaapkamer van mijn oma boven haar bed hangt.

'Holy shit,' fluister ik, 'Nikolaj.'

Hij lijkt geen dag ouder dan op de foto: een paar lange rimpellijnen op zijn voorhoofd, kraaienpoten, een gekapte snor, donkere wenkbrauwen en een strakke kaaklijn. Met zijn smalle hand wenkt hij me. Ik kijk nog een laatste keer naar Lenin.

'Wat doet hij nou hier,' roep ik, 'is die man niet een eeuw te laat?'

'Wat maakt het uit,' jakkert Nikolaj, 'kom nou maar naar binnen.'

Ik ren de trappen omhoog en glijd over het glimmende bordes naar de deur, waar korrels graan door de kier naar buiten stromen.

'Dit moet allemaal terug naar binnen,' zegt hij bezorgd.

Voor de deur ga ik door mijn knieën. Ik maak een kom van mijn handen, schep de korrels secuur naar binnen.

'Sneller, zo snel als je jonge lichaam kan, mijn meisje!'

Terwijl ik mijn handen als kleine sneeuwruimers inzet en het graan voor me uit duw, hoor ik de soldaat roepen dat ik midden in een mijnenveld sta en me niet moet verroeren.

'Ik kan niet precies zien wat je aan het doen bent, maar luister. Stop. Met. Bewegen!'

25

Een moment twijfel ik of ik naar binnen moet, of dat ik gewoon mijn ogen dicht moet knijpen en me niet meer moet verroeren, zoals de soldaat zegt, gewoon voor dood liggen, in het veld, tot iemand me komt halen, maar als ik in de vriendelijke blauwe ogen van mijn overgrootvader kijk en de soldaat achter me hoor naderen, veeg ik de laatste korrel graan naar binnen en wring mezelf het gebouw in. Eenmaal binnen duw ik samen met Nikolaj de zware deur dicht. Hij buigt door zijn knieën en ademt diep uit. Ik doe mijn tas af en laat me achterovervallen in het graan. Het gewelfde plafond en de muren staan vol fresco's: mensen met rode vlaggen in de hand, kinderen in witte pakjes met rode strikken om hun nek. Ze lopen in parades over boulevards, net zo breed als de zesbaansweg die midden door Kyiv loopt en waar militaire parades worden gehouden op 9 mei. De hoeken van het plafond zijn versierd met hamers en sikkels, ik zie rode sterren, gouden omlijstingen en stenen banieren. Nikolaj reikt me de hand en trekt me overeind.

'Eindelijk,' zegt hij, 'na al die tijd.'

Hij begint het graan uit de plooien van mijn korte broek en T-shirt te kloppen, iets waar hij abrupt mee stopt als hij mijn schouders heeft schoongeveegd en mijn gezicht ziet. Hij lijkt te schrikken van mij. Van mijn ogen, mijn neus. Van mijn benen en armen, die hij net heel gewoon, op een vaderlijke manier, heeft aangeraakt. Ik bedenk plots ook: ik heb de vader van mijn oma nog nooit in het echt gezien, nooit aangeraakt, hij is al sinds 1953 dood. Lange tijd kijken we elkaar aan zonder iets te zeggen, dan sluit hij zijn ogen en schudt zijn hoofd, lacht even om zichzelf.

'Ik dacht dat je Aleksandra was.'

Bewegen in het graan is onhandig. Het komt tot mijn knieën. Ik moet erdoorheen waden. De fresco's komen van alle kanten op me af, de hal ziet eruit als een levende propagandaposter: alles schreeuwt naar me in rood, wit en goud. Hier heeft Aleksandra het niet over gehad toen ze zei: 'Breng Kolja naar de overkant.' Even weeg ik af of ik de deur toch weer open moet doen en als een malle terug moet hollen, slalommend het veld door, de armen van de soldaat in.

'Dit is niet echt de plek waar ik moet zijn, geloof ik,' zeg ik zo nonchalant mogelijk. Mijn stem vervliegt in de grote ruimte.

'Jij lijkt me ook niet de persoon die hier zou kunnen komen.'

Ik kijk hem aan, zoek in zijn ogen wat hij bedoelt.

'Je leeft!' roept hij. 'Dat is hier nog nooit gebeurd, een levende Temnikovnazaat in het Paleis! Ik dacht echt dat je Aleksandra was, dat ze eindelijk was gekomen om met mij de oversteek te maken.'

Zijn stem klinkt opgewekt als hij het over haar heeft. Zit hij hier al bijna driekwart eeuw op haar te wachten?

'Ze stuurde me om iemand te helpen oversteken,' zeg ik verontschuldigend.

27

'Wie? Mij? Ik ga niet weg tot zij hier voor de deur staat.'

'Nee,' sus ik, 'kalm aan, ik kom voor Kolja. Ze droomt over hem, ze zegt dat hij geen rust heeft.'

De ogen van Nikolaj worden groot.

'Hoe weet zij dat?'

'Ze zei dat hij ergens vastzit. Ze had het over witte herten in haar huis, over rode en zwarte lijnen. Ze gaf me een oude doek mee, waar allemaal van die lijnen op staan. Jij staat er ook op.'

Nikolajs mond is opeens zo recht als een liniaal, er is geen krul meer in zijn mondhoeken te bekennen. Aleksandra kan precies hetzelfde gezicht trekken: als ik een vieze grap maak; op de begrafenis van mijn grootvader, toen de kist gesloten werd; bij het uitzwaaien van haar drie zussen Lida, Klawa en Nina, vier jaar geleden, toen die als verrassing naar Nederland waren gekomen om haar negentigste verjaardag te vieren. Het was hartje zomer, de oorlog in de Donbas was net een paar maanden bezig. De weken met de drie tantes gingen zo snel dat het leek of ze maar twee dagen bij ons waren geweest en toen halsoverkop weer weg moesten. Hun bloemenjurken hingen nog maar net aan onze waslijnen, hun nette hakken stonden maar even in de gang, ze hadden pas twee oude liedjes gezongen, of ze moesten alweer gaan. In de auto van mijn oom Peter, naar het vliegveld, zat ik tussen Lida en Nina op de achterbank gepropt, terwijl zij hun nek bijna verdraaiden om zo lang mogelijk naar hun oudste zus te kunnen zwaaien, die in haar voortuintje stond.

'We moeten zo lang mogelijk zwaaien,' zei Lida, haar gouden hoektand bijna tegen mijn wang duwend, 'zo lang mogelijk. Misschien is het de laatste keer.'

Nikolaj pakt mijn handen vast.

'Hij is hier, Kolja. Hij zit ook in het midden.'

Mijn overgrootvader wijst de lucht in, voorbij het gewelfde plafond. Ik volg zijn vinger, die langzaam steeds verder reikt, tot hij op zijn tenen staat. Om ons heen komen de mensen, die breed glimlachend vooruitmarcheren, onze kant op. Ze drijven Nikolaj en mij samen als gewillig vee, dat moet meebewegen met hun exorbitante blijdschap. Het zijn niet alleen fresco's, zie ik nu, het zijn ook mozaïeken, samengesteld uit duizenden kleine, glimmende stenen.

'Waarom lopen ze naar ons toe,' vraag ik aan Nikolaj, 'waarom zien we niet waar ze heen gaan?' Ik denk aan de verhalen van Aleksandra over haar kinderjaren, over de Komsomol, waar zij met haar vriendinnen liederen over het sterke moederland leerde zingen, in optochten door de straten liep.

'Ik leerde schieten met hagel en oefende met verwonde mensen verbinden,' zei ze me eens, waardoor het plezier uit haar jeugd opeens een heel andere vorm kreeg.

Nikolaj trekt me verder de hal in, naar een rood bankje dat precies in het midden van het vertrek staat. Met elke stap die ik zet, lopen mijn schoenen vol kriebelende korrels. Ik probeer niet weg te glijden. Nikolaj, die naast me loopt, schuift meer dan dat hij stapt. Hij beweegt zijn voeten alsof ze twee ski's in de sneeuw zijn. Bij elke pas ondersteunt hij me.

'Je went eraan,' zegt hij. 'Het duurt even, maar uiteindelijk wen je eraan. Ik heb besloten om altijd maar naar de muren en het glimmende interieur te kijken, dat leidt af.'

De glimlachende mozaïekmensen trekken elke keer dat ik naar ze kijk een gemaakter gezicht, alsof ze zelf ook wel weten dat ze de spieren in hun gezicht bijna aan het verrekken zijn. Even denk ik dat ik Aleksandra zie, ze komt recht op me af, haar ronde gezicht, donkere haren en blauwe ogen deinen mee op de golvende pas van de menigte. Nikolaj klopt met zijn hand op de zitting van het bankje. Ik ga naast hem zitten.

'Wat is dit voor absurde plek? Een tussenstation voor de doden?'

'Het is in principe niets. Dit paleis bestaat niet. Of, eigenlijk, het had moeten bestaan, maar het is gebleven bij een papieren droom van de leiders van je oma's geboorteland. Het had het hoofdkwartier voor de wereldrevolutie moeten worden. Mensen riepen: hier gaan we alles verzamelen wat ons land rijk is, alle creativiteit van onze boeren en arbeiders! Dit paleis zou alle vrienden en vijanden laten zien dat we in staat waren om, hoe zeiden ze het ook alweer, de zondige aarde te bedekken met een monument waarvan anderen alleen maar konden dromen. Het moest een plek zijn voor congressen voor de volkscommissarissen, met een kleine theaterzaal en een grote theaterzaal. Die grote theaterzaal kon ook in een ijsbaan veranderen. Er zouden grote kantines en eetzalen zijn, een restaurant speciaal voor de leiders van de Unie op een hogere verdieping. Buiten zou het plein zo groot zijn dat er massademonstraties plaats konden vinden, optochten, parades, belangrijke momenten op feestdagen, dingen zoals de Dag van de Overwinning. Dit was waar je moest zijn als je wilde weten waar al je gedeporteerde vrienden waren gebleven.'

Hij lacht. Heel kort. Daarna ademt hij diep uit.

'Grapje, daar gaven ze in de allermooiste gebouwen zelfs geen antwoord op. Kolja en ik noemen dit het *Paleis van de verloren Don Kozak*. Tenminste, ik noem het zo, hij kan er nog steeds niet echt om lachen.'

Zijn stem pingpongt heen en weer tussen de glanzende muren. Hij wrijft zacht over de rode stof van het bankje. Nu snap ik waarom de grote Lenin boven op het cilindervormige gebouw staat. Nikolaj ademt nog eens diep uit en kijkt naar het plafond. Ik zie weer een Lenin. In het midden van een fresco wijst hij, net als het standbeeld, naar het Westen.

'Ze hadden veel dromen voor deze plek, net zoals ze veel dromen voor ons land hadden. Ze waren met de jaren gretiger geworden. De gretigheid trok als een koude rilling over ons gebied. Wij voelden het, de honger naar groei, die groter was dan welke honger ook. We voelden het, de winter dat ze de grootste kathedraal van Rusland opbliezen om ruimte te maken voor dit gebouw. Je oma was toen nog jong, ons Sasjaatje, zeven pas. Een prachtig kind, zachte blauwe ogen, een glimlach die me altijd goeddeed, ook toen ons leven steeds donkerder werd.'

Hij wijst me op de glas-in-loodramen, links en rechts van de deur waar ik naar binnen ben geglipt. Over de hele lengte is een glooiend landschap te zien.

'Kijk,' zegt hij, 'dit is hoe ons land eruitzag in de zomer voor ze de kathedraal opbliezen en dit gevaarte begonnen te bouwen, honderden kilometers van ons dorp vandaan.'

Ik kijk naar de gouden velden, de lichtbruine steppes en het zwartgroene akkerland. In de verte staan mensen. Eerst lijken ze stil te staan, dan beginnen ze te bewegen. Het zijn boeren. Ze lopen over de heuvels, dragen bundels graan op hun rug en zitten op paardenkarren met zakken graan, mais, bergen uien en bieten. Ook Nikolaj wandelt over de velden, ik herken zijn rechte donkere snor. Hij draagt een korte zeis over zijn schouder en loopt hand in hand met een vrouw.

'Kijk, jouw overgrootmoeder, Anna, mijn vrouw.'

Achter hen lopen twee meisjes: Aleksandra en haar oudere zus Nastja.

'En daar is Baba Mari, mijn schoonmoeder, zie je haar? Met haar trage, slome loopje? Zij had bijna nooit haast.'

Net als mijn oma duwt Baba Mari haar hand tegen haar heup als ze loopt, aait de paarden, geiten en koeien, die allemaal hun hoofden en koppen voor haar buigen. Soms leunen de dieren even tegen haar aan, soms lopen ze een stuk met haar mee. Aleksandra en Nastja tikken elkaar op de rug en duiken als de ander omkijkt zo snel mogelijk weg, het graan in. Ze verstoppen zich in het veld, rennen over een stoffig zandpad naar een molen. De wieken draaien cirkels in de wind. Ik herken de molen uit Aleksandra's verhalen: hij is iets kleiner dan Nederlandse molens en helemaal van hout. Als Aleksandra en Nastja moe zijn van het rennen, sluiten ze zich aan bij Anna, Nikolaj en Baba Mari. In een rij lopen ze over het land, synchroon. Ze klappen in hun handen en sporen de paarden aan de karren sneller voort te trekken, drijven de geiten bijeen. De kleuren van het glas in lood veranderen, de helblauwe lucht wordt donkerder, rozerood. De zon zakt de okergele velden in. Ze gaan allemaal tegen een van de wielen van de karren zitten met een tomaat in de hand. De tomaten zijn even rood als de lucht. De aarde is gitzwart.

'Wat een mooie plek,' zeg ik, terwijl ik kijk naar mijn jonge oma, die langzaam op de schoot van mijn overgrootvader in slaap dommelt.

'Elke dag was het precies dit stuk van Oekraïne dat als eerste door de zon werd aangeraakt. In de ochtend lag er een dun laagje rood op de horizon,' zegt Nikolaj.

'Het was er altijd, het zwart en rood,' zei Aleksandra me de dag voor ik op weg ging naar Oekraïne, naar het graf van Kolja. 'Met de doek die Baba Mari in mijn koffer stopte, op die ijskoude novemberdag in 1942, toen ik in Vorosjylovhrad in de trein naar Duitsland werd gezet, trokken het rood en het zwart met me mee. De doek die ik je meegeef is een vloek en een zegen. Je familie is altijd verbonden geweest door al dat rood en zwart. Door leven en dood, door de lijnen die doorlopen, in elkaar overvloeien, tegen elkaar aan botsen, van elkaar weg bewegen en nieuwe lijnen laten ontstaan. Als er te veel zwart is, trekken we naar elkaar toe en rouwen we. Als het rood is, lachen en zingen we, omarmen we elkaar en dansen we. In het leven van een Temnikov bewegen het zwart en het rood bijna altijd tegelijk.'

Ze zei het bijna nonchalant. Heel kalm, rustig. Ze sprak over de twee kleuren alsof ik dit altijd al had moeten weten, als een meisje met een Oekraïens-Russische grootmoeder. Daarna gaf ze me drie kussen en hield me even vast.

Ik pak mijn tas, rits het kleine bovenvak open en til de doek eruit. De ogen van Nikolaj lichten op als hij het stuk stof tevoorschijn ziet komen.

'Dat dit niet verloren is gegaan, we dachten dat ze het kwijt was geraakt tijdens de reis. Van sommige meisjes werd alles afgenomen, hoorden we.'

'Ze heeft het altijd dicht bij zich gehouden, in haar koffer. Die ging mee naar Nederland. Het lag bij haar thuis in een broodkist,' zeg ik, 'al die jaren, opgeborgen. Ze werkt er alleen aan als er niemand is, zelfs mijn opa heeft haar nooit aan de doek zien werken.'

'Baba Mari begon ermee in ons huis in de stad, het

huis waar we gingen wonen nadat we onze boerderij hadden afgestaan aan de staat. Ze werkte eraan in haar slaapkamer. Je was je leven niet zeker als je binnenkwam wanneer ze die doek zat te borduren met haar oude vingers, dan tetterde ze je zo naar buiten.'

Nikolaj vouwt zijn handen open. 'Mag ik?'

Ik leg de doek erin. Aan twee punten trekt Nikolaj hem open. Hij kijkt naar de lijnen waaraan zijn schoonmoeder Mari begon te borduren in de jaren dertig en die Aleksandra op haar verzoek voortzette in de barak in Griesheim en daarna in Nederland. 'Misschien was het de doek wel, die me in leven hield,' had ze tegen me gezegd.

'Waar sta ik? Ik kan het niet goed lezen.'

Ik wijs naar de lijn met zijn naam, die eindigt met een grijs vierkantje, boven een klein orthodox kruis staat zijn sterfdatum.

'Ah, ja, 1953, ik zie het,' zegt hij. Hij bekijkt de andere lijnen, familielid voor familielid: mijn prababa Varvara, Baba Mari, djed Stepan, Anna – zijn vinger blijft even hangen, hij strijkt over de letters van haar naam – Nikolaj, Nastja, Aleksandra, mijn oudtantes Lida, Klawa en Nina, mijn oudoom Kolja, oudoom Sasja, neef Aleksandr, Igor, Kolja, Larissa, Andriy, Natasja, Witja. Ik wijs hem op de lijnen die na het grijze kruisje bij Kolja's naam verdergaan.

'Haar handen worden stram,' zeg ik, 'de jaartallen zijn soms wat wazig.'

'In dit paleis is het een bestaan zonder jaartallen,' zegt

Nikolaj. 'Na mijn aankomst hier was er heel lang niks. De eerste die me duidelijk kon zeggen welk jaar het was, was mijn kleinzoon, jouw oom Aleksandr, in 1987. Toen was er blijkbaar een oorlog. Een Afghaanse, wat was het ook alweer?'

Ik schud verontschuldigend mijn hoofd. 'Iets met, ik weet niet eigenlijk. Ik weet alleen dat de soldaten die weer thuiskwamen langzaam gek werden. Ik hoorde een keer een verhaal over een man die een romp rondschopte bij een groot vuur in een kampement en iets over piloten die op hun eigen mannen op de grond schoten, over onbegaanbare bergen, kinderen zonder handen en hinderlagen.'

'Ah, net zo'n onsamenhangend verhaal als hij mij vertelde. Hij kreeg het maar niet uitgelegd. Hij was warrig, hij kon me niet eens zeggen van wie hij een zoon was. Tegelijkertijd was hij apetrots, in zijn legerpak, met zijn sneeuwlaarzen. Maar ja, ik had zoveel trotse, totaal gebroken soldaten door de straten van onze stad zien trekken in de Grote Vaderlandse Oorlog, dat ik daar niet echt van onder de indruk was, van dat heldendom van hem. Ik bleef zeggen dat hij zonder die oorlog niet naast mij in dit Paleis had gezeten, hij bleef dingen prediken die ik nu alweer vergeten ben. Na zes maanden was hij verdwenen. Daarna viel er lange tijd niemand van onze familie in deze spleet tussen leven en dood. Toen bliepte Igor voorbij, een flitsbezoek. Hij was moe en stil. Zijn hoofd hing er raar bij, viel steeds opzij, alsof het alleen nog met één zenuw vastzat. Over zijn nek liep, helemaal in de rondte, een paarsblauwbruine striem. Hij wilde er niet over praten. Ik mocht zijn nek niet bekijken, hem niet aanraken. Hij huilde soms, zonder geluid te maken. Hij keek me dan aan en schudde zijn hoofd. De enige keer dat hij iets zei was het dit: "Ik heb het gehad met hoe duister alles is op onze grond, hoe kan het donker zich eindeloos herhalen, opa Temnikov, als een rups die steeds in een mot verandert in plaats van in een vlinder." Hij was zo snel weer weg dat ik hem niet kon vragen welk jaar het was. Kolja kwam kort na Igor. Toen ik van hem hoorde dat het 2015 was, schrok ik. Ik zat hier al tweeënzestig jaar. Kolja en ik hebben een maand of wat de dagen bij kunnen houden: hij draagt een horloge. Het glas van het uurwerk is kapot, we konden het vierkante vak waarin de datum werd aangegeven maar moeilijk zien. Het glas kreeg steeds meer barsten en werd steeds matter, tot we niks meer zagen.'

Hij wil de doek opvouwen, maar stopt. Hij vouwt hem weer open en kijkt naar mijn lijn, die voor een groot deel rood is en maar een aantal zwarte steken heeft: de dood van Igor en Kolja, van mijn ooms Peter en Nico, het onverwachte overlijden van een nicht. Waar de lijn van Kolja stopt loopt mijn lijn verder, net als die van mijn moeder en Aleksandra, mijn oudtantes Nina, Lida en Klawa, mijn oom Andriy, tante Natasja, oom Witja, tante Joelja en tante Larissa.

De eerste keer dat ik met mijn moeder in Odessa was, in mei 2015, was Kolja al twee maanden zoek. Het was de avond van onze aankomst en we zaten met z'n allen in de woonkamer van oudtante Klawa. Oom Andriy hief wodka nummer één, glas *odjin*.

'Dank jullie wel dat jullie hierheen gekomen zijn,' zei hij. 'Naar ons land, onze stad. We hopen dat jullie, ondanks alle breekbare omstandigheden hier, de liefde voor ons land zullen voelen. Zoals wij dat doen. Na-zdo-rov-je! Of, ja budj-mo! Wat je wil, Russisch, Oekraïens, we zitten er een beetje tussenin hè, met onze voorouders, onze Oekraïense paspoorten.'

We proostten. Nina deed haar ogen dicht, kneep in mijn knie, klokte het glaasje, waarop een afbeelding van Volendam stond, in één keer achterover en zette het met een klap op tafel.

'Ai Ljiesinka, ik ben hier toch te oud voor,' zei ze.

Andriy pakte de fles op en schonk weer in, zijn hand nonchalant over de tafel bewegend. De wodka liep over de borden met haring en kip, over schijven tomaat, stukken paprika en gevulde eieren.

'*Odjin, dwa, tri*,' zei hij tegen Nina, terwijl hij zijn duim, wijsvinger en middelvinger in de lucht stak om vervolgens zijn hand omhoog te houden, net als Jezus op het icoon achter hem. 'Anders brengt het ongeluk. Dat kunnen we nu even niet gebruiken.'

'Ook ik?' vroeg Nina met een theatraal gezicht en tikte tegen haar borstkas.

'U ook!' scandeerde de tafel.

Glas twee, *dwa*. 'Dit is voor onze tjotja Nina. Dat ze hier in haar eentje heen durft te reizen vanuit het oosten. Ze is onverwoestbaar. Net als ons land. Net als onze huizen. Opdat ze altijd veilig moge zijn en de oorlog rondom haar huis snel voorbij. Tjotja Nina, na zdorovje!'

Het ging er precies aan toe zoals bij Aleksandra thuis, zoals op alle verjaardagen en feestdagen in mijn jeugd. Als ik mijn gezicht ook maar even de andere kant op draaide, lag mijn bord weer vol met eten: 'Eet! Wil je nog wat? Neem nog iets, dit is ook lekker!'

Intussen werd er weer wodka ingeschonken en besefte ik, terwijl ik op het goudkleurige klokje in de vensterbank van Klawa keek: we zijn pas een kwartier onderweg, dit diner is net begonnen. Mijn tante Natasja stond op en knipoogde naar me.

'Let op, let op,' zei ze en wees naar me, waarna ze nog eens knipoogde, 'iedereen komt aan de beurt.'

Ze trok haar blauwe jurk met witte bloemen recht en riep opgewekt: '*Tri!* Drie om het ongeluk mee te bestrijden. Luister. Ljiesinka, Marie, ik ben dankbaar dat jullie hierheen zijn gereisd. Ik hoop dat we elkaar in de toekomst vaker op zullen zoeken. Dan komen wij naar Holland. Na zdorovje!'

Proost. Slok. Klap op tafel. Onze familie zegt altijd: 'minimaal drie wodka tegen het ongeluk', maar het blijft nooit bij drie. De eerste drie glazen zijn de proefrit, het opwarmertje. Het drinken gaat dan nog met horten en stoten, met branden in je keel, een ingeslikt hoestje. De eerste drie glazen wodka zijn de rek- en strekoefeningen voor de uiteindelijk perfecte sliding, het in je keel glijden van de drank, die dan niet meer prikt in je maag, maar je vanbinnen verwarmt. Ik hoorde Nina kuchen. Links van me zei mijn moeder, terwijl ze met haar ogen dicht haar hoofd schudde: 'Zo, jezuschristus, dat is lang geleden.'

Het volgende glas duurde even. Andriy bouwde de spanning op. Hij grijnsde uitdagend naar me over tafel, klopte vaderlijk met zijn hand op de mijne. We aten, Klawa schepte mijn bord nog een keer vol met haring, worst en een stukje brood met daarop een zelfgemaakt smeersel.

'*Vkoesno*,' zei ze en schudde haar hand heen en weer naast haar hoofd: lekker. Ik knikte en nam een hap van het broodje, sloeg steil achterover van het mengsel van mayonaise, kaas en knoflook, dat me in mijn tong beet. En toen opeens was er nummer vier, *tsjetyre*, en bij nummer vier was de fles bijna leeg, wat inhield dat iedereen zijn glas tijdens het inschenken op tafel moest laten staan. Andriy verdeelde de wodka zorgvuldig over de acht glaasjes. Eerlijk, evenredig. Hij pakte de fles beet bij de hals.

'Dit is een ander belangrijk ritueel,' zei hij gewichtig en trok zijn pantalon op aan zijn broekriem, waardoor zijn nette overhemd straktrok rond zijn iets uitstekende buik. 'Iemand moet een wens doen.'

Hij keek als een showmaster de tafel rond en gaf de fles aan zijn dochter Anna. Ze nam de fles aan, deed haar ogen dicht, blies in de hals. Andriy nam de fles weer over en draaide snel de dop erop. We proostten op haar wens. In Nederland proosten we onzorgvuldig, leerde ik die eerste avond in Odessa. We zeggen te weinig 'ik ben zo blij dat ik hier met jullie zit, ik ben zo blij dat je hier bent'. Die eerste avond leerde ik ook hoe je proost op de doden: zonder 'proost' te zeggen. De fles ging rond in stilte. We hielden de glazen niet in onze rechter-, maar in onze linkerhand.

'Vijf.' *Pjat.*

Klawa nam het woord. Ze stond op, streek haar rok glad en tuitte kort haar lippen voor ze begon.

'Dit is voor neef Igor, voor onze moeder Anna, onze vader Nikolaj, ons broertje Kolja, voor Nina's man Aleksandr, onze neef Aleksandr. Voor onze zussen Anastasiia, Elena en Nadja.'

Ik dacht aan Aleksandra en wat ze altijd zei als ik haar vroeg of we niet samen konden gaan, naar het huis waar ze geboren was, haar oude land. 'Wat moet ik daar nu nog? Altijd als ik daar was, als ik op visite ging, moest ik graven bezoeken. Dat werden er steeds meer.'

We hieven onze glazen in stilte.

'En voor Kolja?' vulde mijn moeder voorzichtig aan. Iedereen aan tafel schrok en schudde driftig het hoofd.

'Godallemachtig,' kermde Klawa en sloeg haar ogen ten hemel.

'Nee, dat kan niet, dat mag niet,' zei Nina. 'Marie, we weten niet of hij gestorven is. We mogen hem niet de dood injagen.'

'Je moet altijd blijven hopen dat iemand leeft,' vulde Natasja aan. 'Nu drinken op Kolja brengt ongeluk.'

We dronken, maar niet op Kolja. Daarna gingen we

onmiddellijk door naar glas nummer zes.

'Na het drinken op de doden moet je meteen drinken op geluk en op gezondheid, op de liefde, op goed werk, op een mooi huis, op de toekomst van de kinderen. Na zdorovje budjmo na zdorovje!' We proostten, dronken, verschoven wat op de stoelen en de bank, aten en spraken niet over de oorlog, niet over Igor, die een jaar eerder met een riem om zijn nek gebonden in zijn badkamer gevonden was; niet over Kolja, die niemand sinds zijn vermissing nog kon bereiken; niet over zijn vrouw Larissa, die hem overal had gezocht en zelfs naar Rusland was gereisd om te zien of hij niet rondhing bij een man met wie hij weleens zakendeed, omdat die goedkope koelkasten had. Na twee gevulde eieren gaf mijn moeder me een zetje. Ik vroeg Andriy nog eens in te schenken.

'Zeven. *Sjim*,' zei ik onzeker. Bij het opstaan tolde mijn hoofd en moest ik denken aan mijn beste vriend, die ook Oekraïens bloed heeft en me voor mijn vertrek op het hart drukte: 'Zorg dat je altijd naast een plantenbak zit, anders overleef je het niet.' Er was geen plantenbak. Er waren mijn tantes met hun jurken en hun gouden tanden. Het was de woonkamer van tjotja Klawa, vol glimmende Sovjetkasten, wandkleden, familiefoto's, glinsterende Swarovski-zwanen en houten paneeltjes met treurig kijkende heiligen. Er was een oude kalender met daarop een Nederlands tafereel: een molen met twee meisjes ervoor. Ze plukten tulpen. En ik was er. Hier, in Odessa. Hier, in het land waar mijn grootmoeder geboren werd, het land waarover iedereen voor mijn vertrek onophoudelijk zei:

'Het is daar oorlog, pas op. Ze zijn zo corrupt als de neten.'

'Lieve oudtantes, Andriy, Natasja, Anna. Ik kom hier thuis en ik ben dankbaar. Dat ik na al die tijd de taal leer spreken. Dat jullie ons zo warm ontvangen. Dat er eindeloos veel wodka lijkt te zijn in dit huis. Dank jullie wel. Nina, Klawa. Vorige zomer, toen jullie samen met Lida, die nu weer in Kazachstan is, bij ons in Nederland waren, ging baboesjka Sasja niet mee om jullie uit te zwaaien op het vliegveld. Ik vroeg haar later waarom ze dat niet had gedaan. Ik zei dat dit misschien de laatste keer was. Ze roerde in haar thee en zei: "Meisje, je kan niet altijd afscheid blijven nemen, maar jij moet blijven gaan." Dus hier ben ik, om in haar naam, in haar moederland, op haar te drinken. Op Sasja. Budjmo. Na zdorovje.'

Nina legde haar hand opnieuw op mijn knie toen ik weer zat. Ze leek veel ouder geworden sinds vorig jaar, toen ze bij ons in Nederland verbleef en haar huis in Stanitsja Loeganska werd geraakt door een granaat. Haar wangen waren voller die zomer, haar ogen minder hol en haar blik minder moe.

'Mooi gesproken, meisje.'

Ze drukte zich op van de bank en leunde op mijn schouder.

'Andriy,' commandeerde ze mijn oom met haar zachte stem. 'Dawai, wodka, een heel klein beetje voor je oude tantetje. Tsjoet-tsjoet.'

Andriy stond op en schonk voor de achtste maal de glazen vol, dat van Nina iets leger latend. Nina's hand, waar ze haar kleine glas mee vasthield, bewoog precies zoals mijn oma haar hand bewoog als ze een neutje nam om vier uur 's middags. Net als Aleksandra kneedde ze haar gerimpelde vel wanneer ze naar ons luisterde.

'*Spasibo*,' begon ze. 'Ik ben zo dankbaar dat ik hier mag zijn vanavond. Dat ik de reis heb kunnen maken om hier te zijn, met jullie, met mijn familie. Dat we ondanks alle verschillen nog bij elkaar kunnen zitten. Ik wens jullie veel geluk toe, *sjelaju wam sjtsjastje*.'

We zwegen, ze schraapte haar keel. Door het slapen in de kelder van haar huis, wat ze deed sinds de nachtelijke bombardementen heviger waren geworden, had ze een raspend kuchje gekregen.

Het kuchje leek niet meer te verdwijnen. Ze praatte minder dan vorige zomer. Als ik haar iets vroeg, de dagen dat ik in Odessa was, schudde ze haar hoofd en wees naar haar keel. Dan haakte ze haar arm in die van mij en wandelden we door de stad, langs het strand, over de veel te glanzende boulevard of door de buitenwijken vol laagbouw. We zwegen en keken om ons heen, naar alles wat niet kapotgeschoten was, zoals bij haar thuis. Ik kende de verhalen over het verdwijnen van haar stem. Aleksandra vertelde me dat Nina vroeger, ergens in de jaren zestig, haar tienjarige zoontje verloor. Tijdens het spelen in een van de straten van Stanitsja Loeganska had hij een stroomkabel opgepakt die in een hoop bouwzand lag. De stroom was er niet af gehaald. Hij was op slag dood. Een jaar lang sprak Nina niet – iets waar ze om veroordeeld werd. De enige die haar zwijgen begreep was haar man, oom Sasja. Over hem vertelde mijn moeder me dat zijn hoofd zo rood werd als een tomaat wanneer hij boos was. 'Oom Pomidorski,' noemde ze hem.

'Lang je verdriet laten zien was niet heel normaal bij ons,' vertelde Nina me toen ze in Nederland was. 'Je boog even je hoofd en dan hief je het snel weer op. Binnenshuis huilde ik, buitenshuis zweeg en werkte ik.'

Na het nieuws over de dood van haar neefje stikte mijn oma aan de andere kant van Europa zwarte steken in de levenslijnen van Nina en Sasja. Het was de tweede zwarte steek in Nina's levenslijn sinds de dood van Nikolaj. Zwijgend bouwde Nina samen met haar tomatenman verder aan hun huis. Ze maakten een geordende tuin, een veranda en een tweede verdieping. Ze schilderden het ijzeren hek rondom de moestuin blauw met geel. Van het huis was na de granaatinslag op die septembermiddag in 2014 weinig meer over. Toch keerde ze terug. Ze wilde niet bij Kolja in Loegansk wonen, niet bij haar zus Klawa in Odessa of bij haar zus Lida in Kazachstan. 'Ik heb dit huis met mijn eigen handen gemaakt, mijn kinderen zijn er geboren, mijn man is er gestorven, het is alles wat er nog over is van ons samenzijn,' zei ze dan.

Nina liet zich nog eens bijschenken door mijn oom Andriy.

'En, vrede,' zei ze. 'Laten we drinken op de vrede.'

'Welk jaar is het nu?' onderbreekt Nikolaj de nog niet uitgekomen wens van Nina.

'2018. Het is zomer. Buiten is het bloedheet.'

'Dus onze Kolja zit hier al drie jaar?'

Even wil ik Nikolaj eraan herinneren hoelang hij hier zelf al zit, tussen al dat graan in dit gebouw vol doodenge fresco's met veel te breed glimlachende Sovjetmensen. Ik slik het in. Misschien trek ik de familiegeschiedenis uit evenwicht als ik tegen zijn tijdlijn duw.

Loegansk

Op de middag dat Kolja zijn winkeldeur van het slot haalt en een jongen met een machinegeweer over straat ziet lopen, schrikken we wakker uit onze halfslaap. De grond is verschoven. We voelen het bewegen, schudden. De pijlen in onze rug beginnen te branden, ze schroeien in onze witte vacht.

'Het verschuift waar we bij staan,' fluisteren we tegen elkaar.

'Het zat eraan te komen,' zegt een van ons, 'ik voelde het al trillen onder mijn hoeven.' We buigen onze geweien naar de aarde, proberen iets op te maken uit de grond. We willen horen hoe diep het bloed ligt, of het zich roert, of het zich stilhoudt onder de zwarte aarde. We willen weten hoe het onze Don Kozakken-nazaten vergaat. We wisten al dat er iets gaande was. In de winter van 2013 vernamen we dat onze Kolja vanuit het oosten van het land belde met zijn neef Andriy in het westen. We wisten dat hij dat niet thuis deed, niet waar zijn vrouw Larissa en zijn dochter Mariia bij waren, hij belde in zijn winkel.

Het zat zo. Er was een revolutie ontvlamd, in het midden van het land. Het grootste plein van de hoofdstad Kyiv, bijna achthonderd kilometer van onze familiegrond vandaan, stond in lichterlaaie. Letterlijk. De president van het land van onze nazaten, Oekraïne, weigerde een associatieverdrag met Europa te tekenen. Hij keerde zich op het laatste moment naar wat mensen soms onze grote broer noemen: Rusland, het land waar wij, Don Kozakken, vroeger voor werkten, waar onze vaders deel van uitmaakten in een eindeloze rits gevechten: de Grote Noordelijke Oorlog, de Zevenjarige Oorlog, de Krimoorlog, de napoleontische oorlogen, de Kaukasusoorlog, wat Russisch-Perzische oorlogen, Russisch-Turkse oorlogen en de Eerste Wereldoorlog. Wie stierf, werd een hert met een gouden gewei, een witte vacht en een gouden pijl in de rug. We werden het symbool dat we in ons leven als insigne op onze borst droegen. 'Dit hert is niet dood,' zeiden we tegen elkaar, 'maar het gaat ook niet echt goed met dat dier.'

Toen de bolsjewieken kwamen, stonden we tegen hen op. De Don Kozak is altijd van allerlei kanten geweest, die draagt de woorden 'vrij mens' en 'avonturier' tijdens het leven onder de huid en na de dood, na de oversteek, onder de vacht. Wij geven deze woorden door aan de generaties na ons: 'We sterven liever vrij dan als slaaf,' fluisteren we in de oren van de kinderen als ze geboren worden. Afgelopen winter waren deze woorden weer nodig, de woorden die in zoveel tijden zoveel verschillende betekenissen hebben gehad. Het verdrag zelf, dat op het laatste moment niet getekend werd door die president, daar begrepen we niet veel van, dat was doodsaai, daar ging het ook niet om, die regeltjes op papier, daar letten we niet op, we hadden zoveel zinnen op papier hun waarheid in de werkelijkheid zien verliezen, dat we dat verwaarloosbaar vonden. Nee, we werden onrustig van het sentiment: het ondertekenen van dit verdrag was een kans op verandering, maar het tegenovergestelde gebeurde. Het was alsof daarmee de deuren weer dichtgingen, alsof onze kinderen terug de tijd in werden geduwd.

Kolja keek in de winter van 2013 naar de studenten die zich in het hart van zijn land op het Maidanplein rondom de ronde witte koepel verzamelden. Via een website met livebeelden zag hij de jongeren, even oud of iets ouder dan zijn dochter, staan op het plein, steeds meer. Ze schaarden zich om het grote beeld van Berehynia heen, de vrouw van goud op haar zestig meter hoge zuil, die daar tien jaar na de onafhankelijkheid van Oekraïne neer was gezet. Berehynia, in een traditionele Oekraïense jurk, de twijg van een viburnum in haar handen, keek over de demonstrerende studenten heen, als een moeder, de hoeder van de toekomst. Eerst waren het honderden jongeren, toen al snel duizenden. Ze kwamen niet eens vanwege de politiek, zeiden sommigen, 'daar hebben we niets mee, we willen alleen wel een vrij land, we willen ademen, we willen beweging. We zijn broers en zussen met ouders en grootouders die overal en nergens vandaan komen, die Rus zijn of Kazach, Oekraïner of

Georgiër, Tataar of Don Kozak. Dat maakt ons allemaal niet uit, al die ingewikkelde politiek.' Ze droegen Europese vlaggen om hun schouders, alsof het traditionele kledingstukken waren. Ze gingen naar de Maidan voor echte onafhankelijkheid. Ze wilden niet meer leven zoals onze Andriy en zijn Natasja na de omwenteling in de jaren negentig hadden gedaan: hoopvol maar teleurgesteld. Die merkten in die jaren dat er van alles verdween in hun stad, dat er enkel beloftes waren, maar niet minder gaten in het wegdek van de straten.

We vonden het mooi om te zien, die vreedzame daad van verzet: de mensen zongen liederen, er werd soep en brood uitgedeeld, gedanst, we zagen meisjes met gevlochten kransen in hun haar. Maar goed, zoals wij weten uit onze eigen levens op deze grond: algauw ging het mis. Mannen in het zwart, ingepakt van hoofd tot voeten, bewapend met stokken en ijzeren schilden, kwamen het plein op, dreven iedereen bij elkaar. Het vreedzame verzet was nog niet eens goed en wel begonnen, of er vielen al druppels bloed op de witte stenen van het plein. Mensen begonnen te verdwijnen, werden opgepakt. Voor elk opgepakt persoon zagen we meer demonstranten naar het plein komen. Duizenden, werkelijk waar duizenden. We hadden nog nooit zoveel mensen bij elkaar gezien. Van heinde en verre kwamen ze. Ook uit het Donetsbekken, ons gebied. Niet veel, een paar, de mensen die het vuur van verandering voelden branden, die mee wilden met de beweging richting het Westen. Toen de speciale politie-eenheden en militie een paar weken later begonnen te schieten met echte kogels in plaats van rubberen, vingen we een eerste gesprek tussen onze neven op.

'Ben jij daar ook Andriy?'

'In Kyiv? Nee, ik was er alleen in november, met Natasja. Toen waren het nog rubberkogels, rookbommen, traangas. Ik ben thuis in Odessa, hier is het rustig, voorlopig. Maar luister, het is ongelooflijk. Zoveel mensen, miljoenen bij elkaar! Allemaal tegen die kontendraaierij van president Janoekovitsj. We gaan dit winnen, broer. We gaan richting Europa.'

'Winnen? Van wie?'

'We draaien ons niet weer naar Rusland, toch?'

'Pas op wat je zegt, Andriy. Pas op wat je zegt. Hier bewegen de lippen anders. Vergeet je geboortegrond niet.'

Toen er in februari 2014 op en rondom het Maidanplein doden begonnen te vallen, was er bij Kolja nog niets aan de hand, maar in dit gebied kan het snel gaan. Als ergens een pilaar omvalt, kan plotseling alles in elkaar zakken. Na meer dan honderd doden en honderdvijftig zoekgeraakte mensen was de Revolutie van de Waardigheid voorbij. Het duurde vierennegentig dagen, tot de president vertrok. Het volk vierde feest, bereidde zich voor op een nieuwe regering. Op Kolja's grond, de grond waar wij al eeuwen de wacht houden, klonk een minder euforisch geluid. Hier gonsde niet alleen het woord revolutie, hier gonsde iets anders: wat doet dit voor ons, die gewonnen waardigheid, zo ver van de grens met Europa? Wat doet het voor ons, de vergeten mijnwerkers die ooit, net na de val van de Unie, met duizenden naar Kyiv trokken, maar geen gehoor kregen, alleen corruptie, armoede, on-der-de-tafel-akkoorden, maffiapraktijken en rommelig-heid? Zijn wij niet voor altijd het grensland, ligt dat niet hier, in het oosten, het laatste strookje Oekraïne?

Al snel, wat was het, vier dagen na de revolutie en het zegevieren van de waardigheid, zagen wij dat er andere vlaggen werden gehesen op het schiereiland de Krim: het blauw-geel van Oekraïne werd het wit-blauw-rood van Rusland. Onze Andriy en Kolja keken naar de Krim, sa-men met hun neven Igor en Witja. Het schiereiland, dat pas sinds 1954 deel is van Oekraïne, werd geannexeerd, overgenomen, teruggenomen wellicht. In Loegansk wa-ren sommigen hier enthousiast over: alles terug naar het oude, terug naar Rusland, met een vleugje Sovjetliefde. We vinden het moeilijk aan te wijzen of dit goed of slecht sentiment is, aangezien elk keerpunt in onze geschiede-nis voortkomt uit een ouder keerpunt, oudere machts-verhoudingen. Voor ons is het uitzicht eigenlijk altijd on-voorspelbaar en mistig.

Hier in het oosten zweeg men inmiddels, Kolja sprak buitenshuis al niet meer over politiek. Andriy drukte hij weg als hij thuis aan tafel zat. Larissa keek hem dan aan, maar vroeg niets. Witja zagen we steeds minder op visite komen, die hing steeds meer met louche lui rond, Igor waren we opeens kwijt.

Net nadat Kolja zijn winkeldeur van het slot heeft ge-haald en een jongen met een machinegeweer voorbij ziet lopen, ontvangt hij een video van Larissa via Viber. We kijken mee. Een van ons buigt haar kop over zijn schouder, probeert op de beelden te zien wat er gebeurt. Wat Kolja ziet is zo chaotisch dat hij na een minuut verbijsterd terugspoelt en opnieuw kijkt. Om de zoveel seconden zet hij het beeld op pauze. Het schiet tussen een groep mannen door, beweegt over een brede stoep en nadert de onderste ramen van het hoofdkantoor van de regionale overheid in het centrum van Loegansk, waar Larissa werkt. Mannen met bivakmutsen en zonnebrillen slaan de ruiten van het hoofdkantoor kapot met knuppels, ijzeren staven en stokken. Op hun mouwen hebben ze zwart-oranje linten gespeld. Ze klimmen het gebouw in via de gebroken ruiten. Staand op de vensterbanken trekken ze hun maten aan hun armen naar binnen. De camera wordt ook naar binnen getrokken. In het trappenhuis kijkt een groep politieagenten in vol ornaat toe. Ze doen niks. Zwijgend staren ze de lens in. Ze laten de mannen met hun knuppels en bivakmutsen passeren. De laatste tien seconden van de video verlaten de agenten het pand onder luid applaus en gejoel van nog meer relschoppers die buiten staan.

'Alles staat vol met stapels autobanden, er hangen spandoeken en prikkeldraad,' typt Larissa aan Kolja. 'Ze hebben een bar gebouwd. Ik mocht niets meenemen en kan het gebouw niet meer binnen. De jongens schreeuwden, maar waren ook aardig toen ze me uit mijn kantoor kwamen halen. Ik begrijp er niks van.'

Kolja trekt de deur van zijn winkel open. We zien hem zoeken naar de jongen met het geweer. Hij is verdwenen.

53

Het is rustig op straat, alsof er niets gebeurd is, alsof de jongen niet meer dan een luchtspiegeling was. Kolja gaat weer naar binnen en belt Larissa.

'Waar ben je nu?' vraagt hij.

'Bijna thuis.'

'Rijd naar het huis van Nina. Neem Mariia en Anja mee.'

Als Larissa op heeft gehangen, stuurt onze neef een bericht naar Andriy.

'Het is begonnen, ze zijn hier,' schrijft hij.

Paleis van de verloren
Don Kozak

Nikolaj legt de doek op het bankje.

'Ik heb nog iets,' zeg ik.

Ik pak de foto die ik ook onder de neus van de Oekra-iense soldaat duwde bij het checkpoint. Zwijgend kijkt Nikolaj naar mijn oma. Ze zit tussen haar nichtjes Njoesja en Doesja in. Haar vlecht, die als een kroon om haar hoofd ligt, legde Elena, de moeder van mijn tante Nata-sja, in mijn haren. Precies zo. Het was een bloedhete dag. We zaten in de datsja van oom Andriy en Natasja, een uur rijden van Odessa. Ik zat in het houten prieel in de tuin en keek naar de Zwarte Zee. Elena zong een lied voor me ter-wijl ze vlocht. De tuin stond vol verse tomaten en kom-kommers. Verderop scharrelden Klawa, mijn moeder en Nina door de tuin. Ze spraken Russisch met elkaar, voor-zichtig, op zachte toon. Ik zag ze gebaren maken, Klawa een zakdoek aan Nina geven. Toen ik te lang keek, trok Elena met een zachte ruk mijn hoofd een tik naar links.

Mijn oma knijpt haar ogen een beetje dicht op de foto,

misschien door de flits. Ze heeft een zwart-wit geruite jurk aan. Vier knoopjes lopen schuin van haar hals naar haar borstkas.

'Toen ze in 1973 voor het eerst terug naar huis kwam, droeg ze een jurk met eenzelfde patroon. Ze trok hem tijdens de laatste rit in de trein van Moskou naar Vorosjylovhrad aan. Mijn moeder heeft het altijd over hoe zenuwachtig ze in de coupé zat, in die jurk, handenwringend. Ze ratelde aan één stuk door tegen de man van tante Nina, oom Pomidorski. Hij was hen komen ophalen in Moskou, waar ze moesten overstappen.'

'Dat zijn de dochters van mijn broer Klim,' zegt Nikolaj. Hij wijst naar Njoesja en Doesja. 'Doesja bracht ons het nieuws dat je oma nog leefde. Zij en Njoesja kwamen wel naar huis na de oorlog. Maar, toen zij aankwamen in onze half vernielde stad moesten wij hun vertellen dat ze geen vader meer hadden. Klim was doodgeschoten door een Rus.'

'Je broer was toch zelf een Rus, net als jij?'

'Rus, Oekraïner, hij en ik waren vooral Don Kozak. Mijn broer Klim en zijn vrienden hadden het al snel gehad met het land van na de revolutie. Eerst had het best beloftevol geleken, maar er was weinig vrijheid en al helemaal geen plek voor inspraak. Voor ons, Don Kozakken, was er weinig ruimte. Wij bewogen te vrij, dus waren we gevaarlijk. Iedereen die in de jaren twintig zijn mond opentrok verdween of ging dood. Wat er vanaf die tijd gebeurde, was zo oud als het gezegde: "alle dappere mensen zitten in de gevangenis". Ze roeiden ons uit. Stelselmatig. Daarna kwam Stalin er nog overheen met zijn vijfjarenplan. Alles, en vooral iedereen moest wijken voor de grote economische veranderingen die hij voor ons in petto had. We verloren nog meer mensen, vrienden, kinderen van vrienden. Klim was boos na die duistere jaren. Hij verzette zich graag tegen de heersende macht, zoals veel Don Kozakken.'

'Was jij niet boos?'

'Ik was anders, stiller, ik boog misschien wat sneller mee. Ik wilde niet vechten, wilde geen oorlog. Ik wilde een veilig leven, kleren maken, voor je oma en haar broer en zussen zorgen, een goede man voor Anna zijn. Ik ben woedend geweest, zeker, ik heb mensen verloren, goede vrienden, maar ik was niet zoals Klim. Die onthield alles alsof het gisteren gebeurd was, hij droeg zijn verdriet op zijn huid, als weerhaken hing het in hem. Toen de oorlog begon en de Duitsers in de zomer van 1942 optrokken richting de Don, was er hoop te lezen op zijn gezicht. "Misschien worden we wel bevrijd," fluisterde hij op een nacht tegen mij.'

'De Duitsers hebben heel jullie gebied in brand gestoken, al het eten opgegeten, vrouwen verkracht, mensen hun eigen massagraven laten graven.'

'Sommige dingen die in deze oorlog gebeurden waren voor ons niet nieuw. Voor Klim hoorde dit erbij, bij de keuze voor vrijheid.'

'Voor elke Duitse soldaat die stierf dreigden ze honderd mensen van ons tegen de muur te zetten. Dat zei Aleksandra.'

Nikolaj draait zich naar me toe en kijkt me aan. Zijn ogen verschieten van kleur, van blauw naar gitzwart.

'Klim wilde bevrijd worden. Dat wilden we eigenlijk allemaal. Je kon het voelen in het land: opwinding vermengd met angst trok door onze straten. De Duitse soldaten werden in sommige dorpen met bloemenhagen, brood, boter en zout onthaald. Moeders en meisjes omhelsden de jongens die op hun zijspanmotoren de straten binnen kwamen rijden. Sommige oude clanleiders, de starosta's, meldden zich vrijwillig aan om de boel in de gaten te houden. Op elke deur van hun dorp spijkerden ze een namenlijst, zodat de Duitsers wisten wie waar woonde en hoe oud we waren. We zaten klem tussen twee helse keuzes.'

De laatste avond in Odessa boog Andriy naar me toe over de tafel en pakte mijn hand vast. Zijn ogen, even blauw als die van Nikolaj, waren vochtig.

'Wie zijn we dan, Lisa, denk ik soms. Ik hoorde een verhaal: over een man op de Krim, half Tataar, half Rus. hij woonde daar al zijn hele leven. Tijdens de Maidanrevolutie was zijn dochter naar Kyiv getrokken en niet meer teruggekomen. Ze was verliefd geworden op de hoofdstad, iets wat hij kon begrijpen. "Kyiv ademt, papa," had ze hem gezegd. Hij bleef op de Krim en beloofde haar in de lente op te zoeken. Nog voor het lente was stonden er Russen op het schiereiland. Ze kwamen met tanks en wapens. Ze zagen er angstaanjagend uit, serieus ook. "Dit is van ons," zeiden ze. De man was het hier niet helemaal mee eens. Het schiereiland was ooit door de Russen geannexeerd, ergens in de achttiende eeuw, en onder Chroesjtsjov bij Sovjet-Oekraïne gevoegd. "We weten toch helemaal niet van wie wat precies is," dacht hij. Maar het mocht niet baten. De muur van een legerbasis werd opengebroken door een tank, die vast van een of ander Russisch schip kwam, en de Russische vlag werd gehesen. Zoiets. Ik heb het ook maar van horen zeggen. Die man. Die daar dus al zijn hele leven woonde en een paar jaar na de oorlog geboren was, gaf de zwerfhonden altijd te eten. Het werden er steeds meer: steeds meer mensen vertrokken van de Krim. Het schiereiland was van alle kanten afgezet met checkpoints. Het kon uren duren om op het eiland te komen, als je vanuit Oekraïne reisde. Zijn dochter kwam niet langs. Ze bespraken het met elkaar over de telefoon, als ze bereik hadden. Soms was het internet dagen weg, dan kon hij haar amper bereiken. Ze vroeg hem weg te gaan. Zoals ik aan Kolja vroeg of hij hierheen kwam, naar Odessa, waar hij veilig zou zijn. Maar hij kon het niet. "Ik heb nu ook al die honden," zei hij. "Het is toch zielig? Die dieren gaan misschien wel dood zonder mij." Zijn dochter zei dat ze had gehoord dat er een referendum kwam, dat er zou moeten worden gestemd of de Krim bij Rusland of Oekraïne hoorde. De vader had gehoopt dat zijn dochter dit niet zou hebben opgevangen, dat het nieuws over het referendum de grenzen van de Krim niet over was gestoken.

Toen ze hem vroeg wat hij zou doen, zei hij alleen maar: "Hier wonen. In mijn huis. En die honden eten geven." Het referendum kwam dichterbij. Elke dag trokken er eenheden door de straten die bij de mensen aanklopten en vroegen wat ze gingen stemmen. De man zag ze door de stad lopen. Geduldig wachtte hij af tot ze in de tuin van zijn huis zouden staan. De mannen kwamen. Ze waren met z'n tweeën, ze zeiden dat hij voor Rusland moest stemmen. Hij vroeg hun waarom en zei dat democratie niet zo werkt. "Het is beter voor het land," zeiden de mannen. "Het is beter voor jullie zeevloot," antwoordde hij. "Dit is toch al een Russisch vakantieoord en meer dan de helft van de mensen spreekt Russisch, dus wat maakt het uit?" De mannen zuchtten: "Als het niet uitmaakt, kunt u net zo goed voor Rusland stemmen." De man zei nog eens dat het niet zo werkt. "Dan hoeft u niet naar het referendum te komen," zeiden de mannen. Dit gesprek ging denk ik nog even zo door, tot een van de mannen zei dat ze de week erop nog eens langs zouden komen en hoopten dat hij dan van gedachten zou zijn veranderd. "Uw dochter is al in Kyiv," zeiden ze erachteraan. "Die heeft haar keuze gemaakt. Het zet u in een kwaad daglicht, dus kies goed." Ze verlieten de tuin. Voor het hek stonden de honden te wachten. Tientallen. De man reed naar de supermarkt en naar de slager om eten voor ze te halen. Een week ging voorbij. Elke dag deed hij hetzelfde: opstaan, naar de zee rijden, de honden eten geven. Acht dagen na hun eerste bezoek kwamen de twee mannen terug. Ze zagen er anders uit. Ze droegen wapenstokken. Eén had een pistool bij zich. "We moeten weten dat u aan de goede kant staat," drongen ze aan. Ze duwden de man tegen zijn schouders, duwden hem naar verschillende hoeken van het erf, sloegen hem met hun stokken tegen de grond. De man bleef liggen, vroeg hun welke kant dat was, de goede. "Weten jullie het?" vroeg hij. "Goed en kwaad hebben de eigenschap van kant te wisselen wanneer het de mens uitkomt. Mijn grootouders zijn erom gedeporteerd. In mei 1944. Mijn moeder had geluk dat ze als Tataarse met een Rus getrouwd was. Haar grootouders, haar vader en moeder, haar broers en zussen werden onder schot gehouden en uit huis gehaald door de Sovjets. Ze hadden een kwartier om hun spullen te verzamelen. Mijn moeder bleef achter in een bijna leeg huis, haar ouders en broers en zussen namen zo veel mogelijk mee. Ze werden in veewagons gestopt, zestig mensen per wagon, en naar Oezbekistan getransporteerd. De helft van mijn moeders familie ging onderweg dood. Ze heeft haar vader, haar broer en haar zus daarna nog maar vier keer gezien, het was te ver weg om makkelijk heen te reizen." De twee mannen zwegen. "De Tataren heulden met de fascisten," zei een van de twee. "Iedereen was bang voor Stalin," kaatste de man terug. Hij stond op en liep naar de rand van zijn erf, deed de poort open. De honden, die al een tijd buiten op de weg stonden, verzamelden zich in de tuin, roken aan de broekspijpen van de mannen, likten aan hun wapenstokken. Een van de mannen haalde uit, recht op de kop van een herdershond. Het dier jankte zo hard dat het door de hele straat te horen was. "Wat doet u nu?" vroeg de man die de honden te eten gaf. "Waar is dit goed voor?" De man met de wapenstok sloeg nog eens. De herdershond zakte in elkaar in de tuin. De honden blaften en vormden een cirkel om de twee mannen heen. Vanaf de weg kwamen er steeds meer beesten aan. Alle dieren gingen de tuin binnen tot het hele erf vol stond met honden. Ze hapten naar de kuiten van de twee mannen. Ze beten in hun benen. Sprongen tegen hen op, hapten naar hun handen, armen en oren. De mannen sloegen verwoed om zich heen met de wapenstokken, de honden waren hun te snel af, bleven komen, steeds sneller en gewiekster. Er zaten scheuren in de broeken van de mannen, in hun mouwen, halen in het leer van hun schoenen. Na vijf minuten schreeuwen tegen de beesten pakte de ene man zijn pistool en richtte het op de herdershond, die nog steeds zwaar ademend op de aarde lag. Hij haalde de trekker over en schoot. Alle honden vielen stil. De knal van de kogel galmde na in de straat, tussen de hoogbouw. De man die de honden te eten gaf zonk neer naast de hond. Hij tilde het dier op. De kogel was door zijn buik gegaan. Aan weerszijden van zijn lijf zat een gat. "Gaan jullie nu, alsjeblieft," gebood hij de twee mannen, die roerloos tussen de honden in stonden, kijkend naar het dode dier. "Als zelfs de wezens die niets met politiek te maken hebben het moeten ontgelden, zijn we nergens meer." De mannen vertrokken. Ze kwamen niet meer terug.'

Andriy bleef mijn hand vasthouden. Ik dacht aan hoe hij Aleksandra soms opbelde als ik bij haar was, hoe hij haar ervan overtuigde dat alles goed was in haar oude land.

'Ik ben opgegroeid met de Russische taal,' ging hij verder. 'Mijn paspoort is Oekraïens. Het wachtwoord van onze internetverbinding is *POETIN_is_een_klootzak*, Igor is dood, Kolja is sinds 30 maart vermist. Witja zegt dat hij me neer zal schieten als ik naar Loegansk kom, dat ik in het westen moet blijven. We zijn op verscheurde grond geboren, wat moet ik nou? Misschien is de Donbas, ons stuk land waar al die eeuwen zoveel verschillende grenzen en volkeren overheen zijn geschoven, alleen het juiste land als het helemaal op zichzelf staat. De Don Kozakken, waar je overgrootvader van afstamt, die zwierven altijd in de buurt van de Don, bewogen over de grenzen die er nu liggen. Zijn wij, de kinderen van een Temnikov, voor altijd aan het dwalen?'

Nikolajs ogen schieten terug naar het blauw, het blauw van Aleksandra en Andriy. Ik leg mijn hand op zijn knie. Ik voel zijn botten door zijn broek.

'In die tijd, toen de oorlog echt begon en iedereen een kant begon te kiezen, dacht ik vaak aan de zoon van verre neef Petr, Tolja. Tolja was iets jonger dan ik. Na de Oktoberrevolutie besloot hij mee te vechten met de bolsjewieken. Hij wilde avontuur. Hij was enthousiast over de nieuwe wereld. Uiteindelijk, ver van huis, verliet hij het leger. Hij begreep niet meer waar hij nu voor aan het vechten was en tegen wie.'

'Kan grond rusten onder een mengelmoes van volkeren?'

Nikolaj barst in lachen uit. 'Een mengelmoes van volkeren,' aapt hij me na met diepe, serieuze stem. 'Lisa toch, te filosofische vraag, veel te eng ook.'

Beledigd en een beetje betrapt sla ik mijn armen over elkaar en kijk opzij, naar de steeds wranger glimlachende mozaïekmensen.

'Nee, goed. Luister, in de fabriek in Loegansk, waar ik nadat we de boerderij achtergelaten hadden bontjassen maakte, hoorde ik mannen en vrouwen urenlang zaniken over wat de geschiedenis van ons land precies is en wie thuishoorde op deze grond. Ze kibbelden eindeloos door, de hele dag, tot ze op een gegeven moment aankwamen in het jaar achthonderd of negenhonderd-en-nog-wat, om dáár dan ook weer ruzie over te gaan maken. Dan kwamen ze uit bij Kievse Roes, een of ander vorstendom, bij een of andere prins die ooit een soort beginland stichtte, en zei een Oekraïner: wij hebben dat gesticht! Een mengelmoes van volkeren? Een klucht! Net als al die Don Kozakken-sprookjes van mijn overgrootvaders. Je kon er helemaal in meegaan, in die grootse verhalen over de verdediging van grond en tradities. Je kon ook gewoon zorgen dat je morgen brood had en je kinderen te eten kon geven.'

Nikolaj pakt de foto uit mijn hand en legt hem op zijn schoot.

'Kijk, hier was het leven nog vrij gewoon. Je oma liet deze foto maken op haar vijftiende verjaardag, 1 september 1939, de dag dat de Duitsers Polen binnenvielen, de dag dat deze doek van Baba Mari de boom in waaide. Dat bleek een hele rare dag te zijn, achteraf. Toen was het vooral een verrassende dag, omdat wij deze doek nog nooit hadden gezien. Njoesja en Doesja en Aleksandra hadden ervoor gespaard, voor deze foto. Ze hadden er de hele zomer voor gewerkt op de kolchoz. Aleksandra nam de foto mee naar Duitsland, samen met de doek. Ik weet eigenlijk niet waarom ze de foto meenam,' zegt Nikolaj en kijkt naar de datum achter op de foto, 'zij zaten in dezelfde trein. Die Duitse honden.'

Hij houdt de foto, gekreukt, vol met witte scheurlijnen, even in het goudgele licht dat door de glas-in-loodramen naar binnen valt. Hij ademt diep in.

'Ik wist lang niet dat deze foto bestond,' zeg ik. 'Ik kende alleen de foto's van na de oorlog: die waarop ze met mijn opa trouwde, die waarop ze al zes kinderen had. Deze liet ze me pas zien toen de protesten in Kyiv aanzwollen in de winter van 2013. Honderdduizenden mensen op het Maidanplein, midden in de stad. Ik liet Aleksandra foto's zien van jongeren, moeders, vaders, studenten, opa's en oma's met vergieten op hun hoofd in plaats van helmen. Ze werden met wapenstokken in elkaar geslagen, tot bloedens toe. Het bloed liep over hun gezichten, in hun nek, druppelde op hun jassen en in de sneeuw. Samen keken we hoe het witte plein langzaam veranderde in een zwartgeblakerd fort. Jonge jongens sleepten de lijven van hun dode vrienden over de straten, terwijl ze hun lichamen probeerden te bedekken met ijzeren schilden en spaanplaat. Meestal keken Aleksandra en ik naar de foto's zonder te praten, soms zei ze tegen me: "Dit land is zo veranderd sinds ik er ben weggevoerd, ik heb geen idee waarom dit allemaal gebeurt." Bij elk bezoek dat ik haar bracht, trokken de ongeregeldheden verder richting het oosten.

'Het rustige rood van onze familielijnen is in gevaar,' fluisterde Aleksandra tegen me, nadat ze Andriy aan de telefoon had gehad. Hij had een paar novemberdagen gedemonstreerd op de Maidan, maar was nu weer thuis, in Odessa, waar Oekraïense demonstranten en pro-Russische hooligans met elkaar op de vuist waren gegaan. 'Hij belde om te zeggen dat er niets ernstigs meer aan de hand is in Odessa. Witja heeft Europa de rug toegekeerd, maar ze praten nog wel met elkaar. Er komt een brief van mijn zusje Klawa. Ik weet al wat ze gaat schrijven. Ze zal me uitleggen dat alles rustig is, dat anderen soms in gevaar zijn, maar zij niet. Als ze zulke brieven schrijven en zulke telefoontjes plegen, Lisa, dan weet je dat de rapen gaar zijn. Ik weet nog, de eerste brief die ik van mijn ouders kreeg, na de oorlog. Weet je wat ze schreven? "Lieve Aleksandra, nog wat nog wat, groetjes van iedereen, we missen je zo, wanneer kom je naar huis? We wachten op je, we kunnen er niet van slapen. We huilen de hele tijd. Het gaat goed met ons, we hebben genoeg te eten en te drinken. Verderop in de straat, op nummer 12, hebben ze alleen niets te eten, daar leven ze in armoede. De kinderen moeten langs de deuren en bedelen om brood, ze hebben amper kleren, ze stelen om rond te komen.'" Ze zweeg even en pakte mijn hand vast. 'Alleen die zin in de brief was belangrijk, Lisa. Die zin over de familie op nummer 12. Dat waren zij. Je moet altijd tussen de regels door lezen met die Oostblokkers. Dat is alles wat ik heb onthouden van toen ik daar leefde, meisje. Geen woord is wat het lijkt. Je oom Andriy liegt. Het gaat slecht. Het land valt uit elkaar.'

Een maand na de brief van Klawa en de telefoontjes van Andriy werden de woorden van mijn oma werkelijkheid: in het voorjaar van 2014 was haar oude grond, het Donetsbekken, aan de beurt. Gewapende separatisten met zwart-oranje banden om hun bovenarmen vielen overheidsgebouwen binnen en riepen een volksrepubliek uit. Mensen, vooral jongeren, vluchtten naar Rusland, het westen van Oekraïne, Duitsland en Polen. Steeds meer mensen verdwenen, zoals eerder gebeurde op de Krim; mensen waren een paar dagen weg en doken compleet in elkaar geslagen weer op. Mensen raakten zoek. Mensen werden vermoord teruggevonden op vreemde, verlaten plekken. Mijn oudtante Nina woonde plotseling aan de frontlinie en sliep alleen nog maar in haar kelder, er ging een avondklok in, dag en nacht werd er geschoten en gebombardeerd, onze neef Igor werd bedreigd voor roebels en moest dat een paar maanden later met zijn leven bekopen. Er was te weinig eten. Er was dagen achtereen geen elektriciteit, geen stromend water, geen internet. De familie ontving geen post meer, geen telefoontjes.

Mijn moeder kreeg geen e-mails met foto's en lieve groeten meer binnen. Het oude land van mijn oma zweeg, we waren van onze familie afgesneden. Toen onze neef Kolja verdween in maart 2015 en ik Aleksandra dit nieuws bracht, kantelde er iets haar.

'Krijg nou wat,' zei ze boos, 'ik zei het je toch, ze doen precies hetzelfde als toen ik een klein meisje was.'

Ze pakte de wandelstok die tegen haar stoelleuning stond, duwde zich met een sikkeneurig gezicht omhoog uit haar stoel, schuifelde naar de gangkast en trok een donkergroene broodkist van een plank boven de wasmachine. De ijzeren kist, die ik mijn hele leven al op verschillende plekken in verschillende huizen had zien staan, zat vol deuken en roestplekken. Het sluitingsmechanisme was verouderd: met veel moeite drukte ze op de ronde knop, die in een langwerpige ijzeren sluiting hing. De sluiting, die strak om de knop zat en door het deuken van het deksel bij het scharnier scheef was gaan zitten, gaf weinig mee. Uiteindelijk lukte het mijn oma het ding open te krijgen door de knop half in te drukken en met haar andere hand een harde klap op het deksel te geven.

'Potverdorie,' zei ze, waarna ze de open broodkist over de eettafel naar me toe schoof. Ik keek naar stapels foto's, telegrammen en luchtpost uit de Sovjet-Unie, Oekraïne, Kazachstan en Rusland. Niets was geordend op jaartal of land. Er waren trouwfoto's, waarop iedereen – in de winter mét bontmuts, in de zomer zonder – bloedchagrijnig de camera in kijkt (zelfs de bruid en bruidegom); sepia familieportretten waarop mijn oudtantes hun kinderen stevig tegen zich aan drukken; nichten in legeruniform onder een appelboom; neven in legeruniform voor een bloemenperkje; een begrafenisstoet door Stanitsja Loeganska, een kar met daarop het dode lichaam van neef Aleksandr; een vierkant fotootje, tante Nina en oom Pomidorski in Dordrecht aan een ronde tafel met mijn opa, mijn moeder, mijn tantes en mijn oma; mijn oma tussen haar zussen in, naast haar moeder, allemaal in een bloemenjurk; een zwart-witportret van Kolja, de enige broer van mijn oma.

'In onze familie zijn er meerdere Kolja's. Te veel om bij te houden,' vertelde Aleksandra. 'Bij het eerste bezoek aan Oekraïne, in 1973, was het erg verwarrend voor je moeder. Ik zal je zeggen wat ik toen tegen haar zei, onderweg, voor we het station binnenreden: dit zijn de Kolja's die je moet onthouden. Mijn vader, Nikolaj. Mijn broer, Nikolaj, roepnaam Kolja, jouw oudoom dus, Lisa. Jouw oudoom Kolja had tijdens zijn werk in de fabriek een van zijn vingertopjes afgezaagd, per ongeluk. Zijn kootje was eraf gevlogen, zo de werkvloer op. Het kon niet teruggezet worden. Toen ik met je moeder op dat perron stond, tussen al die familieleden, en er ook nog iemand veel te dichtbij en veel te hard accordeon stond te spelen, omhelsde zij Kolja als eerste, ze herkende hem aan zijn te korte vinger. Dan is er nog je Nederlandse oom natuurlijk, mijn zoon Nico. En dan is er je oom Kolja, de volle neef van je moeder, mijn kleine neefje, de zoon van mijn zus Nina.'

Op de foto uit de broodkist was Aleksandra's broer Kolja nog jong, een jaar of dertien. Hij had al zijn vingertoppen nog. De foto was een paar jaar na de oorlog gemaakt. Kolja zat schuin op een stoel met zijn handen op zijn schoot. Zijn zwarte shirt had een opgesteven kraag en zijn pikzwarte haren waren netjes gekamd in een strakke scheiding. Met een halve glimlach keek hij de lens in. Zijn irissen waren bijna helemaal zwart. Zijn houding, zo net mogelijk zittend op die stoel, paste helemaal niet bij zijn knokige jongensschouders. In de hoek van de foto, schuin boven zijn hoofd, stond iets in cyrillisch schrift, in hoekige kapitalen. De inkt van de letters was deels vervaagd. Ik kon alleen 'Sjoera', de eerste roepnaam van mijn oma lezen en legde de foto in haar hand.

'Als aandenken aan mijn zus Sjoera,' las Aleksandra droog voor. Daarna legde ze de foto terug in de kist. 'Het was vreemd om hem daar te zien, op dat station,' zei ze. 'Het was alsof ik recht de armen van mijn vader in liep, zo erg leek hij op hem. Het was even alsof de tijd had stilgestaan, alsof het weer november 1942 was en hij daar altijd was blijven staan.'

Ik kijk naar Nikolaj, zijn huid is zongebruind, alsof hij gisteren nog op het land heeft gewerkt in plaats van in de fabriek waar hij bontjassen maakte.

'Niet gek dat die broodkist zo laat opdook,' zegt hij. 'Je oma is opgegroeid in stilte. In een bad van zwijgzaamheid. We hebben dat aan haar overgedragen. We deden het voor onze veiligheid, zwijgen. Ik zweeg sinds de Don

Kozakken verjaagd werden; Anna en Baba Mari zwegen vanaf het moment dat we in 1927 hadden geprobeerd meer graan langer op de boerderij te houden, zo konden we misschien iets meer verdienen. Er werd in die dagen steeds strenger gecontroleerd en meer in beslag genomen. Komsomolbrigades zwierven door ons gebied. Soms dronken, meestal bewapend. Ze wisten de huizen van boeren met personeel zo te vinden. Ze kwamen met nieuws van hogerop: onze stroken land moesten worden samengevoegd. We zouden ze gezamenlijk gaan bewerken, in collectieven. Niet met onze oude werktuigen, maar met moderne tractoren. De brigadiers hingen spandoeken op aan gebouwen, huizen, hekken. Ze organiseerden avonden in het dorp, ze nodigden iedereen uit en hielden schreeuwerige toespraken. Ze verdeelden ons in drie groepen, waardoor we opeens elkaars vijand leken te zijn. Opeens bestond ons dorp uit: arme boeren, die bondgenoot moesten zijn van de nieuwe wereld; gewone boeren, die neutraal waren en zich in de toekomst bij een collectieve boerderij aan moesten sluiten; en rijke boeren, de koelakken, vijanden van het proletariaat. Met dat woord smeten ze de hele tijd, orerend in hun uniformen, soms ladderzat: proletariaat dit, proletariaat dat. Na die redevoeringen kon ik wel overgeven. Dan liep ik over de dorpspaden langs onze izba's en keek ik overal naar binnen, naar mijn vrienden, die hun kinderen te eten gaven, de vrouwen die hun mannen over hun hoofd aaiden en de gordijnen dichttrokken, en dacht ik: ons kleine dorp, deze zeven boerderijen, ze weten het alsnog uit elkaar te trekken. De brigadiers vertrokken en wij gingen weer aan het werk. Zo normaal mogelijk. Al was er iets verschoven onderling. We voelden dat er iets duisters aan zat te komen, het sloop door ons dorp als een kwade geest in de nacht, we keken elkaar anders aan, ons personeel werd schichtiger en stiller; op de markten, in andere dorpen en steden, zeiden mensen dingen als: "vijanden van het proletariaat gaan eraan". Iedereen zei het en niemand wist wat het betekende. Sommigen voorspelden een burgeroorlog: wij, de iets welvarendere boeren die iets meer gewassen verbouwden op de zwarte aarde en wat meer vee bezaten, zouden in opstand komen tegen de staat, we zouden ons verdedigen. Ons voedsel en ons vruchtbare land zouden niet in de handen van de staat belanden, die steeds terugkwam voor meer.

"Wie het voedsel heeft, heeft de macht," zei een oude man op een dag tegen Anna op de markt in Loegansk. Pas vier jaar later, toen wij het dorp al ontvlucht waren, de dorpen bijna helemaal leeg, en er in de stad allemaal uitgehongerde boeren door de straten zwierven, begrepen we wat hij bedoelde. Maar toen was het al te laat.'

De mozaïekmensen aan de muren kijken niet meer naar ons, maar naar het graan dat in de hal ligt. Hun wangen zijn minder vol en rood dan toen ik hier binnenkwam. Ze lijken opeens moe. Ze ogen paniekerig. Met mijn voeten maak ik cirkels in het graan tot ik de vloer van het Paleis zie. Hij is wit en glanst. Het lijkt hetzelfde soort steen als op het Maidanplein, waar ik tijdens mijn reis richting het oosten van Oekraïne een avond rondliep. Aan de randen van het plein lagen bloemen en foto's. In de bestrating rondom het plein ontbraken hier en daar kinderkopjes, alsof ze na het uitbikken tijdens de revolutie niet meer vervangen mochten worden. In de avond brandden er kaarsen in rode rouwglazen, overal waren blauw-gele linten om bomen gebonden.

'In het voorjaar van 1928 begonnen ze de duimschroeven aan te draaien. Het bevel was simpel, waardoor het eerst niet zo gruwelijk leek: meer inleveren. Met gebogen hoofd leverden Anna, Baba en ik meer graan en vlees in. We stribbelden niet tegen. Bij het verkopen van groente op de markt hoorde ik dat protesterende boeren soms direct door hun kop geschoten werden of op de trein naar Siberië werden gezet. Kinderen bleven alleen achter en werden, als ze geluk hadden, naar weeshuizen gestuurd. Wij wilden niet dat Aleksandra en Nastja op zouden groeien zonder ouders, dus deden we wat ons gevraagd werd. In 1928 en 1929 mislukten de oogsten voor een groot deel. We hielden bijna niets over voor onszelf. Het bevel bleef hetzelfde: meer inleveren, tot paarden en koeien aan toe. Niks was meer logisch, we hadden de dieren nodig voor het land, voor onszelf. Anna, Baba Mari en ik hadden in 1930 nog maar een paar kippen, wat geiten, twee koeien en drie paarden over. Sommige boeren uit ons dorp begroeven hun kleine beetjes geld en verkochten hun waardevolle spullen. Wij verkochten de gouden lijsten van onze iconen. Op aanraden van Oleg, mijn beste vriend, hingen we in plaats van de iconen een groot portret van Lenin aan de muur. Toen Aleksandra

vroeg waarom, zeiden we altijd maar dat dit zo was omdat zij was geboren in zijn sterfjaar. Ze was lange tijd heel
trots dat hij daar hing, zo aan de muur, met zijn blik vooruit in het oneindige. Schuin tegenover Lenin, in de hoek
van de woonkamer, hing het laatste icoon. Die hadden
Baba Mari en Stepan laten maken na hun huwelijk.

In de winter van 1929 leefden we vooral van de groenten die Baba Mari de hele zomer ijzerenheinig op zuur
had gezet. Er stonden tientallen potten door het hele
huis. Ze was er dagen mee bezig geweest, midden in de
eetkamer. Die winter vermagerde Nastja en je oma was
de hele tijd moe. Het jaar daarna kwam er opeens heel
veel eten uit de bodem. Onze gehoorzaamheid en zwijgzaamheid leken beloond te worden. Het was alsof ons
land zijn excuses aanbood en zo veel mogelijk aan ons
wilde geven: mais, tarwe, zonnebloemen, uien, bieten,
knoflook. Er werden kalveren en geitjes geboren. We
kwamen handen tekort bij het oogsten. We konden alles
inleveren, op tijd, voldoende. We hielden genoeg over,
eindelijk. 1930 was een goed jaar. We nodigden vrienden
en personeel uit in onze tuin. Anna bakte honingtaarten
en Oleg bracht zelfgebrouwen bier mee. We aten vlees
van het spit en vis uit de smalle rivier. Die zomer at ik de
zoetste tomaat die ik ooit proefde.

Het jaar erna was er amper oogst. Het land bleek een
laatste adem te hebben uitgeblazen om daarna in te stor-
ten en niet meer op te staan. Elke dag was er een nieuwe,
kleine ramp: rottende planten, kapotgevroren gewas, zaden die niet uitkwamen, ongedierte, verregende grond,

zo zompig dat ik er soms tot mijn knieën in wegzakte. De staat bleef vragen om meer, maar de zwarte aarde had besloten niet meer mee te doen, alsof het voelde dat het niets meer uitmaakte, dat wij, de mensen die met liefde op haar werkten, alleen maar leden. De grond leek te weten dat het eten bij de verkeerde mensen terechtkwam. Dat jaar brak ons. Het brak ons land, onze dieren, de boeren uit het dorp. Alles en iedereen was moe, leeg en dun. Ik was hongerig, Anna was hongerig. Personeelsleden vertrokken naar de stad, in de hoop dat daar meer te halen was. Jouw oma en haar zus vervingen hen. Elk uur dat ze niet op school hoefden te zijn, werkten ze mee op het land.'

Nikolaj schept wat graan van de grond en beweegt het in zijn hand, weegt wat het waard kan zijn. 'Ik zie ze zo zitten, op hun knieën in die zwarte aarde, tussen de aardappelen, uien, bieten. 's Nachts droomde ik ervan, dan zag ik ze wegzakken in de grond. Het personeel dat nog bij ons werkte nam ook hun kinderen mee. Jongens en meisjes van vijf, zes jaar oud. Ze bleken vlugge vingers te hebben: ze raapten razendsnel de aardappelen en bieten uit de grond. Aleksandra was toen nog maar zeven. Ik kan haar zo voor me zien, met haar krullende haren, in haar lievelingsjurkje, gehurkt boven de aarde. Haar hand paste twee keer in die van mij, het was te schandalig om aan te zien. Het werk ging sneller met de kinderen erbij, maar meer mensenhanden halen natuurlijk niet meer uit de grond dan erin zit. In de zomer van 1931, een paar dagen na het zegenen van de veel te magere oogst, besloten Anna en ik een van onze paarden, Olesja, te slachten zodat we genoeg geld zouden hebben om de herfst en de winter door te komen. De slager was al naar de stad vertrokken, ik kon het niet over mijn hart verkrijgen om het zelf te doen. Ik vroeg Oleg me te helpen, hij was houthakker en sterker en groter dan ik. Midden in de nacht, toen iedereen naar bed was, reed ik op Olesja over de donkere paden van het dorp richting zijn huis, dat aan de rand van het bos lag. Zittend op de warme rug van het dier, dat zoveel oogsten met ons had meegemaakt, dacht ik: alles wat deze grond leefbaar heeft gemaakt gaat verloren. Het laatste stuk naar Olegs huis moest ik het dier achter me aan trekken over een smal bospad. Je zag daar geen hand voor ogen 's nachts. Ooit, na een oogstfeest, was ik er gruwelijk over een boomstronk gestruikeld. Ik zat onder de blauwe plekken, kon een week amper lopen. Daar heeft Baba Mari me lang mee geplaagd. Dan kwam ik half hinkend de schuur binnen en deed ze mijn manke loopje na terwijl ze keihard lachte. Die nacht liep ik heel voorzichtig over dat pad, schuifelend, de hiel van mijn ene voet tegen de grote teen van mijn andere voet zettend. Een vreemde valpartij mocht niet het laatste zijn wat Olesja met mij meemaakte, dat was niet wat er nog op dit stuk grond mocht gebeuren. Mijn vader zou zich dood hebben geschaamd als hij hoorde dat zijn Don Kozakken-zoon was gestruikeld en geplet door zijn eigen paard. Ik zag ons al helemaal liggen, daar in dat bos. Weet je wat hij tegen me zei, toen ik jong was?'

'Nee?'

'Een Don Kozak is niets zonder zijn paard. Die nacht

dacht ik veel aan hem, mijn vader, hoe hij me als jong jon
getje op de rug van een paard zette en me gewoon losliet,
een veld in. Hij spoorde me aan mijn hakken in de buik
van het dier te duwen. Ik deed het die eerste keer met blote voeten, ik voelde de spieren van het paard, de lijnen van
zijn lijf. Mijn voeten waren koel tegen zijn warme buik.
Mijn hielen verdwenen bijna in zijn flanken. Het dier was
ruw en zacht tegelijk, ik klampte me vast aan zijn nek, tot
mijn vader me woedend nariep: ik moest rechtop zitten.
Rechtop en zonder angst. De laatste paar meters voor
Olegs huis rechtte ik mijn rug. Het paard mocht me niet
zwak zien, niet klein. Bij Oleg stond bijna alles al klaar:
zijn slijpsteen, de touwen, een trog met hooi voor Olesja,
zodat ons lieve paard afgeleid zou zijn, emmers om het
bloed mee op te vangen. Oleg aaide het dier toen we aankwamen, fluisterde oude woorden die we van onze vaders
hadden geleerd in zijn oor. Hij zong het lied van de zwarte
raaf: "Vlieg aan mijn zijde, vertel mijn lieve moeder dat ik
voor het vaderland gevallen ben." Daarna zei hij me dat hij
nog één ding moest halen. Hij ging met zijn olielamp zijn
huis in en kwam terug met de grootste bijl die hij had.

"Is dit wat je gaat gebruiken?" vroeg ik hem geschrokken. Ik zag al voor me hoe hij Olesja als een barbaar te lijf
zou gaan, in het vlees van het dier hakkend tot het in elkaar zou zakken – of hoe hij Olesja's knie zou breken, om
het dier daarna pas de genadeklap te geven. Ik hoorde de
botten bijna verbrijzelen.

"Wees even stil," zei hij, "ik geef één klap. Dit mag
niet fout gaan."

Ik hield mijn armen om de buik van Olesja en deed mijn ogen dicht. Ik hoorde Oleg diep ademhalen, gevolgd door een doffe klap. Achter ons was het bos stil, geen tak kraakte, geen hert bewoog. De enige keer dat het ook zo stil was op ons land, was toen de trein, waar Aleksandra, Njoesja en Doesja in zaten, uit het zicht reed en we hun geschreeuw en gehuil niet meer hoorden. De geluiden na de klap op Olesja's hoofd kan ik nog steeds voor me halen: het kapmes in zijn nek, het opensplijtende vlees en het in de emmers stromende bloed. Het dier gleed uit mijn armen. We bonden een touw om zijn achterbenen, takelden hem omhoog en lieten hem leegbloeden, achter Olegs huis, op het deel van de veranda waar hij nooit zat. We dronken kwas en zeiden niets tegen elkaar. De emmers bloed gooiden we leeg in een zijstroom van de Don.'

'Olesja. Een paar iconen. Zakken met geld erin. Ik zag het wel, al was ik klein,' zei mijn oma, 'maar niemand sprak erover. Steeds vaker kwamen er mannen langs in het dorp die een tafel neerzetten op het plein en posters ophingen aan stokken. Die vertelden over grote boerderijen, waar iedereen samen zou werken, harder dan ooit tevoren. Nieuwe machines, nieuwe tractoren, riepen ze. Ze zeiden: jullie graan gaat de rest van de Sovjet-Unie opbouwen, jullie vullen de buiken van de hele maatschappij! Dan was ik even trots, mijn ouders zouden dit gaan doen. Een week later was opeens Olesja verdwenen.

Weg. En dan lag er weer een zak geld op tafel. Het gaat in je lijf zitten. Je voelt het, als iets langzaam wegschuift, ook als jong meisje.'

'In de winter van 1931, een paar maanden na het slachten van Olesja, op 5 december, besloten Anna en ik in de vroege ochtend dat het een verschrikkelijk seizoen was geweest. We kusten elkaar kort.' Nikolaj kijkt naar het plafond, maakt met zijn voet een kuil in het graan. '"Hierna zal het beter zijn," zei Anna tegen me. Ik knikte, of aaide haar over haar hoofd, iets om haar gerust te stellen. Daarna ging ik achter de trapnaaimachine zitten en naaide ik tegen het verdriet een dikkere laag in de winterjassen van Aleksandra, Nastja, Baba Mari, Oleg en Anna. Het was die winter dat de leiders van onze Unie in Moskou de grootste kathedraal van het oude Rusland op lieten blazen. Misschien dat ze met het veel te grote plan voor het Volkspaleis alles als vanzelf uit evenwicht trokken.'

Op 5 december 1931, als Anna samen met Aleksandra een halve zak meel naar Baba Mari brengt, komt Oleg hun tegemoet rennen. Een moment hijgt hij uit op het pad. Hij steunt met zijn hand op de smalle schouder van Anna en aait Aleksandra even over haar wang. Witte wolkjes komen met korte tussenpozen uit zijn neus, het zijn net de wolken aan de hemel in de zomer, waar Aleksandra altijd dieren in probeert te ontdekken. Anna kijkt hem verbaasd aan, de zak meel als een baby in haar armen houdend.

'Oom, wat is er?' vraagt Aleksandra.

'Doe je oren dicht,' zegt hij.

Even twijfelt mijn oma, ze weet dat Oleg altijd over te halen is als ze lief glimlacht. Ze probeert het, hij schudt zijn hoofd.

'Sasjaatje,' zegt hij met diepe stem.

Ze legt haar handen over haar oren en wacht tot Oleg begint te praten. Als hij haar niet meer aankijkt, zich tot Anna richtend, haalt ze haar linkerhand weg.

'Er hangt een groot bord buiten de school. Alle namen staan erop, in drie rijen.'

'Ze komen dus echt terug na al die praatjes op het plein,' fluistert Anna.

Oleg pakt haar bij haar bovenarmen en schudt haar een beetje door elkaar. Aleksandra heeft hem nog nooit bang gezien. Zijn lichaam is niet zo kalm als normaal, hij beweegt sneller, wappert met zijn handen en kijkt bezorgd om zich heen als een schichtig dier.

'Jullie staan bovenaan. In de rij van de koelakken.'

Mijn oma boog over de broodkist heen en fluisterde het woord tegen me, als een gevaarlijk iets, twee geheimzinnige lettergrepen. 'Koelak. Een oud scheldwoord voor rijke boeren die hun personeel uitbuiten. In het dorp hingen opeens allemaal plakkaten. Op de plakkaten stonden boeren met hun geweer in de aanslag, omcirkeld door tractoren die stoom uitbliezen. Er waren ook affiches van een grote vuist die op de rug van een dikke, goedgeklede man sloeg en hem vermorzelde. Laat ons de koelakken als klasse vernietigen, dat stond er op die posters. Verschrikkelijk. De dikke koelakken met sigaren in hun mond en al dat geld in hun zakken leken helemaal niet op mijn vader of op mijn overleden opa Stepan. Onze familie was altijd goed geweest voor het personeel, we kenden iedereen, aten samen met hen en als er eten over was, werd dat eerlijk verdeeld. Nadat de brigades ons dorp hadden bezocht, maakte het niks meer uit: goed of slecht, eerlijk of niet eerlijk. We waren opeens allemaal criminelen, zelfs ik, een kind van zeven, was een koelak. Ik had niet meer gedaan dan op dat land in die boerderij geboren worden.'

Ik kijk naar het lichaam van Nikolaj, dat Aleksandra mij omschreef als hooguit te gespierd en misschien zelfs wat te dun. Niet dik, stinkend rijk of overvoed, zoals overal gepropageerd werd. Zijn jukbeenderen zijn goed te zien, zijn huid trekt over zijn botten bij zijn kaaklijn – ergens heeft hij hetzelfde gezicht als zij net na de oorlog, compleet ontdaan van het laagje vet dat een mens er levendig uit doet zien.

Loegansk

23 APRIL 2014

We dachten dat het neer zou worden geslagen, de overname van Kolja's stad door de pro-Russische separatisten. Het uitroepen van een nieuwe republiek, dachten we, dat is zo achterhaald, zo nineties. We dachten dat het zou gaan zoals in de steden iets minder ver in het oosten, waar ze werden teruggedrongen, de separatisten en rebellen, maar het is ze gelukt, de mannen met de zwart-oranje banden en de bivakmutsen, de raketwerpers en kalasjnikovs. Voor het hoofdkantoor van de regionale overheid in Loegansk, het gebouw dat ze in beslag hebben genomen, staan ze opgesteld, naast elkaar, als leden van een bataljon. Ze houden metalen schilden vast die onze Kolja herkent van de protesten op de Maidan, afgelopen winter: robuust en rechthoekig. De langwerpige schilden komen tot hun kinnen en zijn beplakt met vellen papier. We lezen kreten als: *Obama Hands off Ukraine* en 'Weg met de fascisten!', het slaat nergens op. Een journalist interviewt de mannen voor een Engelse nieuwszender, ze duwt haar microfoon over de schilden heen. De mannen kijken argwanend in de camera. Op het grote plein, recht tegenover het ingenomen hoofdkantoor, staat sinds een paar dagen een pro-Russisch kamp met een podium en een provisorische bar, waar mensen speeches geven en muziek maken. Ze wijst naar het kamp en vraagt: 'Wat hopen jullie dat er gaat gebeuren?'

Kolja hoort een flard van haar vraag en staat een tijd stil om te luisteren naar het gesprek. Een van de mannen met bivakmuts zegt dat Kyiv heult met Amerika en dat de Donbas altijd vergeten wordt door de regering. Kolja wilde eigenlijk even kijken in het kantoor van Larissa, in de hoop nog wat van haar spullen op te halen, maar als hij ziet hoe de mannen reageren op de journalist als zij doorvraagt, draait hij zich om en loopt weg. Wij hebben het al gezien, maar nu ziet hij het ook: op het plein zit Witja, zijn neef. Kolja twijfelt of hij gedag moet zeggen, of hij gezien wil worden, tussen de pro-Russische demonstranten die niets te maken willen hebben met het Westen. Wat zal Andriy denken, of Nina? Wij houden ons afzijdig, onze geweien bokken hem nergens weg. Niets is beslist als je alleen kijkt. Soms moet je iets eerst zien om je er vervolgens van weg te kunnen draaien. Witja ziet onze neef en zwaait enthousiast, wenkt hem. Onze Kolja zwaait terug, haalt diep adem en beweegt dan toch maar richting het plein waar het kamp is opgeslagen. Net voor de ingang wordt hij tegengehouden door een man in een spijkerbroek, zwart T-shirt en zwart jack.

'Ik ken jou,' zegt Kolja. De man gebaart hem zijn armen omhoog te doen, 'je kocht vorig jaar een televisie bij mij. Werk je hier in de beveiliging?'

'Ik weet niet wie u bent,' zegt de man.

'Flatscreen, 55 inch.'

Kolja kijkt de man recht aan terwijl die hem begint te fouilleren.

'Denk je dat ik iets van plan ben?' grapt hij in een poging het gesprek op gang te krijgen.

'Routine,' mompelt de man en beweegt zijn handen omlaag. Hij glijdt langs Kolja's heupen naar beneden en weer omhoog via zijn oksels. We vinden het onprettig om naar te kijken, het doet ons denken aan de brigades, die door het land trokken en overal maar konden kijken, tot onder het matras van onze familie aan toe. Is hier dan nog steeds niets helemaal van jezelf? Met beide handen klopt de man op de mouwen van Kolja's jas, op zijn broek bij zijn enkels, zijn bovenbenen en zijn kruis. Nadat hij nog even aan zijn broekspijpen heeft getrokken, richt hij zich op.

'Safe,' zegt hij zonder Kolja aan te kijken. Niemand in het bijzonder reageert op zijn constatering, de mannen die in de buurt staan te lummelen kijken niet op.

'Werkt de televisie nog goed?'

'U kunt doorlopen.'

'Ach, doe niet zo flauw.'

'Loopt u door, ik weet niks van een televisie.'

Kolja haalt zijn schouders op en loopt richting het plein dat vol staat met partytenten. Aan elke partytent is een vlag bevestigd. Geen enkele vlag is die van Oekraïne, we herkennen wel de Don Kozakken-vlag met het blauw, geel en rood. Op de vlag zien we het hoofd van Christus, met onder en boven zijn gezicht de woorden: 'God zij met ons. Voor geloof, Don en Vaderland.'

'Waarom hangt het hier?' vraagt een van ons. 'Wat gaan ze doen met die oude strijdvlag? Is het land nu van de Don Kozak?'

Witja zit op het rommelig ingerichte terras aan een plastic tafel. De mensen om hem heen praten rustig met elkaar, drinken bier of cola, roken sigaretten. Op het podium staan twee mannen een lied te zingen, ze bewegen hun gezichten heel dicht naar de microfoon die tussen hen in staat. De ene man speelt simpele akkoorden op een gitaar, de ander heeft zijn handen op zijn rug. Even kijkt Kolja naar het duo en beweegt zijn hoofd mee op het ritme van de muziek. Dan gaat hij zitten. Witja slaat hem vrolijk op de schouder.

'Broer, alles goed?'

'Wat doe jij nou hier?' vraagt Kolja.

'Ik protesteer.'

'Waartegen dan wel niet?'

'Kyiv hoort ons niet.'

'O joh?'

'We zitten zoals altijd weer tussen twee vuren, broertje. De Donbas moet het weer helemaal zelf doen. We hadden het kunnen weten, wat doen zij voor dit stuk grond en de mensen die er wonen na hun Revolutie van de Waardigheid?'

'Oké, verlicht me.'

'Koljaaaa, Nikolaajtje. Heb je gezien wat ze over ons zeggen? Op de Oekraïense tv?'

Hij wijst naar de mannen en vrouwen die om hen heen aan de tafeltjes zitten.

'Zien wij eruit als corrupte terroristen?' blaft hij. 'Zie ik eruit als een terrorist?'

Kolja volgt zijn vinger maar half. Hij kijkt vooral naar de camouflagebroek en het camouflagejack van Witja, naar de zwart-oranje band om zijn arm. Zijn verhaal is warrig, rommelig.

'Hier, kijk nou naar mij.'

Witja beukt met zijn vuist tegen zijn borst.

'Witja, niet doen.' Kolja slaat zijn ogen neer, kijkt naar de tafel. 'Ik snap je boosheid, maar er lopen gekken rond. Er wordt geschoten in de stad, verderop is het hele plein voor het veiligheidskantoor afgezet met pallets en prikkeldraad, er hangen allemaal vlaggen met *stop fascisme* erop. Wat heeft fascisme hier in godsnaam mee te maken? Ik snap het niet. Er lopen mannen met bivakmutsen en kalasjnikovs heen en weer voor het gemeentehuis. Moeten er dingen stuk? En wat is dat met die banden om jullie arm?'

'Wie gaat er anders iets veranderen?'

'Wij? We kunnen toch stemmen?'

'Wil je het oplossen met democratie?'

Kolja knikt. 'Hoe moet het anders? Moet het zoals op de Krim? Weet je hoeveel mensen daar vertrokken zijn?'

Witja begint hardop te lachen. We schrikken van het honende geluid dat hij voortbrengt. Lachte Klim niet precies zo, toen Nikolaj zei dat het Rode Leger de familie heus zou redden? Waar ging hij ook weer ten onder, waar was het dat hij tegenover een Rus stond en zei: 'Broer, neem niet mij, we zijn uiteindelijk allemaal van dezelfde kant.' Witja staat op, gooit zijn armen in de lucht en wijst naar Kolja.

'Mensen, mensen, luister: deze man, mijn neef, mijn broertje, wil democratische verkiezingen! Laten we hem een volksheld noemen. Laten we hem op handen dragen! Wat een revolutionair idee!'

De mannen en vrouwen gniffelen.

'Wat gaf die belofte van democratie ons? Armoede, corruptie en werkloosheid,' moppert een man een tafel verderop, 'Nee, bedankt, jongen.' Hij schudt zijn hoofd en neemt nog een slok bier. Op zijn legeruniform zitten tientallen Sovjetordes gespeld.

'Je droomt, met je democratie!' roept een vrouw. Ze leunt voorover op haar wandelstok en lacht haar gouden tanden bloot. 'Weer iemand laten beslissen wat er met ons land gaat gebeuren? Ammehoela! Verhuis lekker naar West-Oekraïne, met je vrije ideeën.'

Iemand applaudisseert en roept '*hurrah*', de traditionele oorlogskreet van het Rode Leger. Witja maakt een buiging en gaat weer zitten.

'Iedereen is het zat, broer,' snauwt hij. 'Daarom zitten we hier. Wat ga jij doen?'

'Wat bedoel je?'

'Ga je echt wachten op verkiezingen, na die zooi in Kyiv? Misschien heeft die ouwe tak daar gelijk, moet je

niet naar het westen? Jij hebt de omstandigheden voor jezelf zo goed mogelijk gemaakt, met je winkeltje. Jij bent de
rijkste van de familie, je hebt het nooit echt zwaar gehad.'

'Ik zorg voor Nina, voor Joelja. Ik deel wat ik heb,' bijt
Kolja terug.

'Zeg dat maar niet te hard, misschien moet je stil achter je toonbank blijven staan tot alles voorbij is. Gewoon
even je mond houden.'

Paleis van de verloren Don Kozak

'Oleg stond niet op de lijst,' vertelt Nikolaj. 'Hij had geen boerderij. Hij hakte zijn hout in de smalle strook bos die grensde aan ons dorp. Prachtig bos was dat, vol eikenbomen, ik ging er vaak met je oma wandelen. Ik was in eerste instantie ook geen boer, Oleg in eerste instantie geen houthakker: we waren allebei zoons van Don Kozakken, onze vaders hadden samen rondgezworven over de steppes en voor de tsaren gevochten. Voor Oleg en ik in het dorp terechtkwamen waar jouw oma werd geboren, waren we sloebers, asociale schooiers. Ik leerde Anna toevallig kennen, op de markt in Loegansk waar ze de oogst van haar ouders verkocht. Blauwe ogen, glanzende haren, een streng gezicht. Ze was mooi, en levensgevaarlijk. Oleg en ik liepen langs haar kraam en gapten een appel, zij zag het, natuurlijk, en kwam me achterna. Ze sloeg me voor mijn kanis met een maiskolf. Een maiskolf! Ongekookt zijn die dingen zo hard als een knuppel. Een week lang liep ik rond met een blauw oog. Toen de huid donkerpaars geworden was, ging ik terug. Met een appel, eerlijk gekocht bij een andere kraam. Ik vroeg haar of ze nog vrij was. Het duurde lang voor ze met me wilde afspreken, of nou ja, voor Mari en Stepan dat goedvonden. Ze was enig kind, iets jonger dan ik: ik was zeventien, zij zestien. Baba Mari vond het geen goed idee.

"Wat moeten wij met zo'n schooier," zei ze toen ik voor het eerst bij haar en Stepan op de boerderij verscheen. Ze zat een blouse te borduren en keek me niet aan. Bij elke steek stelde ze een vraag: "Drink je, vecht je, heb je geld? Waar komen je ouders vandaan? Wat voor werk doe je?" Ik keek mee met elke steek en gaf antwoord. Daarna luisterde ik met gebogen hoofd naar haar tirade over armoedzaaiers die om de hand van haar enige dochter kwamen vragen als bedelende straathonden om een stuk vlees.

"Wat moeten wij Popovs, een gegoede boerenfamilie, met jou?" snauwde ze. En maar doorborduren. De Popovs, jouw voorouders, waren bekend in de regio. Stepan, Anna's vader, die niets zei toen ik daar stond, in zijn huis, in mijn mooiste linnen hemd, leidde de boerderij met harde en rechtvaardige hand. Hij was loyaal aan zijn personeel en vooral aan zijn dorp. Hij was een echte clanleider: had een grote gewichtige snor en van die chagrijnig staande wenkbrauwen, het duurde maanden voor ik hem een keer zag lachen. Dieper dan de diepste geul in een brede rivier waren de rimpels op zijn hoofd, ongelooflijk, als je er te lang naar keek, verdronk je erin.'

Nikolaj fronst diep, duwt met zijn handen tegen zijn

wangen en zijn slapen tot zijn gezicht uit alleen maar vouwen bestaat. Ik lach.

'Ik zag er zelf wat bijeengeraapt uit en kwam ook nog uit een Don Kozakken-geslacht, ik begreep dat het moeilijk werd om Baba Mari te overtuigen, mijn voorouders stonden niet echt bekend als gezellige types. Die zwierven rond waar de Popovs hun boerderij hadden gebouwd, ze hadden er geroofd en geplunderd, dus was ik zo eerlijk als ik kon tegen haar. Het was alles wat ik had. Ik naai, zei ik tegen haar. En ze glimlachte.'

Tijdens een avondwandeling met mijn oudtante Klawa, de jongere zus van mijn oma, over de boulevard van Odessa, uitkijkend over de Zwarte Zee, benadrukte ze dat haar vader een sjacheraar was in die tijd. 'Een echte Don Kozak, een charmeur, een grappenmaker, een knappe man,' zei ze, 'maar vooral een sjacheraar.'

'De oudste broer van mijn vader, mijn oom Matvej, nam me onder zijn hoede, nadat ik het huis van mijn vader was ontvlucht,' gaat Nikolaj verder. 'Mijn vader keerde moedeloos terug na de oorlog met Japan in 1905. Hij was moe en verslagen, hij voelde zich gebruikt door de tsaren. Het was dubbel: de Don Kozakken betaalden amper belasting aan Rusland, waren vrijer onder het bewind. In ruil daarvoor moesten ze vaak vooroprijden in de strijd. Ze werden geprezen om hun onverschrokkenheid. Ze hebben het geweten. Toen mijn vader terugkwam uit Japan was al zijn kracht uit zijn lichaam geramd. Hij begon te drinken, sloeg nog meer. Mijn moeder vluchtte elke ochtend naar haar ouders, tot ze niet meer terugkwam, mijn oudere broers waren al jaren eerder vertrokken. Weglopen van huis was het enige wat ik kon bedenken.

Matvej zei dat hij me zou leren naaien, dan kon ik zelf de kost verdienen. Ik was nog geen minuut bij hem, of hij schoof me al achter een trapnaaimachine. Eerst kon ik er helemaal niks van: ik knipte verkeerde patronen, kon geen rechte lijn voor elkaar krijgen en brak naalden op te dikke lagen textiel. Matvej stond elke dag met zijn handen in zijn zij en zijn bolle buik vooruitgestoken naar me te kijken, alsof hij alle tijd had en zelf niet hoefde te naaien. Als hij keek, werkte ik preciezer. In een koude winternacht in december, nog voordat ik Anna kende, sliep ik naakt in mijn eerste zelfgemaakte winterjas op de veranda van Matvej. Voor zijn huis lag de sneeuw tot vier treden hoog. Het was minder donker die nacht. De ijskristallen die aan de rand van het rieten dak hingen, leken al het zonlicht te hebben opgeslokt om 's nachts te kunnen gloeien. Het huis fonkelde in de duisternis. Er klonk een zachte bries vanaf de bevroren Donets, de in het ijs vastgevroren halmen bewogen zacht heen en weer. Het klonk als stof die schuurt. Ik probeerde te slapen, maar was te opgetogen dat ik het niet koud kreeg in die jas. Twee lagen voering had ik onder het koeienleer genaaid. Eerst schapenwol, daarna een laag leer en daarna nog eens een hele schapenvacht. En een wollen kraag, hoekig en dik bij de nek, voor als de wind over de steppe joeg en in je huid sneed. De kraag had me weken werk gekost.'

Nikolaj vouwt zijn handen onder zijn oksels, alsof hij zoekt naar de warmte die hij toen in die jas voelde.

'Baba Mari zei me dat het goed was. Kom naar ons dorp, zei ze. Ik kocht mijn eigen naaimachine, zei mijn oom gedag en haalde Oleg over met me mee te gaan. De oude houthakker van Anna's dorp was op sterven na dood, hij zag er bijna zelf uit als een boom, hij zocht een opvolger. Oleg ging in de leer bij die houthakker en ik ging aan het werk bij de Popovs. Samen bouwden we een huis aan de rand van het bos. In de ochtend zagen we de zon opkomen boven het stille, steppeachtige land. De zon viel over de gouden velden door onze ramen naar binnen. Oleg sliep in een houten bed, ik sliep op de grond. In de avond maakte ik kleren voor de kennissen van Anna en elke ochtend, heel vroeg, wandelde ik naar de boerderij met de zon in mijn rug. Het land lag er steeds anders bij: net andere kleuren, net langere halmen graan, net wat meer zonnebloemen.'

Ik leun achterover op het bankje in het Paleis en denk aan de houten molen waar Aleksandra het altijd over heeft. Het smalle pad naar de rivier, de waterput, de paarden, de koeien en het graan. De houten emmers vol bloedrode tomaten, de strak dichtgedraaide weckpotten van Baba Mari met groenten voor de winter. De Donets die alle velden aan elkaar rijgt, de riviertjes die de landkaart bij elkaar houden, Rusland tegen Oekraïne drukken, zoals Nikolaj met naald en draad zijn jassen in elkaar stikt, lagen leer tussen lagen bont naaiend, armen en borstkassen bij elkaar brengend. Nikolaj haalt zijn voet van de trapnaaimachine en loopt naar buiten, het graanveld in. Hij houdt de aren tussen zijn handen, trekt een stuk steel los, draait er wat graankorrels uit en doet ze in zijn mond. Hij kauwt op het droge koren en proeft de smaak van het land: zoet en bitter. Hij kauwt, luistert naar de dieren, het fluiten van het graan in de wind. Hij kijkt naar de zwarte aarde onder zijn voeten, zo vruchtbaar dat er altijd om gevochten zal worden.

'Het was heel mooi op het land, maar ook zwaar. Anders dan naaien, wat ik vooral met mijn handen, mijn voeten en mijn rug deed, moest ik hier mijn hele lichaam gebruiken. Van 's ochtends vroeg tot laat in de avond stond ik te zwoegen in die zwarte grond, tussen de maisstengels, de aardappelen, het graan en de bieten. Al was ik jong, ik was kapot, elke dag. Soms kon ik geen groente meer zien, maar daar zweeg ik over. Anna zou weten dat ik harder werkte dan iedereen: als de rest al naar huis was, bracht ik de schuren nog in orde en reed ik de werktuigen naar binnen. Ik at de soep die Baba Mari klaarmaakte tot de laatste druppel en bedankte altijd uitgebreid voor het vlees dat ze bereidde op bijzondere dagen. Daarna ging ik weer naar huis, naar mijn stromatras. Soms kuste ik Anna stiekem achter de schuur. Op een avond vroeg Baba Mari me bij haar aan tafel te komen zitten en leerde ze me het zwarte en rode garen in wit linnen te stikken, in kragen en op de randen van mouwen. Ze liet me zien welk garen er precies bij onze aarde paste, bij het land van mijn Don Kozakken-vader en haar voorouders, Russische boeren: zwart voor de aarde, rood voor de liefde, blauw voor de bloemen die na de ijzige winters uit de grond komen. Nadat ik met Anna was getrouwd, haalden Oleg en ik onze goede vriend Sergej over om ook naar het dorp te komen. Hij boerde al, aan de rand van Loegansk, hij was alleen. Lena, een vriendin van Anna, was nog vrij. Lena was stiller en zwijgzamer dan iedereen, geheimzinniger dan Anna ook, die graag de oren van mijn hoofd praatte en altijd wel zin had in een avond dansen en eten. Toen Sergej voor het eerst op de boerderij kwam kijken, en Lena ontmoette, smolt zij als boter in de zon. Ze waren op slag verliefd. Voor hij werd gedeporteerd, in 1931, kregen hij en Lena twee dochtertjes, de meisjes waren wat jonger dan Aleksandra. Ik weet eigenlijk niet wat er van hen geworden is, nadat wij uit het dorp waren vertrokken, diep in de winter, in de laatste dagen van 1931.'

Vanaf het besneeuwde erf kijkt Aleksandra begin december 1931 door de openstaande deur. Twee jongens lopen al een kwartier door het huis met notitieblokken in de hand. Ze bewegen lomp, duwen met de neuzen van hun sneeuwlaarzen tegen stoelpoten en kastjes. Op het erf is het ijzig stil. Er waait geen zuchtje wind, niks. De grond is op zijn hoede en luistert mee met alles wat er in het dorp gebeurt. Aleksandra spitst haar oren. Geconcentreerd volgt ze elke stap die de jongens zetten. Ze kent de geluiden van de deuren en de laatjes, het gewicht van de pannen, de plekken van de weckpotten op verschillende planken. Ze weet hoe de tinnen borden opgestapeld moeten worden en hoe schel dat klinkt, hoe het kleed netjes op tafel ligt, waar de lepels en de messen moeten, waar de kaarsen in het houten krat liggen, waar de olielamp staat. Nu stampen de jongens, die zichzelf 'brigadier' noemen, er onbehouwen doorheen. Ze verplaatsen dingen zonder het te vragen, zoals ze de laatste dagen ook de orde in het dorp verstoren zonder zich iets van de regels aan te trekken. Aleksandra heeft ze al overal binnen zien gaan, met hun lange jassen, hun bruine petten en gladgeschoren kinnen, waar nog bijna geen stoppel op te zien is. Ze spreken de Russisch-Oekraïense mengelmoestaal van het gebied niet, ze negeren Aleksandra als die hen met 'oom' aanspreekt, zoals zij dat al haar hele leven tegen alle mannen uit het dorp doet. De jongens trekken zich niets aan van wie dan ook. Bij ieder huis laten ze hun revolver zien, om daarna met veel gescheld over de drempel te stappen. Precies zo verschenen ze net hier op het erf.

Nu raken ze alles aan. Ze leggen hun handen op de houten oppervlakken van de kasten en de tafels, tikken van binnen op de ruiten, duwen de klinken van de deuren twee of drie keer op en neer, lopen de kamers in en uit, kijken onder het houten bed van Nikolaj en Anna, tillen de dekens op, rommelen met de kussens, slaan de dekens uit. Aleksandra luistert hoe ze tegen elkaar mompelen:

'Wat moeten we niet vergeten?'

'Heb jij daar al gekeken?'

Ze noteren zaken in hun schrift, hun potloden komen amper los van het papier. Nog nooit heeft Aleksandra mensen zo lang naar dingen zien kijken waar zij niet over nadacht: soepkommen, de samowar, de kopjes, de beeldjes die Oleg maakt uit stukken hout waar hij niks meer mee kan, de stokken van opa Stepan, die ze na zijn dood bewaard hebben in een mooie tinnen koker, de ruimte tussen het stoffen zitvlak en het hout van Baba's schommelstoel. Aleksandra kan een zwart lijntje zien lopen tussen hun handen, alle objecten die ze vast hebben gepakt en de woorden die ze in hun schrift noteren. Met elk nieuw meubelstuk of object dat de jongens aanraken, voelt het huis minder van haar en haar ouders, zeker wanneer een van de twee jongens zijn arm tot aan zijn oksel in de oven steekt.

'Nee, geen ruimte over tussen de ovenwand en de muur,' zegt hij tegen zijn kameraad en trekt zijn zwart geworden mouw weer uit de oven.

'Goed, dan gaan we verder,' zegt de ander. Hij pakt zijn koevoet. Bij binnenkomst had hij het ding rustig in de hoek van de kamer gezet, als een hond die moet wachten op een volgend commando.

Ze had de jongens een paar dagen eerder met hun koevoet en een ijzeren staaf aan het werk gezien bij het huis van Sergej, een goede vriend van haar vader. Nadat ze de koevoet in de deuropening hadden gezet, ging een van de twee met de lange staaf het besneeuwde erf op. Hij begon op willekeurige plekken in de bevroren grond te porren:

bij het hek, aan de voet van de appelboom, langs de muren van het huis. Ook stak hij de staaf in het rieten afdak van de waterput. Even stond hij stil en keek hij met zijn armen in zijn zij naar zijn medebrigadier.

'Alles,' zei die alleen, 'doe echt alles.'

Al stekend ging hij vervolgens elke strook van het erf af. Naast de trog die Sergej voor de paarden had neergezet verdween de hele staaf in de grond. De jongen verloor zijn evenwicht, zakte door zijn benen en viel opzij in de sneeuw. Op zijn zij liggend slaakte hij een triomfantelijke kreet. Hij stond op. In een kleine cirkel om de trog deelde hij nog meer steken uit aan de aarde. Steeds verdween de staaf in de grond. Hij trapte de trog omver.

'We hebben er weer een die dacht ons te slim af te zijn! Dom boertje. Dom, dom boertje.'

Vanaf de overkant zag Aleksandra het gezicht van Sergej zo wit als een linnen doek worden en Lena, zijn vrouw, haar ogen naar de hemel richten. Nikolaj, die naast Sergej tegen het huis stond, sloot zijn ogen en sloeg snel een klein kruis.

'Graven maar, verrader,' blafte de jongen met de ijzeren staaf tegen Sergej.

Sergej duwde zich langzaam met beide handen van de muur af, wisselde kort een blik met Nikolaj en liep naar de omgetrapte trog toe. In vergelijking met de knokige jongens in hun te grote jassen zag hij er sterk uit. Hij was een kop groter dan de jongen met de staaf en twee keer zo breed als zijn kameraad, maar nu hij naar hen toe liep, leek hij een onzeker kind. Hij had een bange en verslagen blik, keek half naar de grond en half naar de andere boeren uit het dorp, die zich rond zijn erf hadden verzameld. De jongen met de staaf ging triomfantelijk naast Sergej staan. Even leek het alsof hij de leider van het dorp was. De andere boeren spuugden in stilte op de grond en keken toe hoe Sergej een schop aannam. Hij begon te graven zonder iets te zeggen. Aleksandra had hem nog nooit zo gezien, Sergej had meestal de grootste mond, kon als een gek dansen en vertelde vieze moppen tijdens de oogstfeesten. Zijn stilte maakte haar bang. Lena drukte Joelja en Alja, haar twee dochtertjes, tegen zich aan, terwijl Sergej schepte en schepte.

'Ik bewoog met zijn lichaam mee, met alle schepbewegingen van mijn vriend,' zegt Nikolaj, 'maar na een twintigtal scheppen hield ik op. Toen keek ik alleen nog maar naar de twee jongens, die met hun revolvers om de steeds diepere kuil cirkelden als aasgieren. Het graven duurde niet lang: de grond was rul en zat los, in tegenstelling tot de koudere stukken grond op de rest van zijn erf.'

Hoe kan dat, had Aleksandra gedacht, hoe kan de grond zo zacht zijn. In de winter is de grond zo hard en koud dat je blauwe plekken krijgt als je valt.

Na een halfuur graven kwam Sergej alleen nog met zijn kruin boven de grond uit.

'Geef ons alles wat erin ligt,' schreeuwden de jongens in koor. Sergej tilde meerdere zakken graan uit het gat. De zakken, even groot als Aleksandra, waren helemaal bedekt met aarde. Toen hij de laatste op het erf had gelegd, nam een van de twee brigadiers de schop aan van Sergej. Hij haalde diep adem en haalde uit. Het klonk dof. De klap op Sergejs hoofd was onverwacht, alle boeren rondom het erf doken in elkaar. Sergej zakte ineen zonder een geluid te maken.

'Morgen komen we je halen, mannetje, dan mag je mee op transport,' blafte de jongen de kuil in. 'En haal het niet in je overmoedige boerenkop om te vluchten, we zullen je overal vinden. We hebben overal mensen.'

Hij haalde nog een keer uit met de schop en draaide zich toen om naar zijn kameraad en de boeren.

'De show is voorbij, mensen, gaat u naar huis, nadat u ons geholpen heeft het graan in de wagen te laden, natuurlijk.'

Hij richtte zijn revolver in de lucht en vuurde één kogel af. Aleksandra duwde van schrik haar oren dicht, ze had nog nooit zoiets scherps gehoord. De jongen met de staaf schreeuwde tegen drie boeren dat ze de zakken onmiddellijk in de kar moesten tillen. Het drietal deed het zwijgend, ze keken niemand aan. Toen al het graan op de wagen lag, vertrokken de jongens. Sergej lieten ze liggen in de kuil.

'Oleg,' riep Nikolaj tegen zijn vriend, die aan was komen rennen na de knal en even niet snapte wat er aan de hand was.

'Het is Sergej,' riep Nikolaj.

'Godver. Is ie dood?'

'Ik denk het niet.'

De twee vrienden snelden naar de kuil. Lena huilde

geluidloos en wendde haar gezicht af, Joelja en Alja drukten hun hoofd tegen haar buik. De meisjes jammerden en vroegen of hun vader dood was.

'Nee,' zei Lena, 'hij moet gewoon even rusten.'

De rest van het dorp liep weg, naar huis. Aleksandra rende het erf op.

'Blijf bij de put staan, Sasja,' commandeerde Nikolaj.

Hij gleed voorzichtig langs de zijkant van de kuil het gat in. Oleg volgde. Aleksandra was altijd onder de indruk van hem, alles wat Oleg deed was groot en lief tegelijk. Hij had een scherp gekapte baard en ruwe handen. Ze wreef haar handen altijd even over de zijne als hij bij haar ouders langskwam. Olegs handen voelden als het zand dat in de zomer in de droge bedding van de Donets lag, grof maar kneedbaar. Nu sjorden deze handen het slappe lichaam van Sergej langzaam omhoog aan zijn oksels.

'De benen, broer,' zei hij puffend tegen Nikolaj, 'de benen.'

Nikolaj boog naar de bodem van het gat en legde zijn schouders onder de benen van hun vriend. Oleg hield de rug van Sergej met beide armen boven zijn hoofd en wachtte tot Nikolaj hetzelfde met de bovenbenen deed. Daarna rolden ze Sergej zijwaarts het erf op, de sneeuw en de modder in. Zijn witte overhemd zat onder het bloed. Het liep van zijn kruin in een rommelige lijn over zijn rug. Zijn haar was donkerrood, het zag er plakkerig en vreemd uit en sliertte over zijn hele gezicht, alsof iemand een vers ei kapot had geslagen op zijn kop. Hij ademde rasperig, hoog en kort. Oleg kroop op zijn buik de kuil uit en trok Nikolaj omhoog, het erf op. Sergej lag erbij als een geschoten dier, hij legde zijn handen traag op zijn hoofd, keek naar het bloed op zijn handen. Nikolaj en Oleg tilden hem in stilte het huis in. Lena liep voor hen uit en wees ze de slaapkamer. Aleksandra volgde haar vader en Oleg.

'Ze zijn begonnen,' zei Oleg, terwijl hij Sergej voorzichtig op bed legde.

'In sommige dorpen lukte dit, met het graan, in Zolotarivka en Garasimivka,' huilde Lena, 'ze hebben nu echt alles weggehaald. Achthonderd roebel moeten we betalen. Hoe? Moet ik onze laatste koe verkopen? Sergej, zonder jou kan ik niets. Wat ga je doen daar in Siberië?'

Haar vragen werden afgebroken door een steeds onrustiger wordende ademhaling. Haar zinnen kwamen als scherpe uithalen uit haar mond. Ze ging zitten op een stoel, in het niets kijkend. Oleg vloekte zacht.

'Smerige stadsratten, we zouden ze allemaal moeten neersteken op dat verlaten veld buiten het dorp, hun lichamen lozen in het bos. Waarom willen ze de boerderijen samenvoegen? Wat gaat er gebeuren als zij alles hebben, als ze alles beheren? Ze weten niet eens welke zaden ze in de grond moeten stoppen.'

Nikolaj goot water in de samowar en stak het vuur aan. Een tijd was er alleen het geluid van de pruttelende ketel. Oleg deelde de kommen uit en pakte de doos met theebladeren van een plank. Lena's ademhaling werd rustiger.

Na de thee liepen Oleg en Nikolaj naar buiten. In stilte schepten ze de kuil waar Sergej het graan in had verstopt dicht. Aleksandra zocht naar de ogen van haar vader. Hij keek haar niet aan, maar staarde naar een plek die ze niet kon zien, een plek ver onder de grond, dieper dan waar Sergej net lag. Haar vader leek te zoeken naar een zwarter stuk aarde dan met het blote oog kon worden waargenomen. Hij stak de schop diep in de losse aarde en trapte met zijn voet op de spade. Hij maakte grove bewegingen met zijn lichaam, alsof hij eruit wilde breken. Na de laatste schep ging Oleg naar binnen om naar Sergej te kijken. Nikolaj bleef met zijn donkere ogen naar de plek op het erf staren. Toen hij eindelijk opkeek, zag Aleksandra dat het zwart van de aarde in zijn ogen was getrokken.

'Het is waar wat Oleg zegt,' zei hij tegen mijn oma, 'het is begonnen. We raken alles kwijt.'

'Gevaar is iets geks,' zegt Nikolaj tegen me. 'Het is er heel lang niet tot het voor je neus staat.' Hij laat wat graan van zijn ene in zijn andere hand vallen, om en om beweegt hij een hand onder de andere, als een vangnet, een watermolen.

Met veel gewrik trekt de brigadier een plank uit de vloer. Het hout kraakt, het huis jankt als een gewond dier. Aleksandra legt haar handen over haar oren. De jongen loopt behendig achteruit en steekt de koevoet beheerst onder de volgende plank. Hij beweegt geroutineerd en rustig. Als hij er genoeg heeft weggehaald zet hij de vloerplanken, vijf in totaal, rechtop tegen de muur, netjes naast elkaar. Aleksandra, Baba en Nikolaj kijken van een afstand naar de spleet die door de woonkamer loopt, als een scheur in de aarde.

'Honden,' fluistert Baba Mari.

Nikolaj kijkt haar aan en fronst zijn wenkbrauwen. Kort seint hij met zijn ogen naar de jongen, die zijn hoofd onder de vloer steekt.

'Geen graan,' klinkt diens holle stem, 'niks.'

'Goh,' mompelt Baba Mari en slaat met haar platte hand op haar dij, alsof de jongen een mop vertelt.

'Zonde van de vloer,' grijnst de andere jongen.

'We hebben niks verstopt,' zegt Nikolaj nog eens.

'Ja ja. Niet onder de vloer, boertje. Wacht nou maar even.'

De jongen komt omhoog en tilt nog eens wat spullen op. Potten en vazen, een stoel, een krukje, een pan. Hij kijkt overal een tweede keer onder, klopt op de muren, verschuift de tafel en kijkt achter de wandkleden. Via de houten ladder gaat hij de zolder op en loopt daar nog eens rond.

'Weet je zeker dat je hier boven alles hebt bekeken?' klinkt er vanaf de zolder.

'Alles,' roept zijn kameraad.

'Nog even kijken hoor, wacht.'

Aleksandra hoort hem rommelen, dingen omvertrekken, verplaatsen. Als hij weer beneden is, loopt hij naar de hoek waar Baba op haar kruk zit. Daar jast hij een paar centimeter naast haar nog een plank uit de vloer.

'Weer niks,' tettert hij hard in haar oor. Baba knippert enkel met haar ogen, ze blijft doodstil zitten. 'Nou zeg, jammer!'

Hij slaat zijn armen over elkaar en seint naar zijn kameraad. Die loopt naar de laatste hoek van de kamer, schuin tegenover de voordeur, de hoek die ze tot nu toe met rust hebben gelaten. Op een klein plankje, bijna tegen het plafond, staat het icoon dat na de bruiloft van opa Stepan en Baba Mari is gemaakt. Het rust op een langwerpige geborduurde doek, waarvan de uiteinden aan weerszijden over de plank hangen. Aleksandra staart naar de heilige Maria met haar kind in haar armen. Ze kijkt neer op de jongens. Hoe langer Aleksandra naar Maria kijkt, hoe strenger Maria de twee jongens aanstaart. Jullie besmeuren dit huis, lijkt ze te zeggen. Haar bladgouden aureool wordt een steeds grotere cirkel. Een tijd staart de jongen recht onder Maria met zijn armen over elkaar terug naar haar. Baba kijkt met grote ogen naar de rug van de jongen. Hij lijkt volwassener dan hij is, in zijn lange jas. Haar blik schiet naar Nikolaj en dan naar de portretten van Lenin en Stalin, die allebei tevreden de verte in kijken, langs de jongens. De besnorde leiders staren uit het raam alsof ze dagdromen, ver weg zijn, op een compleet andere plek dan hier, in dit huis, waar de jongens, in hun naam, onder hun vlag, alles overhoophalen. De jongens kijken steeds opgewekter.

'Ik?' fluistert de een.

'Ja, wie anders?'

'Kom op, de vorige keer was ik al.'

'En. Dus?'

'Nu mag jij de klappen opvangen.'

De kleinste van de twee zucht en pakt een krukje vanonder de eettafel. Hij gaat er onhandig op staan en tilt het icoon van de plank. De iconendoek glijdt direct op de grond, een slecht teken.

'Is dit nodig?' vraagt Nikolaj met monotone stem. Aleksandra ziet dat hij dezelfde zwarte ogen heeft als toen hij Sergejs graankuil dichtgooide.

'Het had er niet eens mogen staan,' zegt de jongen.

Hij pakt het icoon en veegt met de rug van zijn hand over de wangen van Maria, met zijn vieze mouw gaat hij langs de gouden randen van de lijst en blaast er wat stof af.

'Wilt u nog gedag zeggen, babkaatje?' vraagt hij Baba, die haar blik afwendt en nee schudt.

'Dan niet,' zegt hij. 'Daar ga je, heilig moedertje.' Hij maakt een kruis, slaat zijn ogen theatraal op naar de hemel, legt het icoon op de grond en wrikt de gouden rand los met de koevoet. Het gaat moeizaam, na veel trekken en duwen schiet er een barst dwars door het lichaam van Jezus en het gezicht van Maria.

'Nu is het genoeg,' roept Nikolaj. Hij loopt op de kleinste jongen af en slaat zijn armen om hem heen. De jongen duwt zijn ellebogen naar achteren en raakt Nikolaj in het gezicht, waardoor die los moet laten. Dan haalt hij uit met de koevoet. Eerst raakt hij Nikolajs schouder en dan zijn knie. Met zijn handen over zijn kruin, bang om net als Sergej op zijn hoofd te worden geslagen, deinst

Nikolaj achteruit. Hij stapt het gat in en valt achterover.

'Malloot,' roept hij, terwijl hij overeind probeert te komen. 'We houden ons aan alle regels, we betalen belastingen, we gaan niet naar de kerk, we zien de priester niet meer, we vieren alle revolutiedagen! Kijk, hier, hier hangen verdomme Lenin en Stalin aan de muur – ze hangen ook in ons kantoor. Wat willen jullie nou?'

De jongens buigen over Nikolaj heen, zijn been steekt in een gekke hoek in het gat.

'Wat wij willen?' blaffen ze. 'Heb je de plakkaten niet gezien? Kan je niet lezen, verrader? Dit goud levert trouwens nog wat op, hè, je kan het omzetten in brood.'

'Komen jullie dat brood dan weer hierheen brengen,' vraagt Baba Mari sissend, 'of begrijp ik het verkeerd?'

'Mamaatje, niet doen,' sust Nikolaj, hij is op een stoel gaan zitten en wrijft over zijn knie. Er verschijnt een donkerrode vlek in zijn broek, het rood verspreidt zich over het textiel.

'Dat brood heeft u helemaal niet nodig, zag ik,' zegt de kleinste jongen. Met een ruk trekt hij alle pannen uit de kast om vervolgens het kleine beetje zwart brood te pakken. 'Dus gaat u nu niet zielig doen, we laten u zo meenemen.'

'Voor een half brood?'

'We verzinnen wel wat, maakt u zich daar geen zorgen over.'

Baba valt stil.

'Is dat wat u wilt?' gaan ze door.

Ze schudt haar hoofd en fluistert: 'Nee.'

'Dat dachten we al.'

De jongens gaan aan tafel zitten en schenken zichzelf wat verse melk in. Ze plukken aan het gehaakte kleed, waarin Baba Mari zwart-rode ruiten en blauwe bloemen heeft gestikt.

'Boerenkutfranje,' lachen ze om het borduurwerk.

Met veel geslurp slaan ze de melk achterover. Ze staan op en trekken Nikolaj aan zijn kraag van de stoel.

'Laat ons nu uw land maar zien, meneer Temnikov, we hopen dat het er een beetje goed bij ligt.'

Heel even hangt Nikolaj erbij als een jong katje dat je vastpakt in het nekvel om het rustig te krijgen, maar dan lijkt hij de spieren in zijn voeten weer terug te vinden. Hij komt overeind, trekt zijn jas van de kapstok en hinkt voor hen uit, het besneeuwde land op.

'Maar wacht even,' zeg ik tegen Nikolaj, terwijl ik opsta van het bankje en in de hal naar de echo van mijn stem luister, 'iedereen wist dat dit niet waar was, toch, jullie waren geen contrarevolutionairen?'

'Natuurlijk, het was onzin, maar goed, wat moesten we dan? We stonden "op de lijst". Ze zetten hele dorpen op de lijst. Als er geen koelakken waren in een dorp, alleen maar boeren met één koe, een kip, een geit en een klein stukje land waar ze nooit rijk van zouden worden, namen ze die gewoon mee. Het ging niet om de mensen, het ging om de quota.'

'En iedereen deed mee? Dat zei oom Andriy, iedereen deed mee.'

'Het was meedoen of doodgaan als je je verzette,' zegt Nikolaj, terwijl hij ook opstaat en voor een van de mozaieken gaat staan.

'Mensen werden naar de randen van hun dorpen gereden, ze moesten voor een kuil gaan staan om op hun persoonlijke kogel te wachten. Stel je voor dat je de laatste in de rij bent, Lisa. Ik lag 's nachts in bed en dacht aan al die greppels aan de randen van dorpen in de buurt, aan mij en Anna, in zo'n rij, met onze handen op onze rug. Ik dacht aan mij in een treinwagon, opgesloten, tegen tientallen anderen aan geprop, met bijna geen plek om normaal te ademen, op weg naar het ijskoude noorden. Andriy heeft niet helemaal gelijk, niet iedereen deed mee. Voor hen waren die greppels. Er was ook verzet, meisje, maar ik deed daar niet aan mee. Ik bleef voor Nastja en Aleksandra, voor Anna en Baba. Traag liep ik daarom die middag voor de jongens uit, naar de velden van onze familie, die zo vruchtbaar waren dat er twee keer per jaar oogst vanaf kwam. Ik wees naar de randen van Anna's familiebezit, naar de mais en het graan, de bieten, de uien, de knoflook. Ik vertelde waar het land voor gebruikt werd. Ik opende de deuren van de schuren en stallen, liet het kantoortje zien, de personeelslijsten, de boeken waarin de oogst genoteerd werd, op de gram precies. Ik had lang nagedacht welke route ik zou lopen. Samen met Anna had ik het ingestudeerd. Ik wilde niets overslaan, geen argwaan wekken – anders zouden ze misschien echt alles overhoophalen. De jongens bekeken onze vijf koeien en twee paarden die in de schuur hooi stonden te eten. Ze aaiden de beesten, liepen naar buiten en wroetten met de neuzen van hun schoenen in de besneeuwde aarde. Ze stelden elkaar domme, grappende vragen:

"Dus, bieten, die groeien aan bomen toch?"

"Man, maak geen grappen, die groeien onder de grond."

"En graan, wie maakt daar meel van? Wie bedient die molen?"

"Een paard, domkop."

Terwijl de twee jongens ginnegappend achter me aan over het land liepen, zag ik jouw oma het huis weer in gaan. Een klein stipje was ze, ze zweefde bijna over het erf, als een spookje, zo licht zag ze eruit. Ik zag haar hoofd verschijnen achter ons slaapkamerraam.'

'Ik was op zoek naar iets in hun slaapkamer,' zei mijn oma aan haar eettafel. Nog steeds stond de donkergroene broodkist tussen ons in. 'De trapnaaimachine. Zo vaak had ik rondjes gedraaid op de houten kruk van mijn vader en naar de naald gekeken, die lijnrecht naar beneden stak. Eén keer had ik me eraan geprikt. Er vielen druppels bloed op mijn nieuwe jurk. Het zat overal: op het witte linnen, op de vloer, op het werkblad, op mijn handen. Het was een piepklein gaatje in mijn huid dat maar bleef bloeden. Ik schrok me rot, mijn vader ook, boos was ie! Het was de enige keer dat ik over de knie ben gelegd, dat hij me een pak voor mijn billen gaf. Daarna zat ik alleen aan de machine als hij erbij was. "Zoals ik het leerde van oom Matvej," zei hij dan, "die zat ook altijd op mijn vingers te kijken." Mijn vader leerde me hoe ik mijn voet op de pedaal moest zetten, hoe ik de stof van me af moest duwen en een gelijk tempo moest aanhouden, zodat de naden mooie rechte lijnen zouden worden. Precies zo'n naaimachine als in ons huis, stond in de barak in Duitsland. Het was het enige vertrouwde in de duisternis van die eerste maanden in de fabriek. Toen ik met mijn hand over het houten werkblad en de koude ijzeren plaat ging, zoals ik als kind zo vaak had gedaan, bewoog er een oude, bekende warmte door mijn lijf. Hoop, misschien, het gevoel dat niet alles verloren was, dat ik niet alles kwijt was: ik wist precies hoe ik achter de machine moest zitten, hoe alles werkte. Toen ik mijn voet op de pedaal zette, was ik weer thuis. Ik keek door het raam van de houten barak naar buiten en zag mijn vader over het land lopen, met die twee brigadiers achter hem aan. Ik keek naar mijn voeten en stond opeens in de slaapkamer van mijn ouders, starend naar een leeg vlak op de vloer. De machine stond er niet meer, die was weggehaald.'

'Van de kleinste dingen kon ze nog iets maken,' zeg ik tegen Nikolaj. 'Van jou geleerd, zegt ze altijd. Door kleren te naaien voor de andere Sovjetmeisjes in de barak maakte ze vrienden, won ze hun vertrouwen, zoals jij Baba Mari voor je won.'

'We hadden de machine verstopt,' zegt Nikolaj. 'Oleg

hielp me voor de tweede keer in twee jaar. Vlak voor die inspectie van die jongens schepten we sneeuw in een badkuip waar Oleg een vuur onder stookte. Het warme water goten we emmer voor emmer over een stuk keiharde bosgrond. We hoopten dat de bevroren aarde zacht zou worden, zodat we konden graven. Dat lukte. Anna en ik reden met de machine op de paardenkar naar de rand van het bos. De maan stond helder aan de hemel, onze lichamen maakten lange schaduwen op de bosgrond. We trokken de machine zo stil mogelijk uit de kar en tilden haar vervolgens over de hobbelige, besneeuwde grond het bos in. Oleg stond al klaar naast een schacht, die zo groot was als de machine zelf. Ik keek in de kuil en dacht aan Sergej, aan hoe hij de afmetingen van de zakken graan die hij wilde verstoppen heel precies had uitgegraven op zijn erf. Je kon eraan zien hoe secuur hij was, hoe zijn hele leven in dat graan zat. Ik kon het ook zien aan hoe hij de waterput schoonhield, aan de liefde waarmee hij Lena vasthield tijdens onze dorpsfeesten, aan de zachtheid waarmee hij zijn dieren aaide. Toen ik langer keek zag ik hem liggen, in dat gat in het bos. Naakt. Doodgevroren. Hij had een veel te lange baard, dunne armen en benen. Zijn ogen, wijd open, keken naar de pikzwarte hemel boven ons. Er verschenen drie witte herten met gouden geweien en een gouden pijl in de rug. Ze keken naar mij. "Onrust woont nergens goed, onrust is nergens lang welkom," fluisterden ze. Ik schrok me dood. Ik had de herten lang niet gezien, alleen toen ik nog heel klein was.

Anna en Oleg keken naar mij. Ik stond ontzettend lang naar de dieren en dat gat in de grond te staren. Oleg gaf me een zet en drukte een paar dikke koorden in mijn hand. Samen met Anna bond ik die om de naaimachine. Voorzichtig lieten we het ding in de kuil zakken, als een kist tijdens een begrafenis: langzaam, zonder de randen van de kuil te raken. Daarna stonden we er een tijd zwijgend omheen, om die kuil, misschien was het de laatste keer dat we de naaimachine zouden zien. Ik had een grote dikke doek en een even grote leren lap meegenomen. Anna legde ze een voor een over de machine heen.'

Het glimmende gouden plafond van de ontvangsthal wordt met elk verhaal van Nikolaj lelijker. Als mijn familie met gevaar voor eigen leven hun dierbare spullen begraaft in een bos, wat betekent al dat bladgoud in dit Paleis voor het Volk dan nog? Is dit waarom de glimlachende mensen op de fresco's boven mijn hoofd maar voortlopen, omdat ze niet weten waar ze heen gaan?

'Die naaimachine is het enige waar ik over heb gelogen in mijn leven, het enige wat ik verborgen heb gehouden. Elf jaar nadat Anna en ik de naaimachine hadden begraven, stonden we op dat perron vol huilende meisjes. Ik keek naar de Duitse soldaten. Met machinegeweren in de hand schreeuwden ze Aleksandra, Njoesja, Doesja en honderden andere meisjes de wagons in. Als vee, als beesten. Die dag had ik spijt dat ik maar één keer gelogen had. Ik zag de herdershonden hun leren riemen bijna kapottrekken, terwijl ze naar de benen van onze dochters hapten. Ik keek naar hun scherpe tanden, hoorde hun maniakale geblaf dat maar niet ophield. Het leek ineens absurd, dat we in 1931 moeite hadden gedaan voor die naaimachine. Welk verschil maakt het verstoppen van graan en goederen als je je kind moet weggeven? We hadden alles opnieuw kunnen kopen als we geduld hadden gehad, we hadden ervoor kunnen sparen. Wat als we onze meisjes konden inwisselen voor onze dierbaarste objecten, als we al onze spullen in die veewagons konden stoppen? Ik wilde Aleksandra in dat gat in het bos verstoppen, op een plek waar de Duitsers niet zouden komen – al vonden ze bijna iedereen, overal, maar toch. Oleg had zoiets zelfs aangeboden, weet je dat? Hij zou haar ergens naartoe brengen en wij zouden niet weten waar, zodat we haar plaats van verblijf niet konden geven aan de Duitsers of de Oekraïense *Hilfspolizei*. Meer ouders deden dat, hoorden we. Soms met succes, soms niet, dan werden de meisjes gevonden en werd hun hele familie voor straf doodgeknald of in haar geheel weggevoerd.'

'Nikolaj vroeg een dokter me ziek te verklaren,' zei mijn oma me aan tafel. Ze schaterde van het lachen en kneep in haar rode wangen. 'Een nutteloze poging natuurlijk. Ieder weldenkend mens kon van honderd meter afstand zien dat ik kerngezond was. Kijk nou naar dit meisje op de foto. Kijk naar dat ronde koppie, die dikke konen. Ik kon moeilijk met een smoesje over zwakke gezondheid bij mijn ouders blijven. De Duitsers wilden me maar al te graag meenemen. O meisje, het was ijskoud, die winter van mijn reis naar Duitsland, mijn vader zei tegen me dat het nog kouder was dan het jaar waarin hij en Anna de naaimachine begroeven.'

'Die winters leken inderdaad precies op elkaar,' zegt Nikolaj, 'alleen hadden ze een andere uitkomst: de machine kreeg ik terug, haar zag ik nooit meer.'

Als Aleksandra de slaapkamer uit komt, nadat ze alleen de lege plek op de vloer heeft gevonden en niet de machine, lopen de brigadiers, met Nikolaj in hun kielzog, terug het erf op. De een gaat op het hek zitten en de ander loopt naar binnen.

'Geef me eens zo'n snee brood,' commandeert hij, 'het is hard werken in de kou.'

Hij houdt zijn hand voor het gezicht van Baba Mari en knipt met zijn vingers.

'Ik heb honger, omaatje, kom op.'

Met een strak gezicht overhandigt Baba hem een stuk zwart brood. De jongen draait de snee tussen zijn vingers, dan neemt hij een hap. Al kauwend loopt hij weer naar buiten. Daar staart hij onafgebroken naar Aleksandra, die intussen in haar winterjas op haar favoriete plek onder de kale appelboom is gaan staan. Ze kijkt terug, probeert zo min mogelijk met haar ogen te knipperen, iets wat ze ook doet met de paarden in de stal, dat laat de dieren weten dat je niet bang bent. De jongen heeft een litteken dat begint op zijn wang en verdwijnt in zijn kraag. Als een touw dat loshangt en straktrekt, beweegt het litteken mee met elke hap die hij neemt.

'Volgende week komen we de boel leeghalen,' zegt hij met zijn mond vol brood tegen Nikolaj. 'Een deel van jullie kleren mogen jullie houden. Jullie mogen de wandkleden, twee stoelen en een krukje meenemen. Matrassen? Mag. Eén bed, mag. Eén koe, één paard. Als er toch meer weg is, zeg, een tafel of een stoel, dan jagen we een kogel door je kop.'

Hij lacht zijn witbruine tanden bloot. Aleksandra kijkt even naar haar vader, die zijn hoofd schudt.

'Dat wil je niet hè, koelakje,' jent de jongen, 'als jij een volksverrader bent, mogen je kinderen nergens meer aan meedoen.'

Zijn woorden zijn kil en hard in de oren van mijn oma.

'Nog steeds kan ik die harde, hakkelende woorden van hem horen,' vertelde Aleksandra verbeten. Ze deed wat klanken na aan tafel, sprak Russische woorden uit alsof ze beet. Brood, plank, heilige.

Hij plakt geen woorden aan elkaar en maakt ook geen lange, zangerige zinnen zoals Baba. Alles wat hij zegt komt er koud uit, alsof hij een machine is. Een moment kijkt hij naar Aleksandra, ze kijkt niet terug. Ze concentreert zich op zijn litteken.

'Als je vader niets doet, is er niets aan de hand,' hakt hij door, 'dan verlaat hij gewoon het dorp, helpt hij de staat en bouwt hij mee aan ons nieuwe land. Dan zal vadertje Stalin blij zijn met jullie bijdrage.'

Even draait hij zich nonchalant naar Nikolaj, die staat

met zijn handen in zijn jaszakken en kijkt naar de grond. Hij is diep in zijn kraag weggedoken. Zijn dikke winterjas verbergt zijn smalle schouders en dunne lichaam.

'In de winter leek mijn vader groter en breder,' zei mijn oma. 'Als hij in de zomer over het veld liep, kon ik zijn smalle lichaam zo zien zitten in zijn broek en linnen blouse.'

Hij gooit zijn laatste hap, een korstje brood, achteloos in de sneeuw.

'We zullen alles laten zoals het is,' mompelt Nikolaj.

'Verstandig, boertje,' lacht de jongen, 'heel verstandig.' Zijn litteken trekt mee met de uithalen van zijn lach. Ergens lijkt hij op een pop, waarvan de armen en benen aan touwen zitten: bij sommige bewegingen trekt hij helemaal strak.

'Doe nou rustig.' De andere jongen zit nog steeds op het hek. 'Deze mensen werken ons toch niet tegen.'

Even glimlacht hij naar Aleksandra, heel kort. Hij lijkt jonger dan toen hij net met grof geweld de planken uit de vloer stond te wippen. Speels steekt hij zijn tong uit. Als mijn oma er niet om lacht springt hij van het hek en haalt zijn schouders op. Hij legt zijn hand op Nikolajs schouder als hij het erf af loopt. Nikolaj kijkt kort naar de hand, alsof hij niet begrijpt hoe die hand opeens op zijn schouder kan liggen, zoals hij in de zomer soms schrikt van een tor die op zijn arm belandt. Dan lijkt de jongen zelf ook in de war. Hij trekt onhandig zijn hand weg en komt weer in beweging.

De jongens stappen in hun laadwagen en rijden weg, het dorp uit, richting Loegansk. Als ze uit het zicht zijn, komt Baba Mari het huis uit en raapt de korst brood uit de sneeuw. Daarna loopt ze weer naar binnen. Ze gaat aan tafel zitten en plukt aan haar kleed.

'Heel mijn leven is hier,' zegt ze, 'Anna is hier midden in de kamer geboren. Stepan vroeg me hier om mijn hand. We hebben hem hier opgebaard, met zijn gezicht naar het icoon dat die twee honden net hebben gemold.'

Nikolaj legt zijn hand op die van Baba, zoals hij zijn hand op de mijne legt en me zegt dat we verder het Paleis in moeten, richting Kolja. Hij kijkt door het raam naar de besneeuwde akker, laat zijn blik door de kamer glijden, langs de kasten, de tafel, de potten en pannen, de oven, de wandtapijten. Hij wrijft over zijn voorhoofd. Dan trekt hij zijn jas uit en pakt een hamer uit de kast, graait een paar spijkers uit een laatje. Hij gaat op zijn knieën op de vloer zitten en steekt zijn hand uit naar Aleksandra.

'Dit is zo gedaan, dan zien we er niks meer van,' zegt hij. Ze pakt een van de losgetrokken planken en legt die over de houten dwarsbalken terug in de vloer. In stilte kijkt ze naar haar vader, die de spijkers in de hoeken van de planken hamert. Plank voor plank plaatsten ze alles terug.

'Toen alles weer lag als normaal, leek het niet meer dan een vreemde nachtmerrie dat die twee jongens net in ons huis waren geweest en alles overhoop hadden gehaald,' zei Aleksandra. 'Ik ging naast Baba aan tafel zitten en keek hoe ze haar vingers over de zwarte en rode patronen van het kleed liet gaan, precies zulke rode en zwarte patronen als die van de doek in deze kist, Lisa. Ze begon zacht te zingen: "*Toen ik als kind in het voorjaar vertrok, ging ik via onbekende wegen de wereld in. Mijn moeder borduurde mijn hemd in rood en zwart, rode en zwarte draden. Twee kleuren, o mijn twee kleuren, allebei in de stof, allebei in mijn ziel. Twee kleuren, o mijn twee kleuren, rood voor de liefde en zwart voor het verdriet.*"'

'Ken je het?' vraagt Nikolaj. Ik knik en hoor de melodie die Aleksandra inzette, terwijl ze de doek met onze familielijnen uit de broodkist pakte.

'Het is een gedicht,' zei ze, 'Baba Mari zong het altijd voor me.'

De langwerpige doek spreidde ze uit op tafel terwijl ze de woorden herhaalde. Haar stem was zuiver en helder, zacht en rond, alsof ze ons tweeën via de woorden naar haar oude huis probeerde te zingen. '*Rood voor de liefde en zwart voor het verdriet.*'

'Als Baba Mari dit lied voor me zong,' zei Aleksandra, 'keek ik altijd naar haar handen. Er zat altijd wat aarde onder haar nagels van het werken in de moestuin en op het land. Een klein randje zwarte aarde dat nooit verdween. Baba Mari was aan het land verbonden, zei ze altijd, ze was een verstopt zaadje in de aarde geweest en op een dag was ze, zo, hop! tussen de gewassen verschenen, als een maiskolfje, een gouden kind van dit land. In de winter noemde ze onze steppes een golvend kleed van sneeuw en in de zomer een glanzende gouden zee vol rode bloemen. Al deze vlakten waren ons thuis. Ook in oorlogstijd, ook in crisis. In de tuin was het in de zomer gemoedelijk warm onder de grote witte doeken die Baba Mari en mijn moeder Anna ophingen. Er waren katten en honden om mee te spelen. In de herfst perste Baba samen met de buren olie uit de zonnebloempitten bij de molen. Als het heet was at ze ijskoude tomaten, die ze in de waskeuken in water had gelegd. Het was er niet alleen maar mooi, leerde ik van haar, het land was soms ook gruwelijk. Het land opent zich niet voor iedereen, zei ze. Ik moest snappen wat het land van me wilde, hoe ik het moest behandelen en eren. Ooit was Mari's oma, onze Baba Vitalya, op de hoorns van een stier gespiesd. Het dier was plotseling in een woest beest veranderd, in iets groters dan zichzelf. Niemand wist waarom. Vitalya stierf meteen, haar lichaam nog hangend op de hoorns van het beest. Het land is altijd zwart en rood, leerde Baba Mari me. Het zwart staat niet alleen voor de aarde. Het staat ook voor de dood. We wonen op een grillig en humeurig stuk land, maar het is in ieder geval ons land, zei ze vaak. Al onze verhalen liggen hier begraven en alle verhalen komen hier uiteindelijk thuis, op deze velden. De lijnen in deze doek zijn alle mooie en duistere verhalen en er komen er steeds meer bij. Weet je wat mijn Baba Mari zei, Lisa? Dit stuk grond is niet uit ons te krijgen, het zit in ons bloed.'

'*Ik zwierf rond zonder een spoor achter te laten. Ik keerde terug naar mijn grond. Die grond was gemengd als het borduurwerk van mijn moeder: blije paden en verdrietige. Mijn wegen zijn blij en verdrietig. Nu zie ik grijze haren op mijn hoofd en heb ik niets om naar mijn lieve huis te brengen, behalve het oude stuk stof in mijn hand. Mijn hele leven is geborduurd,*' neurie ik, terwijl ik achter Nikolaj aan loop door de uitdijende ontvangsthal. We passeren zuilen zo hoog als twee huizen op elkaar. Op elke zuil staat de naam van een Sovjetheld, gegraveerd in een stenen medaille. In het midden van de medaille is hun gezicht uitgehouwen. Boven elke medaille hangt een rode vlag. Ik lees de namen hardop: 'Sigizmund, Jakov, Nikolaj, Vladimir, Michail, Zoja.' Hoe meer namen ik voorlees, hoe meer zuilen er opdoemen. Na een aantal seconden kijk ik bijna niet meer naar een galerij, maar is het of ik langs rijen zerken op een begraafplaats loop.

'Kom, kind,' zegt Nikolaj, 'die zuilen zijn leuk, maar ik weet iets beters. Voor we naar Kolja gaan, moet je dit echt nog even zien.'

Hij trekt een grote deur open. Voor ons verschijnt een gigantische zaal met een koepelvormig plafond. Nikolaj maakt een gracieuze buiging en gebaart dat ik binnen mag treden. In de zaal staan tienduizenden rode stoelen. Ze staan allemaal naar het podium gedraaid. Het spreekgedeelte van het podium lijkt op het mausoleum van Lenin: een blokkendoos met op de eerste verdieping een bordes voor de spreker. Precies in het midden, achter de plek voor de spreker, zit een poort, waardoor een grote Sovjetleider zo binnen zou kunnen stappen. Recht boven de poort, boven op het bouwsel, staat een standbeeld. Het is eenzelfde soort standbeeld als ik buiten heb gezien: vijf vooruitsnellende Sovjetburgers. Ze hebben vlaggen, hamers, sikkels en halmen graan in hun handen. De vlaggen die ze vasthouden zijn zo goed gebeeldhouwd dat ze bijna wapperen. Door een rond gat in het koepelvormige plafond, dat bezaaid is met gouden en witte sterren, valt licht naar binnen. Het doet me denken aan het Pantheon in Rome, maar dan groter en theatraler. Brede strepen licht vallen precies op het bordes. Over het gangpad tussen de stoelen loop ik de zaal in.

'Zo,' zegt Nikolaj, 'indrukwekkend hè, wat vind je ervan?'

De nacht na het bezoek van de twee brigadiers verschijnen overal aan de horizon oplichtende heuvels. Ze knetteren omhoog en omlaag langs de randen van de donkere velden, ze groeien even en zakken daarna weer in. Op haar knieën voor het raam kijkt mijn oma naar het landschap. Na verloop van tijd prikt er een brandlucht in haar neus. De geur doet haar denken aan de avond van haar laatste verjaardag, aan het einde van de zomer. Het ruikt naar verbrand vlees van het spit en nasmeulend hout van het vuur. Ze knijpt haar ogen dicht tegen het tranen. Een deur in het huis gaat open.

'Is er brand?'

'Wat, hier in het dorp?'

'Ik hoor niemand. Het klinkt ver weg.'

Voorzichtig glijdt Aleksandra van haar bed en sluipt in haar nachtpon de grote kamer in. Haar vader staat met een slaperig hoofd in een linnen hemd in het midden van de kamer. Baba leunt met een nors gezicht tegen de deuropening in haar jas en haar zwarte vilten slofjes. Anna zit vermoeid op een stoel aan de eettafel. Nastja staat op het erf in haar lange dikke jas en met haar winterlaarzen aan, de rand van haar nachtjapon komt net onder de jas uit. Het waait hard. Vlokken sneeuw stuiven op van het erf. Aleksandra haalt haar jas van de lage kapstok en slipt langs Baba naar buiten, achter haar zus aan.

Er komt een gezin voorbij, lopend achter een paardenkar. Iedereen is ingepakt in zijn dikste jas en dikste winterlaarzen. Iedereen draagt een lantaarn, zelfs het jongste jongetje. De kar is volgeladen met kasten, tafels, wandtapijten en stoelen. Weckpotten tikken tegen elkaar in houten kratten. Naast de paardenkar lopen twee koeien. Een jong meisje, dat voor op de kar zit, heeft een geit op schoot. Twee andere kinderen hangen om de nek van hun ouders. De ouders lopen langzaam, ze zien er moe uit in het licht van hun lantaarns. Ze houden hun hoofd schuin tegen de ijzige wind. Achter op de kar zit een oud vrouwtje als een onhandig meubelstuk dat eigenlijk nergens meer tussen paste, maar ook niet achtergelaten kon worden. Het gezin laat een geur van verbrand hout achter op het pad. In de ochtend heeft de geur zich over het hele gebied verspreid.

Loegansk

We hebben dit vaker gezien: de grond blijft hetzelfde, maar de naam verandert. Aan de andere kant van de Don rommelt het zachter dan hier in Loegansk, maar ook daar tornen mensen aan de benaming van hun grond. Daar, in Charkov, Odessa en Dnjepropetrovsk, ontstaan bataljons zoals Dnipro-1. Speciale politie, een regiment. We zien een tank en een pantserwagen, de pantserwagen is compleet geel en blauw geverfd. Het grijs-zwarte insigne heeft in het midden de drietand, het wapen van Oekraïne, dat dit land sinds 1992 als officieel symbool gebruikt.

'Wat een ellendig ding is het eigenlijk, dat symbool,' zeggen we tegen elkaar. 'Waarom niet de oude kruisboog, de gewone boog, waarom zelfs niet de Kozak met zijn musket?'

Een van ons schraapt de hoeven over de aarde, verlaat het gesprek, na te hebben gezegd dat je ook als Kozak in de penarie komt. We verzanden in een discussie, betrappen onszelf erop hetzelfde te doen als de mensen om onze Kolja heen.

'Ja, ja, ja,' snauwen we tegen elkaar. 'Genoeg. We kunnen niet op iedereen letten, laat staan de boel redden, dat hebben we toch inmiddels wel geleerd.'

We staken het gesprek, kijken de slaapkamer van Larissa en Kolja in. Larissa staat met de afstandsbediening op de schouder van Kolja te tikken. Hij ligt tot zijn kruin onder de deken. Larissa tikt nog eens, ze ziet er zenuwachtig uit.

'Kolja,' dringt ze aan.

'Hm?'

'Kolja, sta op.'

Onze neef kreunt, draait zich nog eens om. Maar Larissa blijft tikken. Als Kolja zich niet terugdraait, zet ze de televisie harder.

'Verdomme, moet dat, die herrie,' moppert hij, 'hoe laat is het?'

'Stop even met zeuren,' zegt ze, 'kijk.'

'Larissa, waarom staat dit aan, in godsnaam?'

Welkom in de Volksrepubliek Loegansk! staat er in gouden letters op het scherm. Dan verschijnt er een computergeanimeerde vlag in beeld. Een tweekoppige gouden adelaar beweegt heen en weer voor de blauwe, lichtblauwe en rode stroken van de vlag. In de ene klauw houdt de adelaar een scepter en in de andere een bal met een kruis. Op de buik van de vogel staan twee hamers met daartussenin een brandende oven.

Een orkest zet een lied in. Een mannenkoor zingt:

'*Mijn nederige land is het hart van de Donbas. Het vriende-lijke huis van mijn ouders. De Donbas heeft alles wat ik no-dig heb: rivieren, steppes en hardwerkende mensen. De vogels zingen voor me vanuit de stralende lucht en de zonsopgang wordt rood voor mij.*'

De vlag verdwijnt langzaam uit beeld en maakt plaats voor beelden van de steppe, de fabrieken en de velden rondom Loegansk. Ons land. We zien het zoals we ervan houden, rustig, kalm, mooi. Eindeloos goud onder een blauwe lucht. Larissa gaat op bed zitten en verbergt haar hoofd in haar handen zonder iets te zeggen. Kolja legt zijn hand op haar schouder en laat die daar rusten tot ze haar hoofd schudt en begint te huilen. Onze neef staat op en gaat de badkamer in. Als hij de kraan opendraait, komt er geen water uit de douchekop.

Paleis van de verloren
Don Kozak

Nikolaj wrijft over de granieten rand van het bordes. Hij schraapt zijn keel en tikt tegen de microfoon. Een doffe, zachte klap echoot door de zaal. Vanaf een stoel in het midden van de zaal kijk ik hoe hij zijn schouders recht en over zijn bakkebaarden en snor strijkt.

'Hij had een knopje,' fluistert hij in de microfoon, 'hij, de leider, de man van wie ik dacht dat hij al die anti-koelakplakkaten zat te bedenken, armzalig naïef boertje dat ik was. Hij had het knopje voor tijdens speeches en congressen. Als hij erop drukte kon iedereen eindelijk stoppen met klappen.'

Nikolaj verdwijnt achter de balustrade.

'Even zoeken,' zegt hij. Zijn kruin beweegt achter het steen heen en weer.

'Ah!'

Hij duikt omhoog, steekt zijn wijsvinger sacraal in de lucht, raakt de brede straal licht aan die door het gat in het plafond op het podium schijnt. Hij buigt plechtig voorover en drukt.

'*BZZZ!*' galmt het door de zaal. Het klinkt alsof er een grote stop doorslaat. Ik sta op van mijn stoel, schuif zijlings uit de rij en loop naar het podium. Op het bordes duw ik mijn overgrootvader speels opzij om te zien wat voor knop hij zojuist heeft ingedrukt. Schuin onder de microfoon, verzonken in een granieten plaat, zit een kleine rode knop, niet groter dan een deurbel. Ik beweeg mijn vinger er voorzichtig naartoe en druk hem in. Opnieuw klinkt er een luide zoem. De zaal geeft geen kik.

'Het was een vreemde vorm van vrijheid in die tijd,' zegt Nikolaj. 'Net voor we vertrokken, voordat Sergej in zijn zelfgegraven kuil in elkaar zakte, was het of ze alle zuurstof uit onze blauwe lucht hadden getrokken. Het leek bijna alsof het verboden was te ademen. Het leven in het dorp gehoorzaamde met de dag meer aan zoiets als dit rode knopje. We moesten steeds vaker klappen tot iemand zei dat we mochten stoppen. Dat wist je oma ook wel. Die was niet gek.'

'Ik was nog zo jong,' zei Aleksandra, terwijl ze naar de doek keek die tussen ons in lag. 'Mijn ouders fluisterden tegen elkaar in hun slaapkamer. Als Baba Mari iets moest bespreken, ging mijn vader in de vroege ochtend met haar wandelen. Dan liepen ze ver weg van het dorp, naar de rivier. Als er een boer of een van die brigadiers passeerde, zwegen ze. Dan zag ik ze vanaf het erf nonchalant wijzen naar iets in de lucht, een vogel of iets. Ze werden langzaam slaven op hun eigen land, dat snapte ik pas later, pas toen ik decennia later weer terugkwam en mijn vader er ook niet meer was. Het druiste in tegen alles wat hij geleerd had. Een Don Kozak moet sterven in vrijheid, niet in onderdrukking.'

De ijzige wind trekt over het veld, duwt zich door de kieren in het hout. De stal is koud en de lucht voelt droog. Nikolaj drukt een hoopje suiker in Aleksandra's hand.

'Kijk nog even rond, Sasjaatje, onthoud alles van hier goed,' zegt hij. 'Vandaag is dit voor het laatst van ons, van jou.'

Aleksandra doet haar ogen dicht en haalt diep adem: de zurige, beetje muffe geur van het hooi, het oude hout van de stal, de mest. Ze loopt naar de stallen van de twee paarden, Dima en Rebus. Ze vouwt haar hand open en steekt die eerst onder de neus van Dima en daarna onder die van Rebus.

'Eet,' zegt ze. Ze vraagt zich af of de dieren Olesja missen, sinds die verdwenen is.

De brede lippen van de dieren kriebelen op haar kleine handpalm en laten een beetje kwijl achter. Nikolaj gaat het kantoor van de boerderij binnen. Met de laatste stapel papieren onder zijn arm komt hij terug. Hij loopt naar de paardenstal van Dima en Rebus en zet de houten deuren open. Er komen kleine witte wolken uit zijn neus, net als bij de paarden. De dieren stappen voorzichtig de stal in. Ze eten wat hooi van de vloer en drukken zich tegen elkaar aan voor wat extra warmte.

'Ik breng er vanmiddag één naar de grote kolchoz, de nieuwe boerderij,' zegt Nikolaj tegen Aleksandra. 'Er mag er één mee naar Loegansk. We hebben een tuin bij ons nieuwe huis. Nastja heeft de koe al gekozen. Jij kiest het paard.'

'Wat gaat het andere paard doen op de kolchoz?'

'Werken, net als bij ons.'

Aleksandra kijkt naar de twee dieren die rustig om zich heen staan te kijken. Ze zijn dunner geworden. Dima's ribben zijn goed te zien onder zijn donkerbruine, glanzende vacht.

'Halen ze daar niet ook het graan weg?'

'Ik hoop het niet, meisje.'

'Het is maar goed dat paarden mensen niet verstaan hè,' zegt ze.

'Inderdaad,' zegt Nikolaj, 'ze zouden er niks aan vinden.'

Aleksandra legt haar hand eerst op de hals van Rebus en dan op die van Dima. De dieren leunen van het ene been op het andere en briesen zacht. Nikolaj drukt de papieren onder zijn rechteroksel en legt een hand op haar hoofd.

'En? Wie wordt het?'

'Ik weet het niet,' zegt ze. Ze denkt weer aan Olesja, aan hoe haar ouders niets zeiden over dat het dier opeens verdwenen was, zelfs Baba Mari niet.

'Soms moet iets als dit gebeuren, Sasja. De mensen hebben de paarden nodig, ze zullen ze geen kwaad doen.'

Aleksandra stelt zich voor dat er op de nieuwe staatsboerderij troggen en troggen vol eten zijn, waardoor het paard dat ze wegstuurt de ploegen beter voort kan trekken en de held van de boerderij wordt. Het dier zal een grote rode sjerp krijgen en gehuldigd worden op het plein in het midden van het dorp. Er zal een standbeeld worden opgericht en er zullen plakkaten met afbeeldingen van het paard aan de muren worden gehangen. In sommige huizen zullen mensen portretten van het dier naast die van de grote leiders hangen. Het paard zal nooit vergeten worden.

'Dima,' zegt ze dan. Zodra ze het heeft gezegd en Dima haar aankijkt met zijn grote bruine ogen, voelt ze de keuze als een zwaar zwart brood door haar lijf naar beneden zakken, tot ze haar benen maar half voelt. Ze wil schreeuwen en schoppen en haar handen klappen, zodat de twee dieren van schrik de stal uit stuiven. Ze zal blijven klappen tot Dima en Rebus voorbij de molen zijn en uit het zicht verdwijnen.

'Goed,' onderbreekt Nikolaj haar gedachte met kalme, zware stem, 'goed, meisje. Zeg Dima gedag, dan breng ik hem naar zijn nieuwe plek.'

Aleksandra legt een laatste keer haar handen op de witte vlek op het voorhoofd van Dima. Hij weet het, denkt ze, hij weet dat ik hem niet gekozen heb.

In de tuin zit Baba Mari op Aleksandra te wachten. Met het zwarte brood nog in haar benen stapt ze het erf op. Mari houdt haar even vast en fluistert: 'Goed gedaan, mijn kleine konijn.'

Ze duwt Aleksandra het huis in, naar haar slaapkamer. Daar zit Anna op het smalle bed naast een stapel kleren.

Op de stapel liggen ook kleren die mijn oma in de winter niet mag dragen, omdat die te koud zijn. Kort klopt Anna met haar hand op de deken.

'We kunnen hier niets achterlaten. Je moet zo veel mogelijk aantrekken als je kunt. Baba kan niet alles dragen naar het huis van Oleg waar jullie samen tot de zomer zullen blijven.'

'Doe je jas uit. En al je andere kleren. We beginnen bij de onderste laag.'

Terwijl Aleksandra zich uitkleedt tot haar tricot ondergoed, overleggen Baba en Anna met elkaar.

'Maillots, twee broeken.'

'De hemdjes, de jurken, de shirts.'

'De bloesjes, de truien, de vesten.'

'Het jasje, de grote jas.'

Ze leggen de kleren in de besproken volgorde klaar op het bed.

'Doe je armen omhoog.'

Als alle lagen kleding om Aleksandra's lichaam zitten voelt het alsof ze een vogelverschrikker is. Haar armen steken opzij, ze kan ze met moeite naar beneden doen.

'Loop eens een stukje,' zegt Anna.

Aleksandra probeert haar evenwicht te bewaren, haar bovenlichaam is veel zwaarder dan normaal. Ze valt bijna voorover, wordt weer op haar benen geduwd door Baba Mari. Ze voelt zich als haar houten pop met het belletje in de buik, de pop heeft geen benen, maar een ronde onderkant, waardoor je ertegenaan kan duwen en hij minutenlang heen en weer blijft schommelen.

'Wat doen we met de rest?' vraagt ze, terwijl ze naar de laatste paar kleren op het bed kijkt.

'Die moeten ook nog mee,' mompelt Baba Mari. 'Het is een puzzel. Je moet goed de winter doorkomen, je moet meer maillots.'

'Welke jurk wil je aan als we elkaar weer zien, mijn lieve Sasjaatje?'

'Het was alsof ik weer in de stal met die twee paarden stond. Niets was er meer zomaar, de dieren niet, de grond niet, mijn vader niet en mijn moeder niet. Zelfs de oude handen van Baba leken niet meer vanzelfsprekend. Wat als ze haar ook weg zouden halen, net als ons land, onze dieren, onze boerderij? dacht ik. Wat als ik alleen nog maar met mijn jurk zou overblijven? Wat als ik voor altijd naar de rest van mijn familie moest zoeken, de rest van mijn leven? Ik keek naar mijn rode jurk, die ik voor het laatst had gedragen op mijn verjaardag, toen rook alles in de avond ook naar verbrand hout. Die geur hing dagen in ons dorp die winter, bewoog door de straten als een indringer op een feest, zoals die ene man van de geheime dienst, die mij, je opa en je tante ooit overal volgde toen we in 1978 op visite waren in Vorosjylovhrad. Die vent zat bijna in mijn jaszak, zo dichtbij bleef hij, hij was overal, zelfs toen we naar een bruiloft gingen was ie erbij, daar haalde hij het zelfs in zijn hoofd om me ten dans te vragen. Ik heb vriendelijk bedankt. Het zat op een gegeven moment overal, die geur: in onze kleren, in de muren, in ons haar en op onze huid. Ik koos het witte jurkje met de blauwe bloemen, ik zou er mijn rode schoenen bij dragen. Mijn oma en mijn moeder vonden het een goed idee.

Met mijn sneeuwlaarzen aan en ingepakt in al mijn kleren at ik met weinig plezier van de worst die Baba speciaal voor deze avond had gekocht. Een afscheidsworst, noemde ze het. Altijd als mijn zussen op visite komen, moet ik aan dat woord denken. Ik vind het leuk als ze er zijn, hoor, hier in Nederland, maar de avond voor ze weer vertrekken eet ik liever niet mee. Bij afscheidsdiners denk ik altijd aan hoe Baba Mari die worst zo voorzichtig mogelijk in gelijke stukken stond te snijden in ons halflege huis. Dan zie ik de koe die Nastja had uitgekozen weer onhandig tegen Rebus aan staan op het erf, onder een grote deken, in het donker. De twee dieren keken om de zoveel tijd naar binnen, ze leken even zenuwachtig als mijn ouders en mijn zus. We werkten de plakjes afscheidsworst en al het andere eten naar binnen zonder iets te zeggen. Ik proefde er bijna niks van, terwijl ik normaal altijd heel erg uitkeek naar worst. Onze lepels schraapten hard tegen de tinnen borden bij elke hap die we namen. Het geluid kan ik nog steeds voelen in mijn lichaam, alsof die lepels over mijn huid bewegen.'

Na het eten wast Baba de borden af in de waskeuken en haalt Nastja de wandkleden van de muur. Samen met Anna rolt ze de kleden op. Nastja, die altijd honderduit praat en grappen maakt, draagt zonder iets te zeggen de wandkleden een voor een naar buiten. Ze laadt ze op de kar. Daarna gaat ze naar haar slaapkamer en trekt ze, net als haar zusje, al haar kleren over elkaar aan. Niet alles past meer op de kar, en alles wat achterblijft wordt in beslag genomen. Als een groot bolletje komt ze na een halfuur de eetkamer weer in. Haar ogen zijn rood, ze heeft gehuild.

'De ziel van ons huis is weg,' zegt ze.

Nikolaj en Anna zien er inmiddels ook uit als opgeblazen versies van zichzelf. Als de laatste kussens en de laatste dekens op de kar liggen weet Aleksandra dat zich nooit meer mensen uit het dorp bij hun huis zullen verzamelen voor wat dan ook. Niet voor een feest. Niet voor een bruiloft. Niet voor de oogst.

'Dag klein zusje,' zegt Nastja, 'ik zie je aan het begin van de zomer. Oleg en Baba zullen goed voor je zorgen.'

Ze kijkt Aleksandra lang aan met haar helderblauwe ogen en omhelst haar. Aleksandra voelt het lichaam van haar tien jaar oudere zus bijna niet door alle lagen kleding. Ze rekt haar armen zo ver mogelijk uit om op de rug van Nastja haar handen in elkaar te kunnen vouwen.

'Het wordt vast leuk in de stad,' fluistert Nastja, 'echt waar. Ik heb het nieuwe huis al gezien, het ligt aan de rand van Loegansk. We kunnen de velden nog steeds zien door het raam, precies zoals hier. Er zijn veel meer kinderen daar, Sasjaatje, dus als jij komt, in de zomer, zul je heel veel nieuwe vrienden krijgen. Er is een heel mooi park in de stad.'

Het begint te sneeuwen. De vlokken waaien zacht tegen Nastja's rode wangen. Ze laat los en glimlacht. Nog een laatste keer houdt mijn oma haar ouders vast. Nikolaj vouwt Aleksandra onder zijn jas en Anna vouwt haar jas daar weer omheen. Mijn oma pakt hun benen vast en knijpt erin.

'We zijn een bos!' roept Nikolaj het duister in, 'we zijn een bos en ergens in ons zwerft een Don Kozakken-meisje rond.'

'Is dat niet gevaarlijk, zo alleen?' zegt Anna, die het spel meespeelt.

'Nee nee,' antwoordt Nikolaj, 'dit meisje heeft een kleine bijl en is vliegensvlug. Niets zal haar pijn doen in dat grote bos. Niets. Ze zal iedereen te slim af zijn.'

Vanonder de jas roept Aleksandra: 'Hak hak hak! De wolf, daar gaat ie!'

'Kop d'r af!' roept Nikolaj.

'Kop d'r af!' lacht Anna erachteraan.

Dan vouwen ze hun jassen open.

'Tot snel, meisje,' zegt Nikolaj.

Hij en Anna spannen Rebus voor de kar en klimmen erop. Het paard zet af in de sneeuw. De wielen glijden weg in de grond, waardoor de wagen een moment stokt, maar dan krijgen de wielen grip en begint de kar te rijden. Eerst langzaam en schokkerig, dan in een gestaag tempo. De kar maakt een zwierig spoor in de sneeuw. De koe hobbelt er traag achteraan, lijkt geen zin te hebben om te vertrekken. Langzaam wordt de kar een zwart stipje in het witte landschap. Een kleine zwarte vlek, verlicht door de lantaarn die Anna vasthoudt. Dan verdwijnen ze achter een gordijn van sneeuw. De vlokken worden steeds groter en vallen steeds sneller naar beneden.

'Het zijn alleen de winter en de lente dat je zonder hen bent,' zegt Baba, 'daarna hoef je nooit meer afscheid te nemen.'

Volksrepubliek Loegansk

Op de Dag van de Overwinning op het Nazisme staat het Taras Sjevtsjenko-plein niet zo vol als eerdere jaren. Veel mensen zijn al weggetrokken. We hebben ze zien vertrekken in volgepropte auto's. We verbazen ons erover dat Kolja er nog is, dat hij het gevaar niet zo sterk ruikt als wij. We buigen onze kop en herhalen een paar van Sjevtsjenko's dichtregels, uit angst dat niemand anders het vandaag wil doen, of het zal vergeten.

'Het vergeelde gras,' zeggen we, 'het wil de waarheid niet spreken, maar er is niemand anders om het te vragen.'

Op het plein staan vooral oudjes, veel jonge mensen zijn vertrokken. De oudjes dragen bloemen bij zich, sommigen hebben zich in hun mooiste legeruniform gehesen, bezaaid met medailles en insignes. Net als wij hebben zij het van dichtbij gezien, als kind of jongvolwassene: de soldaten van het Rode Leger die na verschrikkelijke nederlagen eindelijk terugsloegen. Het was februari 1943, het was ijskoud, er lag meer dan een meter sneeuw op de velden. Helemaal in het wit gehuld rolden de soldaten door de sneeuw en de loopgraven, richting onze steden en dorpen. Ze vonden kapotte fabrieken, lege en uitgebrande huizen, verwoeste grond, verdwaasde mensen in smalle stroken bos en stukken moeras. We waren eindelijk vrij, maar we waren ook niemand meer, hadden bijna niemand meer. Na hun komst trok er een golf aan uitgeputte Italianen en Duitsers door onze straten, we spuugden op ze, sloegen ze met bezems en stokken, scholden ze uit voor het in brand steken van onze huizen, het wegvoeren van onze zoons en dochters, voor het vermoorden van onze vaders, het verkrachten van onze meisjes en moeders.

Wij kijken met Kolja mee en herhalen de zinnen over de steppes en het land, over het verdriet dat hier in de aarde begraven ligt. De meesten dragen rode en witte anjers. Ze staan netjes stil als de overwinningsparade begint. Rijen tanks rijden voorbij. Jongens in uniform lopen in strakke lijnen over de straat. De militaire onderscheidingen van de oudjes schitteren in het zonlicht. Kolja zoekt naar Witja die zich aan heeft gesloten bij het leger van de Volksrepubliek, kijkt of hij meeparadeert, op een tank zit of een vlag draagt. Hij kan hem zo gauw niet vinden. Ze hebben elkaar weinig meer gesproken. Witja belt soms, met vragen over de winkel, of Kolja spullen wil bestellen uit Rusland: onderdelen voor auto's, bepaalde vloeistoffen. Het zijn allemaal dingen die Kolja normaal niet verkoopt: hij handelt in witgoed en andere huishoudelijke apparaten, niets anders. Dat heeft hij Witja ook gezegd.

'Broer, ik ben geen loket waar maar van alles te bestellen is.'

'Nu ben ik het nog die belt,' had zijn neef gebromd, 'als er straks anderen op je stoep staan met vragen, kan je niet meer terug naar mij. Ik ben de vriendelijke van het stel, begrijp je?'

Misschien wordt de Volksrepubliek erkend, misschien vallen we straks net als de Krim onder Rusland, heel misschien komt Oekraïne ons halen, alsof we een verloren schaap uit de kudde zijn, dat een tijd op de verkeerde heuvel heeft staan grazen. Wie weg wil gaat weg, verder zal er weinig veranderen. Maar het schieten zwol aan, steeds meer gebouwen werden bezet en in beslag genomen.

Tijdens de parade ziet hij dat er een man witte briefjes uitdeelt. *11 mei*, staat erop, *referendum over zelfbestuur Loegansk Republiek.* Kolja neemt de briefjes niet aan, maar ze hangen opeens overal: op alle lantaarnpalen, op de ruiten van bushokjes en op de deuren van supermarkten en winkels. Onderweg naar huis rijdt Kolja langs een groot billboard. *MAAK JE KEUZE*, staat erop, *11 mei, van 09:00 tot 22:00.* Kolja's maag draait zich om, hij botst bijna tegen een andere auto op, terwijl hij naar de afbeeldingen tussen de zinnen probeert te kijken. Het gaat net als op de Krim, denkt hij: eerst annexeren de rebellen het gebied en dan wordt het langzaam van Rusland. Hij vraagt zich even af of hij om moet keren, maar rijdt dan toch verder, naar huis, waar hij nog eens twee aankondigingspamfletten in zijn brievenbus vindt. Wij houden stil voor het billboard waar Kolja net aan voorbijreed. Het is in twee vlakken verdeeld: links een man met een bebloede bijl en een molotovcocktail in de hand. Boven zijn hoofd staat een vak met een rood kruis erin, onder hem is de kaart van West-Oekraïne te zien. Rechts zien we een mijnwerker met een bos rode bloemen in zijn hand. Hij salueert, groet. Het vak boven zijn hoofd heeft een groen vinkje. Onder hem is de provincie Loegansk afgebeeld. We denken aan de brigadiers die ooit naar onze dorpen kwamen en ons uitlegden hoe we ons voortaan moesten verdelen en wie bij wie hoorden: 'Jullie roeien de anderen uit, jullie moeten tegen hen vechten. Jullie zijn de goeden, jullie zijn gevaarlijk en slecht. Jullie zijn de terroristen, jullie zijn de helden.'

Kolja gaat aan de keukentafel zitten en kijkt naar buiten. Aan de overkant van de straat hangt het billboard ook. Hij pakt zijn telefoon en belt Witja.

'Ik heb me bedacht,' zegt hij, nog voor zijn neef iets kan zeggen. 'Wat hebben jullie nodig, zeg het maar.'

'Ahaaa, het neefje ruikt ook in duistere tijden geld!' lacht Witja hard. Zijn stem galmt in Kolja's oor, hij moet de speaker ver van zijn gezicht houden.

'Ik moet toch voor Larissa, Nina en Joelja blijven zorgen, Witja.'

'Goed, goed,' lacht Witja weer, 'geen politiek voor onze Kolja. Alleen geld en veiligheid.'

Paleis van de verloren Don Kozak

Ik kijk naar de punten van de rode Sovjetster die rondom het gat van de koepel prijkt. Het gat is zo groot dat ik me met de seconde kleiner voel worden.

'Het tempo van het leven in Loegansk was anders, het was mechanischer, sneller,' zegt Nikolaj. 'Het werd Anna en mij steeds duidelijker waar het land naartoe moest bewegen. De stad hing vol plakkaten met tractoren en fabrieken. Door luidsprekers op het centrale plein en in de fabriek klonken de stemmen van de leiders, ze vertelden ons hoe goed het met het ons land ging. In Moskou verrezen tientallen nieuwe gebouwen tegelijk, lazen we in de *Pravda*, die door de hele stad op aankondigingsborden hing. In ons dorp hadden we wel wat gehoord over grote veranderingen, maar hier hoorden we er elke dag over. Het ging altijd over een plek waar alles mooi zou zijn. Ik droomde steeds vaker van plekken waar alles glom en blonk. Mijn dagen als kleermaker in de fabriek waren lang. In de avond zat ik helemaal onder de stofdeeltjes van het bont waar ik mee werkte. Het bewerken van die vachten was nieuw en zwaar. Ik ademde de losse haren in, de eerste maanden in de fabriek heb ik aan één stuk door gehoest. Anna's dagen als kraanmachiniste bij de mijn waren bijna zonder pauze, ze kwam elke avond moeier thuis. Het voelde soms alsof we probeerden te bouwen aan iets wat we maar niet zagen ontstaan. De droom waar het de hele tijd over ging, waar ze het de hele tijd over hadden door die luidsprekers, voelde groter dan wat we om ons heen zagen gebeuren, alsof we iets vast moesten pakken waar we niet bij konden. Op een avond, in bed, toen de lente net begonnen was, bespraken we hoe het er dan uit zou zien, de nieuwe wereld. Wat als alles af was, als de droom uit Moskou onze stad Loegansk ook had bereikt. We waren naar de bioscoop geweest, naar de film, voor het eerst. Het was een mooi en groot gebouw, met net zulke rode stoelen als hier, gouden randen in het pleisterwerk, overal Sovjetsterren, in deuren, op hendels, midden op de plafonds. In de gangen naar de zaal waren er ook van die mozaïeken vol glimlachende mannen met gezonde gezichten en brede schouders. Ze stonden naast volle vrouwen met brede heupen, die de handen van hun stralende zoons en dochters vasthielden. Voor ik de zaal in ging stond ik een tijd naar die mensen te kijken, samen met Anna en Nastja. Ik weet nog dat Nastja haar handen op haar heupen legde, alsof ze probeerde te meten hoeveel smaller ze was dan de vrouwen tegenover haar. Dit waren wij niet. Eigenlijk waren we alles wat er in Loegansk aan ons beloofd en getoond werd niet. Die rode stoelen bijvoorbeeld, in de zaal, of de kleren die de mensen in de mozaïeken droegen, alles was zo netjes en zo nieuw, zo mooi. Wij droegen nog steeds onze oude kleren uit het dorp. We hadden amper geld, en al het geld dat we hadden ging op aan eten, wat er ook bijna niet was in de stad. Nou goed, Anna en ik lagen in bed en fluisterden tegen elkaar over het reclameblok dat we voor de film te zien kregen. Misschien moet ik het geen reclame noemen, het was propaganda. Een opgewekt meisje, ongeveer even oud als Nastja, kondigde aan dat er een nieuwe tijd aankwam en Moskou één grote bouwplaats was. "Bij het uitvoeren van het Stalin-plan voor de reconstructie van Moskou verrichten de Moskouse bolsjewieken een kolossale prestatie," riep ze vanaf een houten spreekgestoelte in een bioscoopzaal. Ze droeg een sjieke jurk en leunde met haar handen op dat praatding. De operateur lachte naar haar, terwijl hij de filmspoel aanzwengelde. De bioscoopzaal verdween, de bioscoopzaal in dat reclameblok dus hè, snap je het nog? Stof waaide op voor een oud gebouw. Toen het stof neerdaalde, verschenen er schone, brede straten, helemaal van steen, met aan weerszijden hoge, symmetrische panden. Huizenblokken werden opgeblazen, er werd ruimte gemaakt voor grote boulevards, een modderig plein veranderde langzaam in een groot, schoon glimmend iets. Ik wist niet wat ik zag. Ik kende alleen rommelige wegen vol kuilen, paden met scheve klinkers en zandweggetjes. "Hier zie je Moskou als enorme bouwplaats," tetterde het meisje door, "niet in dagen, maar in uren verrijzen er, als in een sprookje, nieuwe huizen. De Gorkistraat, de Kirovstraat, de Dzjerzjinskistraat, de Poesjkinstraat, de Michajlovskistraat." De mensen in de propagandafilm zaten op het puntje van hun stoel, net als Anna en ik. Ze rekten net als wij hun nek uit naar het scherm, waarop de beelden van een heel grote stad te zien waren. De hele zaal bewoog zich naar het scherm, ik wilde het beeld stilzetten en Moskou in lopen. Ik geloofde niet wat ik zag. Anna kneep in mijn hand, de hele tijd. Steeds als er een nieuwe straat of een nieuw gebouw in beeld kwam, kneep ze harder. "Alleen al in 1938 worden over de rivier de Moskva vijf nieuwe bruggen aangelegd," zei het meisje. We zagen een grote brug over een brede rivier hangen, wit en recht, de trappen en de balustrades waren netjes geverfd, alles was brandschoon. "Daar, waar de Chimka stroomde, op de plaats van de oude steenfabriek, is de Chimkinski-toren verrezen!" riep ze uitzinnig. Het publiek in de film klapte, er begon een orkest te spelen — jakkerende, opgewekte muziek. Het geluid stond hard, het blies over ons heen, ik schrok me een ongeluk. Moskou klonk monsterlijk, luid en groot. Vanaf een boot op de rivier keken we naar de oevers van de nieuwe stad. Een enorm standbeeld van Stalin gleed voorbij. Hij stond er statig bij, vriendelijk ook. Trots en vrolijk. Hij leek blij met wat er zou gaan gebeuren in ons land. "Kijk, kameraden, wat de bolsjewieken met het Moskou van weleer doen!" Ook ik voelde me even trots, ging recht zitten op mijn stoel, deed mijn kin een beetje omhoog en keek de zaal rond. Ik zag alleen maar trotse gezichten in het halfdonker, het was vreemd hoe het werkte, hoe aanstekelijk dat meisje was, hoe graag ik dit wilde. Want kijk, Lisa, weet je wat het was?'

'Nee.'

'In die film zaten een man en een vrouw, ongeveer even oud als Anna en ik, op een grote veranda koffie te drinken. De vrouw keek voor zich uit de stad in, de man las de krant. Om hen heen waren alleen maar mooie gebouwen. Het was een idee om gelukkig van te worden, de brede straten en de lange promenades, de mensen in hun mooie kleren, al die dure auto's. Dit is misschien wel wat we krijgen, dacht ik, nu we ons oude leven hebben verlaten. Anna keek even naar me, in de bioscoop. Dit kan echt gebeuren, zag ik haar denken. Haar ogen waren groot, ze glimlachte. Dit is ook voor ons, fluisterde ze, al is Moskou duizenden kilometers hiervandaan, dit is ook voor ons, lieveling. Ze kuste me. De schelle stem van dat meisje onderbrak onze kus met iets wat zo onwaarschijnlijk was dat ons geloof in één klap verdween. Ze zei: "Aan de oevers van de Moskva verrijzen de mooiste architecturale versieringen van de hoofdstad." Oude huizen, die leken op onze boerderij, verdwenen langzaam uit beeld en maakten plaats voor hoge appartementsgebouwen. Ik dacht aan Baba Mari en Aleksandra, aan ons huis dat leeg was gehaald en nu bewoond werd door de nieuwe boeren van de nieuwe collectieve boerderij, aan de velden, de molen, de tomaten, aan Dima die we achter hadden moeten laten en aan Olesja. Ik keek naar het filmscherm: er stonden alleen nog maar appartementen langs de grote rivier. Rijen en rijen en rijen soortgelijke gebouwen. "Nieuwe boulevards, prachtige straten, pleinen, verbazingwekkende gebouwen die onze voornaamste stad een sprookjesachtige schoonheid verlenen. Kijk, de Leninboulevard! Met aan de voet: Het Paleis voor het Volk. Het Paleis is het symbool van de verbondenheid en de macht en kracht van ons Moederland."

In formatie liep een grote groep mensen over een brede boulevard, bijna als een militaire parade. Ze bewogen richting een spookachtig groot gebouw, dat uit vijf op elkaar gestapelde cilinders bestond. Het was een op zijn kop gezette monoculaire verrekijker. Bovenop stond een standbeeld van Lenin. Mensen liepen over brede trappen het gebouw in, ze verdwenen achter een rij hoge zuilen. We stegen op, weg van de grond en stopten op de top, bij de wijsvinger van Lenin. Hij wees recht de bioscoop in, naar Nastja, Anna en mij. Zijn jas wapperde in de wind. Hij bewoog zijn gestrekte arm over Moskou, naar een punt in de verte. Om hem heen vlogen tientallen kleine vliegtuigen door het beeld. Ze waren minuscuul in verhouding tot zijn lichaam. Het orkest maakte alleen nog maar uitzinnige uithalen, bekkens sloegen met schelle klappen tegen elkaar en het applaus van de mensen in de film was oorverdovend hard. Toen was het opeens stil en donker in de zaal. Niemand van ons klapte. Nou ja, één vrouw, die de kaartjes had geknipt bij de ingang, maar misschien was zij daartoe verplicht omdat ze daar werkte.'

Ik beeld me in dat alle eenentwintigduizend stoelen in

de zaal gevuld zijn en iedereen naar een redevoering van Nikolaj luistert. Aan het eind van zijn verhaal zal hij zijn armen uitstrekken en iets roepen, iets wat eindigt met het woord 'Moederland!' De hele zaal zal uit zijn stoel schieten en applaudisseren. Het zal oorverdovend hard klinken. We zullen het rode knopje moeten gebruiken om de menigte tot stilte te manen.

'Het was een leugen hè,' vraag ik.

'Een leugen die elke dag door onze strot werd gedouwd. In de kledingfabriek draaiden ze soms muziek. Er was één lied dat we allemaal mee konden zingen, al het personeel: 'Vse Vyshe'. Hoger, steeds hoger, zongen we. In de bioscoop, toen de zaal donker was, dacht ik aan dat liedje en die wijzende vinger van Lenin. Aan die grote brede weg onder hem en de mensen die daar rondparadeerden. We waren maar kleine mensen, meisje, hoe konden wij nou zoiets maken? Uiteindelijk lukte het ook niet. De Tweede Wereldoorlog brak uit, ze maakten het niet af, dat Paleis. Jarenlang lag er een grote modderpoel midden in Moskou, meer niet. Ik weet nog dat ik daarover hoorde en dacht: maar goed ook, dat was echt overdreven geweest, zo'n monster van een gebouw.'

'Wacht, wat zeg je nou eigenlijk? Is dit...?'

Ik wurm me langs Nikolaj, ga met de trap naar beneden, loop het podium af en ga over een gangpad naar een van de zijingangen van de zaal.

'Waar ga je heen?' vraagt Nikolaj.

'Even kijken,' zeg ik zo nonchalant mogelijk. Als ik hoor dat Nikolaj achter me aan komt, versnel ik mijn pas.

'Ben zo terug, wacht maar gewoon even hier.'

Ik trek een grote houten deur open en ga een gang met een gewelfd plafond en een glazen dak binnen. Op de muren zijn weer mozaïeken van arbeiders te zien. Ze gieten ijzer in grote mallen, dragen bundels graan in hun armen, bouwen aan een grote dam, varen op oorlogsschepen. Er is zoveel te zien. Ondertussen kan ik maar moeilijk een volgende deur vinden. Boven me, door het glazen dak, zie ik alleen een eindeloos blauwe lucht. Door de hoge smalle ruiten zie ik niets: geen straten, geen mensen. De ramen lijken mij eerder te weerspiegelen. Waar zijn de boulevards? Waar zijn de parades? Ik speur gehaast de gang af naar een uitgang en ga dan naar links. Tussen de van kleur exploderende mozaïeken ontdek ik een smalle houten deur. Ik wil er snel heen, maar door het graan is het moeilijk mijn voeten vlug op te tillen. Ik leg mijn hand om de koperen deurknop die zo groot is als een grapefruit en draai met al mijn kracht naar rechts. De deur gaat open, maar er ligt zoveel graan in de hal dat ik alleen door een kier kan kijken.

'Ljiesinka,' sist Nikolaj in mijn nek, 'wat ben je in godsnaam aan het doen?'

Ik pers mijn gezicht in de smalle opening. Mijn wangen worden langzaam naar boven gedrukt tussen het hout, ik zie bijna niets.

'Dit bouwwerk, dit ding, dat jij het Paleis voor de verloren Don Kozakken noemt,' zeg ik met moeite, 'dat is toch gewoon het paleis uit die film? Betekent dit dan niet dat de oorlog niet is begonnen? Dat de bouw niet stil kwam te liggen? Dan kunnen we toch gewoon naar buiten en dan reizen we van Moskou naar Vorosjylovhrad met de trein en is ze gewoon thuis.'

Wind glipt door de kier. Het graan waait op, recht in Nikolajs gezicht. Hij houdt zijn hand voor zijn ogen. Ik pers mijn schouder en mijn bil tussen de deur en probeer verder naar buiten te kijken. Er is niets te zien behalve brede zwart-rode linten die cirkels maken om het Paleis. Ik zie geen Moskva in de verte, geen hoge appartementen aan de overkant van het water, geen lange boulevard, geen hordes marcherende mensen.

'Denk je dat ik hier nog zou zitten als dat zo was?' zegt Nikolaj. Hij trekt me weg van de klink, duwt me met een harde zet het graan in en drukt met zijn schouder tegen de deur. Na vier harde beuken op het hout zit het Paleis weer dicht.

'Dit is niet meer dan een gat in de tijd voor dromen die nooit werkelijkheid zijn geworden.'

Hij loopt driftig op me af en steekt zijn hand uit. Ik trek me aan hem op. Op de plek waar een traan over zijn wang schiet, verandert zijn huid in een witte vacht. Als hij nog een traan laat, groeit er een gouden gewei uit zijn kruin. Plots staat er een hert tegenover me. De vacht van mijn overgrootvader is wit en glanst. Het dier laat nog een traan en schiet dan terug naar Nikolaj.

'Kom,' zegt hij, als hij de schrik in mijn ogen ziet, 'misschien moet je gewoon even wat eten, ik heb je nog helemaal niks aangeboden en het is allemaal ook best verwarrend. Dit paleis, de tijd, alles. Daar sta ik zelf niet meer

bij stil. Kom, we gaan een chocoladetaartje eten. Dan
vertel ik je over mijn eerste jaren hier.'

'En Kolja?'

'Die wacht wel.'

De eerste ochtend zonder Nikolaj, Anna en Nastja waait
er grijze en zwarte as over de besneeuwde velden. De
vlokken worden meegedragen met de wind, ze deinen
langs de ramen van Olegs huis.

'Dit is wat er van de woede overblijft,' zegt Baba, terwijl ze wat suiker over mijn oma's dampende bord gor-
tepap strooit. 'Een vrouw heeft een brandend stuk krant
op haar dak gegooid, het huis vloog in een hels tempo in
brand. Als zij haar huis niet mocht hebben,' zegt Baba met
een donkere stem, 'mocht niemand het hebben. Oleg is
erlangs gereden, het hele land is daar pikzwart. Alle huizen zijn weg. Alles. Geen planten, geen muren, geen dieren. De brigadiers die het huis leeg moesten halen, vonden alleen een uitgebrande plek en nog een klein stukje
van een houten wand.'

Mijn oma zegt niets en eet voorzichtig van de nog te
warme gort. Ze is moe. In de nacht heeft ze alleen maar
aan Dima gedacht, die nu, net als zij, op een andere plek
slaapt en aan alle nieuwe geluiden moet wennen: de krakende muren, de bomen die op een andere manier buigen in de wind, het blaffen van een enkele hond, de wind
die anders om het huis heen beweegt.

'Luister goed naar me,' gaat Baba Mari verder en legt haar rimpelige hand stevig om de gladde pols van mijn oma, 'een handvol aarde is alleen fijn als het je eigen aarde is die je vasthoudt.'

Op weg van school naar huis, die middag, staat Aleksandra een tijd stil op het pad voor het oude huis. De as ligt ook daar op het erf. De dunne grijze vlokken liggen op het witte dak, ze maken kleine vlekken. De jongen die een paar dagen terug nog op het hek zat, komt aanrijden op een lege kar. Hij stapt af en loopt het erf op. De deur, die Baba Mari gisteravond na lang twijfelen toch op slot heeft gedaan, wrikt hij open met een koevoet. Dan loopt hij naar binnen. Met zijn handen in zijn zij loopt hij door het huis, alsof hij niet weet waar hij moet beginnen. Dan tilt hij de eerste kruk naar buiten. Dan de stoelen, de tafels, delen van Aleksandra's ijzeren bed, de oude koperen samowar van Baba, Aleksandra's vilten berenknuffel, die niet meer in haar schooltas paste, de achtergebleven kleren van Nastja, de wandelstokken van opa Stepan. Met elk nieuw meubelstuk dat hij naar buiten tilt, wordt de berg op de laadkar rommeliger. De laatste dingen moet hij ertussen proppen door er met zijn hele gewicht tegenaan te beuken. Als hij een laatste keer naar binnen gaat hoort Aleksandra hoe hol zijn voetstappen klinken in het lege huis. Gisteravond zat ze daar nog afscheidsworst te eten. De jongen kijkt nog eenmaal rond en trekt dan de deur dicht. De koevoet gooit hij tussen de spullen op de kar. Op het lichtblauw geverfde tuinhek timmert hij twee plakkaten: 'Op onze kolchoz is geen plaats voor priesters en koelakken' en 'Morgen veiling op het dorpsplein'. Nu pas ziet hij Aleksandra staan. Hij steekt zijn hamer in zijn jaszak en zwaait naar haar. Automatisch zwaait ze terug, waarna ze van schrik haar hand snel weer omlaagbrengt. Een revolutionair groeten vindt Baba Mari vast geen goed idee. Hij lacht even om Aleksandra's geschrokken beweging en wenkt haar.

'Even keek ik naar de kar vol spullen uit ons oude huis,' vertelde Aleksandra me. 'Ik kon de zittingen van de stoelen nog tegen mijn billen voelen, de leuningen tegen mijn rug, het gladde hout van de tafel onder mijn handen. Bijna ons hele leven paste in die ene kar. Het was zo'n gek gezicht. Die jongen klom op de kar en rommelde tussen de spullen. Tussen de tafel en een stoel trok hij mijn vilten beer vandaan, ik kreeg hem van Nastja voor mijn verjaardag die zomer van 1931, hij was gemaakt door mijn vader. Het hoofd van de beer hing naar de grond, alsof het dier verdrietig was. De jongen blies een paar keer op het hoofd van mijn beer en klopte de buik en de poten schoon met zijn hand.'

'Is deze van jou?' vraagt hij.
    Het hoofd van de beer buigt nog dieper naar de aarde. De zwarte kraalogen schitteren in de zon. De ogen lijken te zeggen dat het goed is, dat ze met de jongen mag praten.

'Ja,' knikt Aleksandra, 'die kreeg ik van mijn zus.'

'Hier,' zegt de jongen en hij springt van de kar, 'die krijgen we toch niet verkocht. En trouwens, de beer zal het ook niet leuk vinden om bij iemand anders te moeten wonen.'

'Nee, ons paard woont ook al ergens anders, en mijn ouders en mijn zus.'

'Het is een grote verandering voor iedereen,' zegt hij. Als een tsarevitsj uit een van Aleksandra's prentenboeken maakt hij een diepe buiging. Dan overhandigt hij haar de beer. Als ze het dier heeft aangenomen, buigt hij nog eens, loopt achteruit naar de kar en vertrekt. Met alle ingeladen spullen rijdt hij naar het dorpsplein. Aleksandra kijkt hem na tot hij de bocht om is. Ze leest nog een keer de teksten op de twee plakkaten en kijkt dan naar het oude huis. De deur is afgesloten met een rood lint dat vastzit onder een dik zegel van bijenwas. Aleksandra loopt naar de voordeur, waar ze zeven jaar lang doorheen is gelopen. Ze drentelt op het opstapje. Met de voorpoot van de beer duwt ze zacht tegen het zegel, onderzoekt of het muurvast zit. Ze duwt steeds harder, maar er verschijnt geen afdruk, er gebeurt niks. Ze trekt haar handschoen uit om het reliëf aan te raken met haar vingertop: de was voelt glad aan. Ze probeert haar nagels onder de rand te krijgen, maar het zegel zit strak tegen het hout. Als ze het met twee handen probeert, hoort ze iemand het erf op komen. Laat het niet die brigadier zijn, denkt ze. Ze knijpt haar ogen dicht en laat langzaam haar handen zakken.

'Ga je mee naar huis?' klinkt de stem van Oleg. Zijn slee vol blokken hout staat op het pad. Hij pakt de beer beet onder zijn oksels en geeft die aan haar. Hij doet alsof hij niet heeft gezien waar ze mee bezig was, zoals hij tijdens dorpsfeesten altijd doet of hij niet ziet dat ze nog een tweede stuk taart pakt.

'Ik was onderweg,' liegt ze, 'ik wilde gewoon nog even kijken.'

Die nacht is Baba Mari zo warm dat de langzaam wegsmeulende hitte van de bedkachel niet nodig is om Aleksandra warm te houden. Nadat ze een tijd naar het zware ademen van Baba en Oleg heeft geluisterd en alle nieuwe geluiden van het kleine huis beter heeft geprobeerd te horen dan de vorige nacht, rolt ze onder de paardendeken vandaan en laat zich van de bedkachel glijden. Voor het raam zoekt ze naar nieuwe oplichtende heuvels, maar die verschijnen niet meer. Misschien is alles in de buurt al opgebrand, denkt ze. Na nog een tijd voor het raam, wurmt ze zich met moeite weer naast Baba. Met haar gezicht naar de muur stelt ze zich voor dat ze samen op het erf staan. Ze kijken naar een vuur dat begint in het midden van het huis. Ze hebben het zelf aangestoken en hebben dit precies voorbereid: het vuur begint bij opgestapelde stoelen en krukjes, waar ze Aleksandra's schoolboeken en schriften tussen hebben gestoken. Daar hebben ze de tafel, op zijn kant, tegenaan geschoven, als een dood paard dat op zijn zij in het gras ligt. Hun kleren en de wandkleden zitten tussen de tafelpoten. Eén

wandkleed is deels opgerold en hangt deels over een stapel spullen, als een tentdoek. Met haar hand in die van
Baba staat ze op het erf en kijkt ze naar het brandende
huis. De steeds groter wordende vlammen likken aan de
stapel spullen, aan het dak en de muren. Zij en Baba kijken toe tot er alleen nog as, wat verkoolde houten balken
en zwart geworden stenen liggen. De verbrande resten
laten de randen van het huis zien. Een omtrek zoals die
op de vloer in de oude slaapkamer van haar ouders, waar
Aleksandra alleen nog de vage contouren van de trapnaaimachine zag.

Volksrepubliek Loegansk

11 MEI 2014

Er staat een lange rij voor school nummer 11. Kolja sluit aan, achter dames met boodschappentrolleys, jongens in trainingspakken en kauwgom-kauwende meisjes in strakke shirts vol glitters. Het is warm, er zitten zweet-kringen in het overhemd van onze neef.

'Is ie nou wel gegaan?' vragen we aan elkaar. 'Wat denkt ie dat er gaat gebeuren als hij dit kiest?'

Sommigen van ons overleggen rustig of dit zin heeft, of het helpt wat hij doet.

'Misschien beschermt hij zichzelf, misschien is dit nu de enige manier.'

'De enige manier? Zijn jullie nu nog steeds zo blind, zo naïef? Heeft niemand die showprocessen bij de fabriek onthouden, waar de leidinggevende die de helft van het personeel had laten deporteren, vervolgens zelf gede-porteerd werd? Zijn jullie je herinneringen verloren?'

De rij schuift traag op. Na twintig minuten kan Kolja zich registreren. Achter een lange tafel zitten drie vrouwen. Naast de tafel staat een grote rechthoekige zuil van doorzichtig plastic. De stembiljetten die erin liggen zijn niet dichtgevouwen. We kijken ernaar, terwijl Kolja zijn paspoort aan een van de vrouwen overhandigt. Op alle biljetten die met de bedrukte kant naar boven liggen, is het vak *da/tak* aangevinkt. Nergens zien we een vinkje in het vak met *net/ni* staan.

'Zie je nou, verdomme,' vloeken we. 'Daar gaan we. Daar gaan we weer.'

'Misschien is dit gewoon het sentiment? Misschien willen de mensen dit? Kan dat niet ook?'

'Wat? Een nieuw land beginnen waar niemand op zit te wachten? Nee, ja. Ontzettend goed idee.'

We stuiven uit elkaar, draven door de velden, zoeken naar antwoorden. We vinden alleen loopgraven, die er eerder nog niet lagen. De signalen van de grond worden steeds warriger, minder logisch.

Kolja neemt zijn stembiljet en paspoort aan en gaat het stemhok in. Hij sluit het paarse gordijn van het hok en kijkt naar het stembiljet. Het zweet loopt van zijn nekharen zijn kraag in. Een lange tijd staat hij stil met de pen in zijn hand. Hij zweeft boven de twee vakjes met de ballpoint.

'Maakt het echt uit?' vragen we.

'Wat als hij nee zegt en iemand komt erachter?'

'Moet het ja zijn? Voor de zekerheid?'

'Godverdomme,' mompelt Kolja. Hij legt de pen weer terug op het plankje. Het blanco biljet vouwt hij twee keer dicht. Zonder de vrouwen achter de tafel aan te kijken, schuift hij het door de gleuf van de stembus.

Paleis van de verloren
Don Kozak

Langzaam kauwend op een stuk chocoladetaart kijk ik door het grote restaurant, dat nog heviger glimt dan de ontvangsthal. Nikolaj glimlacht vertederd naar me. Dan wrijft hij over zijn snor.

'Goed, zit je weer een beetje vol?'

'Het is genoeg voor nu,' zeg ik.

'Mooi. Dan zal ik het je vertellen, hoe ik hier kwam. De laatste keer dat ik in de spiegel keek, de dag voor mijn overlijden, was er geen strookje zwart meer te zien in mijn snor. En ik had zelfs een baard, zo wit als sneeuw. Al mijn haren en mijn gezicht waren wit en grijs, ik zag er eigenlijk gewoon uit als een stuk droog stro. Ik leek wel een verdwaalde tovenaar uit een van de Don Kozakken-sprookjes die oom Matvej me altijd vertelde toen ik een kind was. Het was een verhaal over een man op zoek naar rust en waarheid, die telkens dwars werd gezeten door verschrikkelijke tsarenkinderen en sluwe wolven, ze maakten zijn reis onmogelijk. Toen ik in de spiegel naar de diepe lijnen in mijn voorhoofd keek, naar mijn grijze snor en mijn witte wenkbrauwen, een baard, wist ik precies wanneer die lijnen in mijn gezicht waren gekropen en mijn haren waren begonnen te verkleuren: op het moment dat de trein wegreed. Het was 1953 en ik was al jaren doodziek en moe. Ik was in elf jaar tijd bijna dertig jaar ouder geworden. Ik stierf zonder te weten of Aleksandra naar huis terug zou keren. Het was een van de laatste gedachten voor ik stierf. Zou ze ooit naar huis komen? Toen ik wakker werd, was ik opeens hier. Ik lag op het bankje in de foyer.'

Ik kijk naar mijn lege dessertbord. Nikolaj kijkt er ook naar.

'Ach god, meisje,' zegt hij, 'je hoeft ook niet zo bescheiden te doen.'

Hij staat op. Over een pad van zwart graniet, dat tussen de sjieke rode tafels en stoelen door slingert, wandelt hij naar een toonbank. Hij pakt een bord en laat zijn blik kieskeurig over de verschillende etenswaren gaan: taarten, verse vis, potjes vol kaviaar, stapels zachte broodjes in gevlochten rieten manden, augurken, geraspte kaas met knoflook en mayonaise, wijn in vaten, bier, vers sap, verse melk. Hij tapt een glas bier, pakt een paar sneeën brood, vier augurken, mosterd en een groot blok spek – ik herken het blok, mijn tante Klawa sneed er in Odessa dunne, witte plakken af en schoof die elke avond onder mijn neus.

'De eerste maanden dat ik hier was, waande ik me een tsaar in mijn eigen Winterpaleis,' gaat Nikolaj verder. 'Ik wist niet wat ik zag hier achter de toonbank, er was eten dat ik nog nooit had gezien. Grote mooie taarten, sinaasappelen, bananen, vissen uit allerlei rivieren, levende kreeften, vreemde soorten wijn uit allerlei gebieden uit de Unie, vriezers vol vlees. Ik at me ziek de eerste paar weken. Na de oorlog hadden we niets, Lisa, niets. Ja, honger. Alweer. Anna en ik lieten Klawa, Nina en Kolja langs de deuren gaan om te vragen om overgebleven stukken brood en ander eten. Ze hadden geen schoenen, alleen maar lompen. Heel veel mannen waren niet thuisgekomen, de vrouwen die in de ziekenboegen hadden gewerkt leken op spoken, die zeiden bijna niets meer. Onze fabrieken waren kapot, de dorpen in de omgeving waren uitgebrand, de boeren moesten helemaal opnieuw beginnen. Alles wat we hadden opgebouwd tijdens het vijfjarenplan van Stalin was weg. Toen ik hier kwam en al dat eten zag at en at en at ik, als een beest. Ik sliep en at, liep rondjes over verdiepingen die ik nog niet had gezien en ging weer naar beneden, terug naar dit restaurant. Met elke hap die ik nam trokken de rimpels weg uit mijn gezicht, mijn huid werd weer glad, mijn baard verdween. Ik vond ergens een schaar en knipte mijn haren bij, die ook niet meer wit waren, maar hun oude kleur terugkregen, zie je? Na twee jaar zwerven, eten en een aantal mislukte pogingen om naar buiten te gaan, dit gebouw uit te komen, om terug te gaan naar Anna en de kinderen, keek ik naar het gat in het plafond in de zaal en herinnerde ik me de film die Anna en ik samen hadden gezien, die eerste winter in Loegansk. Ik zag opeens weer dat gevaarte en hoorde die dramatische orkestmuziek, kneep mijn ogen dicht terwijl ik dacht aan het applaus van al die mensen in die propagandafilm. Toen ik de orkestmuziek weer hoorde, werd ik zo misselijk dat ik mijn eten – en ik had echt veel te veel gegeten: een groot stuk vlees, heel lekkere aardappelen, bieten en fijngesneden lente-uitjes, ijs en heel goede koffie, niet van die oploskoffie – eruit gooide op een glimmend toilet. Daar, daar rende ik door de deur, om nog net op tijd met mijn kop boven de pot te kunnen hangen. Dat was trouwens ook een verrassing, want ik had nog nooit een wc-pot gezien, wij hadden gewoon een gat in de grond thuis, in de tuin, met een houten hokje eromheen. Daar zit de deur, zie je 'm?'

Hij schuift het bord vol eten naar me toe, terwijl hij naar een zwarte, glanzende deur wijst. Hij drukt zijn hand op het blok spek en duwt er met zijn andere hand een scherp mes doorheen. De knoflookgeur zweeft door het restaurant. Hij legt het stuk afgesneden vlees, de salo, in mijn handpalm, mijn huid glimt van het vet. Dan legt hij een plak zwart brood op mijn bord, pakt twee schijfjes knoflook, haalt een lepel door een pot mayonaise en vervolgens door een klein bakje mosterd. Hij smeert de mix op het brood, drukt de knoflookschijfjes erin en legt de plak spek erbovenop.

'Eet,' zegt hij, precies zoals mijn oudtantes en mijn oom Andriy tegen me zeggen in Odessa. 'Eet het bij de wodka,' roepen ze, 'erna het liefst, anders red je het niet.'

Ze geven me een bord gegrilde paprika's, gevuld met gerst en jonge kaas. Ze leggen blokjes gebakken zalm, gerold in haring en vastgepind met een cocktailprikker, op mijn bord, besprenkelen het met dille. Ik zeg: 'Jullie hele land ruikt naar dille. Echt alles.' Ik spreid mijn armen, stoot bijna een fles kwas om. 'Stations, markthallen, restaurants en cafés, museums, huizen. Het is in de muren getrokken, zelfs in die van overheidsgebouwen.'

'Vind je het vies?' vraagt mijn tante Natasja bezorgd.

'We eten dat thuis gewoon nooit. Aleksandra ook amper.'

'Nooit?'

'Bijna nooit.'

Ik kijk naar de tafel in de woonkamer van Klawa. Kommen rodekool met dille. Gebakken aardappelen met peper, zout en secuur verknipte dille. Gesneden haring, overladen met versnipperde ui en dille. 'Zie je?' vraagt ze opgewonden. 'Zie je de uitjes? Precies zoals we het van je Nederlandse opaatje leerden eten aan het strand van Scheveningen. Met uitjes.'

'Mèèèèt uitjes!' roept Nina. Ze houdt haar arm theatraal in de lucht en doet of ze een haring bij de staart vasthoudt, beweegt haar gezicht naar het plafond in Klawa's krakkemikkige Sovjetflat en spert haar mond open. Andriy lacht en giert tot mijn tante Klawa hem met een streng gezicht tot stilte maant. Ze aait me over mijn wang.

'Ach, je Nederlandse opaatje.' Nina slaat een kruis, 'God hebbe zijn ziel'.

Ze schuift een kom gevulde champignons naar me toe: in de hoed zit kaas met zure room. Als ik wat genomen heb, geeft ze me een kom met geraspte wortel, mayonaise en knoflook – het lievelingseten uit mijn jeugd. Dan krijg ik een stuk tomaat en een stuk komkommer. Tot slot komt er een hele vis op tafel, klaargemaakt in de oven.

'Het hoofd is het meest heilige deel van de vis, echt waar! Hier, het is een cadeau voor jou en je moedertje, omdat we jullie niet zo vaak zien.' Andriy breekt de kop af – 'zoals ik dat altijd deed met Igor en Witja in Loegansk, weet je nog, Marie, de eerste keer dat je daar was?' – en geeft 'm door. Ik kijk mijn moeder aan en denk aan haar verhalen over haar eerste reis naar het moederland van Aleksandra: het was zomer en bloedheet. Elke avond stond er in een tuin van een of andere oom of tante, een oudoom of een kennis een lange tafel klaar, gedekt en al. Ze was jong, ze sprak amper een woord Russisch. Ze dronk wodka bij het leven en at om de dag een halve watermeloen. De dag dat ze voor het eerst een vissenkop aangeboden kreeg, ging onze oudtante Nadja naar de tuin om een kip te halen. Ze rende een rondje, koos een beest, pakte het bij de kont en de nek, wiegde het dier even in haar armen, zong een kort liedje over een vos en een haas en legde het toen, zo, hop! op een houten hakblok. Het onderlijf rende nog een heel stuk door.

'Na de ogen moet je ook de hersenen van de vis uit de kop zuigen,' schreeuwt Klawa nu. 'Het brengt geluk, veel geluk! Kijk, zo.' Ze doet of ze een vissenkop tussen duim en wijsvinger houdt en brengt haar lippen ernaartoe. Ik voel hoe het vissenhoofd bijna uit mijn hand glijdt en twijfel.

'Lisa, regel één van eten met je familie,' zegt mijn moeder tegen me in streng Nederlands, 'je mag niet weigeren. Als je weigert raken ze in paniek en gaan ze nog meer eten voor je maken, dan trekken ze alle keukenkastjes open op zoek naar nog meer lekkernijen, een vergeten bakje kaviaar achter in de koelkast, de tomaten van de aardige buurvrouw, die fles Krim-champagne, eigenlijk speciaal voor oud en nieuw gekocht, maar ach wat maakt het uit!'

Langzaam breng ik mijn mond naar de kop van de vis. Iedereen aan de tafel juicht. Ik zet mijn lippen om een van de ogen, proef de zoute, rokerige schubben en zuig. Mijn familie staat op van hun stoelen en klopt me op mijn schouders. Bij de laatste schouderklop slik ik een van de ogen door. Ik voel het als een glibberige knikker door mijn slokdarm naar beneden glijden, tot het in mijn buik op een stukje zwart brood neerkomt.

'Ik zat erin, Lisa, in het Paleis van het Volk,' zegt Nikolaj met een stuk salo in zijn mond, 'in dat Paleis uit die film, of in iets wat er verdacht veel op leek. Ik wist wie dit had willen bouwen, dus ging ik op zoek naar hem, naar onze grote leider. Ik had het gevoel dat hij hier ook zou kunnen zijn, hij was net voor mij gestorven. Volgens de kranten stonden er dagenlang huilende mensen op het Rode Plein. Ik geloofde daar maar weinig van. Misschien had hij toch nog iets goed te maken dacht ik, misschien zat hij ook klem. Hij was nergens te vinden, niet op dat podium

in de grote zaal, niet in de foyer, niet in een van de verhoorkamers een paar verdiepingen omhoog, niet in de
kamers met de theaterrekwisieten. Dertien roltrappen
hoger in dit gevaarte dat maar niet leek te eindigen vond
ik alleen een kamer, die zijn kantoor had moeten worden. Een statige ruimte met een heel duur tapijt en in het
midden één breed bureau, opgepoetster dan opgepoetst.
Op het bureau stond een presse-papier van het hoofd van
Lenin, eronder lag een vel papier, vergeeld, maar verder
netjes, geen enkel scheurtje, geen vouwen, geen rare
hoekjes. Er stonden namen op, genummerd van 1 tot 24,
een nette rij, de volgorde van executie. Boven de namen
stond iets gekrabbeld, iets als "oké, doe maar". Ik ging op
de stoel zitten en draaide een rondje. Ik rommelde in de
laatjes: een revolver, pennen, medailles en allemaal briefjes met aantekeningen voor de architecten die het ontwerp voor dit gevaarte uit moesten voeren: "Verplicht
die en die om dit en dit nog hoger te maken, onthoud ook
dat er meer cilindervormige kolommen gebouwd moeten worden en zorg ervoor dat er een grote Sovjetster boven op het paleis komt te staan, waar van binnenuit licht
uit schijnt." Ik nam de zwartbakelieten telefoon van de
haak, hoopte dat ik Anna kon bereiken, om te vragen of
alles daar nog goed ging en te zeggen dat ik zou proberen
weer terug naar huis te komen, maar ik hoorde alleen het
volkslied van de Sovjet-Unie, op herhaling. De zin die ik
verschrikkelijk was gaan vinden tijdens de oorlog: "lang
leve de creatie van de wil van de mens", klonk eindeloos
achter elkaar uit de kleine luidspreker. Ik gooide de hoorn

er weer op, kreeg dat lied niet meer uit mijn hoofd, ijs-
beerde rond, vond in een kledingkast een maatpak, vond
er een waar ik veel te smal voor was en hees me erin. Met
mijn rechterarm netjes langs mijn lichaam en mijn linker-
arm bij de elleboog een beetje gekromd liep ik in rechte lijnen door de ruimte. Met elke stap stak ik mijn been
recht in de lucht, als een marcherende soldaat tijdens een
parade. Ik probeerde het gezicht te trekken dat hij had op
de poster waarop hij in een lange jas als een reus op het
Rode Plein stond. Langs zijn voeten reden kleine tanks en
marcheerden nog kleinere soldaten naar de Moskva. Om
zijn hoofd cirkelden gevechtsvliegtuigen. Ik stak mijn linkerhand in mijn zak en keek de verte in, naar het zuiden.
Daar hing een schilderij waarop de leider zelf te zien was:
Koba de bandiet, Stalin, zat naast zijn godlievende moeder. Ze zag er kuis uit, was in het zwart gekleed en droeg
een rond zwart brilletje. Hij droeg een wit pak met borst-
zakken aan beide kanten. Samen zaten ze op een berg in
zijn geboortestad Gori over zijn imperium uit te kijken.
Het Georgische gebergte in de verte was groen met een
topje sneeuw, de zon scheen op hun gezicht en ze glimlachten, niet echt naar elkaar, maar naar iets in de verte.
Ik duwde de twee deuren naar het balkon open. Hier was
ik niet omringd door zwart-rode linten, ik kon heel Moskou zien. De stad lag erbij zoals Anna en ik hadden gezien
in de bioscoop. Ik vond er niks aan. Te groot, te bombastisch. Ik trok de deuren weer dicht en keek nog een beetje
rond. Daarna koos ik een mooie hoek uit. Daar heb ik op
het rode tapijt gezeken. Dat was de laatste keer dat ik op

die verdieping was. Nu zit Kolja er, al drie jaar. Ik vraag me af hoe het er ruikt.'

De hand van Nina ligt op mijn been, ze heeft me geprobeerd te kalmeren nadat het vissenoog in mijn buik is beland.

'Larissa zoekt hem overal,' zegt ze zacht tegen me. 'Ze is zelfs naar Rostov gereisd, in Rusland, om daar dingen na te vragen over Kolja. Soms deed hij daar nog zaken met de mannen die vroeger met hem spijkerbroeken uit Turkije haalden.'

Haar hand ligt precies op mijn been als vorige zomer. We zaten in mijn moeders woonkamer op de bank. Voor ons, op de oude scheepskist van mijn opa Jilles, lag een politiedossier uit de net uitgeroepen Volksrepubliek Loegansk. Nina had de papieren in een plastic map gestopt en meegenomen naar Nederland. Mijn moeder zat op haar leesstoel en keek naar de drie vellen papier die voor ons lagen.

'Misschien kan jij iets doen,' zei Nina.

Mijn moeder pakte de vellen een voor een op. Ze las voor in voorzichtig Russisch. De naam van Igor, zijn adres, geboortedatum.

'Dood,' las ze, 'riem bevestigd aan de deurknop van de badkamer.'

'Er was geen tijd om naar het lichaam te kijken in het mortuarium,' zei Nina, 'binnen twee dagen lag onze neef onder de grond. Begraven, dichte kist. Hij mag niet meer opgegraven worden, dat heeft zijn ex-vrouw Anastasia vast laten leggen. We hebben het nog gevraagd, maar ze stond erop. De politie wilde nergens aan meewerken. Ze hadden geen antwoorden. De nacht voor hij gevonden werd, belde hij me op, Igor. "Ze staan voor de deur, tante," zei hij, "ze staan voor de deur, wat moet ik doen?" Ik verstond hem niet goed. Ik drukte mijn mobieltje tegen mijn oor en zei dat hij harder moest praten, hij praatte zo zacht, ik verstond er niks van. "Tjotja, ze staan voor de deur," zei hij nog een keer. Ik vroeg wie "ze" waren, of ik naar zijn huis moest komen, of Kolja, of Witja. Hij zei alleen maar "nee" en vroeg me waar hij naartoe moest. Hij zei dat hij nergens heen kon, dat ze nog meer geld wilden. Ik heb gezegd dat hij de deur op slot moest doen en zich moest verstoppen in de wc.'

Ik keek naar de drie dunne vellen waar bijna niets op stond.

'Een avond eerder had hij me ook al gebeld,' zei Nina, terwijl ze de vellen voorzichtig uitspreidde op de houten kist. 'Zijn ex-vrouw Anastasia was voor zijn deur verschenen, samen met een man die hij niet kende. "Ze willen roebels," zei Anastasia tegen Igor, maar die had helemaal geen roebels. De gevechten in onze stad waren net bezig, hij had gewoon nog hrivna's, net als iedereen toen het net begon. Igor gaf haar soms nog wat geld, snap je, na de scheiding, hij nam zelfs een extra baan om alles te kunnen betalen: zijn nieuwe huis, dat van haar. Hij kwam moeilijk van Anastasia af. Hij is altijd te aardig geweest.

Ze kwam altijd terug voor meer. Igor snapte niet waarom ze opeens roebels nodig had.'

'De mensen in de supermarkt, die willen roebels,' ging Anastasia door, 'de man die aardappelen verkoopt vanuit zijn auto wil ze ook. In deze republiek hebben we straks niks meer aan dat Oekraïense kutgeld. Speelgoedcenten zijn het.'

Ze haalde haar roze portemonnee uit haar panterprint-handtas en schudde het ding leeg op Igors deurmat. Er vielen een paar biljetten en wat bonnen uit. Haar borsten wiebelden op en neer in het iets te strakke topje dat ze droeg. Ze raapte de briefjes op en duwde die in zijn hand.

'Je moet ze ruilen,' zei ze.

'Waar dan? Kan je dat zelf niet doen?' vroeg hij.

'Je hoort toch wat ze zegt,' zei de man, 'jij moet ze ruilen.'

'Maar waar?'

'Dat weten wij toch godverdomme ook niet,' siste Anastasia, 'zoek het uit.'

Ze klonk alsof iemand een knoop in haar tong had gelegd. Er kwamen alleen maar dubbele klanken uit haar mond.

'Morgen,' zei Igor, terwijl hij de briefjes in zijn zak stak, 'ik zal morgen kijken of ik wat kan regelen.'

'Mooi, dan komen we morgen terug,' zei de man, 'we hebben het hard nodig, dus zorg dat je het voor elkaar krijgt.'

'Je kan ook werk zoeken,' mompelde Igor zonder de man aan te kijken.

'Werk? Werk! Het is oorlog, niemand heeft werk!' gilde Anastasia. 'Ik zou wel willen werken, maar het gaat niet. Overal is al iemand, en niemand wil me hebben, zo'n vrouw van in de veertig die bijna niks kan. Kijk naar me, wat kan ik nou? Ik zat nog op school toen de Unie instortte, toen de mijnen dichtgingen en iedereen zichzelf probeerde te redden met schimmige zaakjes. Hoe moet ik mezelf onderhouden, nadat jij me hebt verlaten?'

'We zijn uit elkaar gegaan, je dronk alles op.'

'Hou anders even je bijdehante bek dicht! Ik kom hier niet om naar jullie gejank te luisteren,' blafte de man in Igors gezicht. 'Als jij dit geld niet gaat ruilen, dan ken ik nog wel iemand, die komt je dan even opzoeken, nou, dan ben je verder van huis, meneertje.' Hij beukte met zijn vuist tegen de deurpost. In de glanzend witte lak, die Igor er twee weken eerder op had gezet, ontstond een kleine barst.

'Goed,' zei Igor, 'morgen.'

'Zo hoor ik het graag,' zei de man triomfantelijk. Hij gaf Igor een duw tegen zijn schouder.

'Roebels hè, niet vergeten,' herhaalde Anastasia lallend. 'Als het even kan zelfs dollars!'

Ze draaide zich om en zwalkte weg, terwijl de man zijn hand in haar kontzak stak en haar in haar nek kuste. Igor boog zijn hoofd naar de grond en duwde de deur dicht.

'Wacht even hoor,' zei mijn moeder. Ze hield een vel omhoog, wees een woord aan, 'tante Nina, dit begrijp ik niet'.

Nina keek, ze bewoog haar handen alsof ze aan een koord trok. We knikten. Daarna deed ze alsof ze het koord om haar nek knoopte.

'Zelfdoding?' vroegen mijn moeder en ik.

'Nee,' zei Nina.

Ze bewoog haar hand in een rechte lijn over haar keel, als een mes dat haar slagader doorsneed. Mijn moeder liep naar de studeerkamer en trok een Russisch-Nederlands woordenboek uit de kast. Toen ze weer bij ons zat, las ik de eerste vijf letters van het woord voor. s. a. m. o. oe.

'Ja,' zei mijn moeder. 'Hier.' Ze drukte haar vinger op het papier en duwde het woord onder mijn neus.

'Toch wel. Zelfmoord,' las ik.

Nina keek alleen maar naar mijn moeders vinger, die op het woord drukte. Ze schudde haar hoofd en haalde toen haar schouders op. 'Ik weet niet hoe ik deze leugen uit moet beelden.' Ze keek naar het woord, net als ik, alsof daaronder de waarheid lag die we allemaal wel zagen.

Alles in mijn mond smaakt bitter. Ik denk aan Igor, aan de middagen dat hij bij Aleksandra op visite was, vroeger. Zijn snor had dezelfde vorm als die van Nikolaj, netjes geknipt, strak. Blond, niet zwart. Eens haalde hij de oude zwart-witfoto van mijn overgrootvader van de muur en hield die naast zijn gezicht. 'Wat vind je, tante Sasja,' had hij gezegd, 'lijk ik op hem?'

'Nina vroeg aan mijn moeder of Igor de verkeerde kant

had gekozen,' zeg ik tegen Nikolaj, 'of hij zich meteen bij de separatisten aan had moeten sluiten, bij de nieuwe heersende orde van de Donbas. Net als Witja. Dan was er misschien iemand geweest om hem te beschermen, dacht ze.'

Nikolaj kijkt me vragend aan. 'Denk je dat het uit had gemaakt? Had het aan de andere kant niet net zo duister uit kunnen vallen? Misschien niet doordat iemand geld van hem wilde en hem vermoordde toen hij het niet gaf. Misschien was het dan een kogel door z'n kop geweest, een granaat, een mijn, weet ik wat.'

Ik knik. Hij heeft gelijk.

'Luister, ik had een verre neef, Petr. Zijn zoon, Tolja, wilde revolutionair worden. Hij was helemaal enthousiast over het einde van het tsarendom en het begin van de nieuwe tijd. Ik geef toe, ik snapte het, nieuwe tijden zijn spannend, maar Petr en ik − wij keken wel uit voor een nieuwe strijd. We hadden onze vaders thuis zien komen na de oorlog met Japan, na 1905. Niet meer dan een ellendig hoopje mens, waren ze. Op een avond bij ons thuis, net voor Tolja's vertrek, probeerden Petr en ik het verhaal over onze vaders in zijn botte hoofd te rammen. Ik vertelde over het geschreeuw 's nachts, de lege ogen die nergens meer naar keken, de woede die in de lichamen van onze vaders zat. Maar Tolja was bezeten geraakt door de spannende verhalen die rondzongen door ons gebied en de plakkaten die in de grotere dorpen hingen. Meer voor het volk! Weg met de bourgeoisie! Tolja was zo koppig als een bejaarde Don Kozak, niemand kon hem van gedachten doen veranderen. Het voordeel van jong zijn, zei Petr, is dat je minder bang bent. Het voordeel van ouder zijn, is dat je begrijpt dat overmoed gevaarlijk is. Ik kon niks, behalve een dikke laag wol in zijn legerjas naaien. Hij zou met het Rode Leger naar het westen trekken. Als teken van kracht borduurde ik een wit Don Kozakken-hert in de binnenzak van zijn legerjas. Met een zeldzaam soort garen van goud naaide ik een pijl in de rug van het hert, dicht bij de staart. Een priegelwerk dat zeker vijf uur duurde. Dit was alles wat ik voor hem kon doen, ik had altijd al een zwak lichaam en heb nooit hoeven vechten.

"Voor de goede zaak," zei Tolja tegen me, toen hij de jas paste en het hert ontdekte. Petr en ik knikten. Tolja bewoog zijn schouders naar beneden en naar boven, alsof hij het nut van de jas probeerde te wegen, probeerde te voelen hoeveel veiligheid die hem zou bieden.

"Je weet dat deze jas je tegen niets anders zal beschermen dan de kou," zei ik tegen mijn neef.

"Ik weet het, oom, ik weet het."

Hij keek door het raam over het erf. De waakhonden sliepen, de nacht hing als een zware lappendeken over onze donkere velden. In de verte liep Oleg over het pad naar huis.

"Ik kan hier gaan zitten wachten tot het allemaal gebeurd is, maar ik wil het zien, oom Nikolaj, met mijn eigen ogen."

Baba Mari kwam de kamer binnen. Ze keek naar Tolja. Speciaal voor haar draaide hij een extra rondje met zijn jas aan.

"Dus je gaat echt," zei ze bits.

"Ja," zei Tolja.

"Wees gewaarschuwd hè, jongen, vertrek vooral als je al die ellende van dichtbij wil zien, maar pas op jezelf. Als je ver weg sterft, wordt het moeilijk je lichaam weer naar huis te krijgen. Denk aan je vader, die hier zit te kijken hoe jij je verheugt op een oorlog. Voor elke klap die zijn vader kreeg in Japan, kreeg hij er thuis drie. Je mag van blijdschap spreken dat hij jou nooit met een vinger heeft aangeraakt."

Tolja kromp ineen in zijn jas.

"Als het een grote strijd wordt, zullen ze me oproepen, Tolja," zei Petr. "Ik wil vrede en rust, maar voor dat kan, zal ik een laatste keer voor het oude leger moeten vechten."

"Ik zal het u vergeven, vader," zei Tolja met verheven stem, "we zijn allebei Don Kozakken. Dat houdt ons bij elkaar."

"In oorlogen vergeef je niet. Je staat tegenover elkaar en dan is er niet meer dan dit: wie het eerst steekt overleeft. Het is geen spel zoals jij en ik vroeger bij de rivier speelden. Als jij kopje-onder ging, trok ik je weer uit het water. In een oorlog drukt iemand zijn knie in je nek en houdt je onder water tot je niet meer beweegt."

Ik schoof een stoel bij en keek hoe Tolja steeds kleiner werd in zijn jas.

"Petr wil brood bakken," zei ik tegen Tolja, "en ik wil jassen maken. Vechten hoeft niet altijd. Jij bent het die kiest."

Tolja ging. In de jas met het hert in de binnenzak. Hij geloofde er toen heilig in dat hij het land zou helpen veranderen, net als die brigadiers die in 1931 de planken uit onze vloer stonden te trekken. Een maand nadat Tolja was vertrokken met het kersverse Rode Leger, werd Petr opgeroepen. Hij moest, zoals hij had voorspeld, een laatste keer de Witten dienen.

"Wat als ik hem zie?" vroeg Petr aan me toen hij vertrok.

Keuzes hebben onze familie altijd op vreemde paden gebracht. Heel lang hoorden we niks van Petr en Tolja. Pas jaren na de laatste gevechten in het oosten van Polen kwam er een brief. Het was 1925, de lente begon, Aleksandra was zeven maanden oud. De brief kwam uit een Pools dorp, Zadvir'ya. De afzenders waren twee Temnikovs. Petr en Tolja.

"Het is niet veel anders dan bij jullie thuis," schreven ze. "Het dorp is iets groter. Er zijn ook boeren, ook dieren en stroken land die worden verbouwd. We spreken nu Pools en Oekraïens, we hebben veel bij moeten leren.'"

Het was een bloedhete regenachtige zomerdag in augustus toen Tolja's bevelhebber Boedjonny besloot een laatste poging te wagen om het communisme verder naar het Westen te brengen. Onze neef was onder zijn bevel al een aantal keer naar Lviv getrokken, maar de troepen kregen de noordkant van die stad maar niet veroverd, al waren ze met veel meer dan de Polen en Oekraïners. Nou ja. Eigenlijk bereikten ze de stad gewoon niet. Ze cirkelden er telkens omheen en dat was het. Overal stuitte onze neef, inmiddels niet meer zo hongerig naar revolutie, op Polen en Oekraïners die hun land niet wilden verliezen aan de communisten. Boedjonny, die trouwens een vreselijk grote snor had, kon elk moment het bevel geven om naar het zuiden te trekken, richting Odessa en de Krim. Tolja voelde zich een schaakstuk op een speelveld. In het zuiden moest hij inhakken op de Witten, die nog steeds niet helemaal verslagen waren. De Witten, daar was Tolja het meest bang voor. Polen doden vond hij niet prettig, maar dat moest nu eenmaal, dat was zijn taak. Vechten tegen de Witten had hij sinds het begin van de strijd gevreesd. In elke Witte die hij tijdens de oorlog was tegengekomen, zag hij zijn vader. Hij bleef liever in het oosten van Polen, waar hij de velden net een beetje kende en de wegen begreep. Hij had steeds minder zin om zijn geweer te trekken of zijn sabel tevoorschijn te halen. Na de aankondiging van het vertrek richting het zuiden, wilde hij op de deuren van de huizen in de Poolse dorpen bonken om te roepen dat de communisten zouden vertrekken. Dat deed hij helemaal niet, hoor. Hij zei niets tegen zijn kameraden en hij herhaalde zijn stiekeme wens om in Polen achter te blijven alleen in zijn hoofd, als een eindeloos draaiend garenklosje. De klos verzamelde steeds meer draad.

De dag voor Tolja een laatste keer naar Lviv moest trekken om de stad aan te vallen, sloeg hij in het dorp Zadvir'ya een hoek om richting de oude kerk van de Moeder Gods. Hij wandelde achter zijn kameraden aan. Ze waren op weg naar de zoveelste veldslag in de buurt. Aan de achterkant van de kerk kwam een man naar buiten door een kleine houten deur. De man stak haastig de weg over. Eerst wilde Tolja zijn geweer pakken, maar toen zag hij dat de man zijn schouders precies zo optrok als zijn vader deed wanneer het regende. Tolja bleef staan, zijn geweer in de lucht geheven. De man liep op een drafje door, trok zijn jas verder over zijn hoofd en verdween achter een hooischuur. Zijn voetstappen verstomden al snel in de regen. Onze neef deed zijn ogen dicht en probeerde het loopje van de man voor zich te zien: het hoofd tussen de schouders geklemd, de stevige tred, het ranke postuur. Ergens achter zich hoorde hij de stem van een kameraad. De stem zweefde richting de rivier. Tolja kon niet onderscheiden waar zijn medesoldaat precies heen was gegaan. Voor het eerst in maanden was hij alleen. Hij draaide zich om naar de weg achter hem, naar de velden rechts, zocht naar de man die hij net zag en keerde zich weer om naar het kerkje. De smalle bomen op de begraafplaats staken hoog boven de graven uit. De takken bewogen rustig heen en weer tegen de grijze lucht. Nu hij alleen was, voelde Tolja voor het eerst hoe heet, klam en doorweekt zijn lichaam was, hoe zwaar zijn ledematen voelden, hoe zijn kaken verkrampten als hij liep en zijn hartslag omhoogschoot bij elk onbekend geluid. Nu pas dacht hij aan zijn oude stille leven met zijn vader Petr en zijn moeder Martha. De jongens met wie hij naar het oosten van Polen was getrokken, scandeerden elke dag leuzen en oorlogskreten. Hak de Panski's in de pan! Het waren jongens die bij de Poolse boerderijen en huizen aanklopten met hun bajonet in de aanslag, en schreeuwden dat ze jonge meisjes zochten. Ze drongen binnen en trokken de meisjes aan hun jurken en haren naar hooizolders. Daar werd de jonge Tolja, die door de soldaten soms grappend 'konijntje Temnikov' werd genoemd, op wacht gezet. Met zijn ogen dicht stond hij dan voor de boerderij met zijn geweer in de aanslag, terwijl hij zijn kameraden hoorde blaffen van woede en plezier. Het was een vreemd geluid, bijna als dat van een balkende ezel. Daartussendoor klonken de meisjes, die 'nie' riepen tot het alleen nog maar stil was. Dan dacht Tolja aan de woorden van zijn vader, aan de knie van een onbekende vijand die hem onder water hield en aan twee handen die op zijn schouders drukten tot hij niet meer ademde; aan het water van de Donets en aan hoe hij daar als kind tot aan zijn neusbrug in naar beneden zakte, als een krokodil. Hij dacht aan zijn vader en moeder aan de waterkant, die hem in de gaten hielden terwijl ze met elkaar praatten. Als zijn kameraden via de houten trappen weer naar beneden kwamen, de meisjes tussen het hooi achterlatend, riepen ze vaak tegen hem: 'Wanneer ga jij nou eens, konijntje.' Hij negeerde hun grappen tot ze hem in het dorp waar hij zijn vader dacht te zien lopen een huis binnenduwden. Het was een groot huis, laag en met verschillende kamers. In de hoek van de eetkamer zat een man, even oud als Petr, een pijp te roken. Net als oom Nikolaj zat hij achter een naaimachine, zijn voet langzaam cirkels trappend. Zijn machine was veel minder mooi dan die van Nikolaj. Het hout was minder goed onderhouden en ze leek niet zoveel ijzeren onderdelen te hebben. De man keek amper op toen Tolja onder luid gejoel naar binnen werd geduwd, hij groette alleen en wees met een kort knikje naar een volgende kamer. Daar zat een meisje op de rand van haar bed. Ze had donker haar, bruine ogen en een bleek gezicht. Tolja deed de deur dicht en ging op een kruk in de hoek zitten, in zijn dikke jas. Het meisje keek naar hem alsof hij een verdwaald en verwilderd beest was. Zo zaten ze tegenover elkaar zonder iets te zeggen. Even twijfelde Tolja of hij zijn jas uit moest doen, maar hij bedacht zich. Na een uur vertrok hij.

'Kom maar vaker,' zei de man tegen hem in krakkemikkig Russisch, toen Tolja stilletjes naar de voordeur liep, 'dan doet iemand van jullie tenminste iets goeds.'

In de weken dat er nog werd gevochten rondom het huis van de man en zijn dochter, glipte Tolja af en toe weg uit het legerkamp. Soms zei hij iets tegen het meisje, Gizela heette ze, in gebroken Pools en zij iets tegen hem in het Russisch. Na de zomer zou ze naar de universiteit gaan, vertelde Gizela, als de oorlog voorbij was. Na een paar weken liet hij de jas met het hert bij haar achter, op de rand van het bed. Ze had die nacht ervoor de jas van zijn schouders geschoven, heel voorzichtig, alsof het een heilige doek was die onder een icoon lag en niet zomaar weg mocht glijden. Ze had haar haren losgemaakt, Tolja's uniform uitgetrokken en zijn twee vuile handen tegen haar borsten gedrukt. Toen ze boven op hem zat en onhandig op en neer bewoog alsof ze voor het eerst op een hobbelpaard zat, verrekte ze haar nek bijna om soms

181

naar de jas te kunnen kijken. Ze was erdoor gefascineerd, had er al weken naar zitten staren. Tolja zei haar dat ze alles van hem mocht hebben, behalve de jas.

'Het is het enige wat ik nog heb van thuis,' zei hij haar.

'Waar is dat dan, thuis?' vroeg ze.

'Een dorpje bij een zijrivier van de Donets, met een molen en zeven boerderijen.'

Hij legde zijn handen op haar heupen en liet zijn vingers omhoogkruipen lang haar ribben, haar borsten en haar schouders. Hij trok haar naar zich toe.

'Ik ben geboren op een plek zo afgelegen dat er niemand iets zal overkomen. Dus besloot ik weg te gaan. Mijn oom Nikolaj naaide een Don Kozakken-hert in mijn jas voor ik ging.'

'Je oom maakt kleren? Ik dacht dat er alleen maar woestelingen op paarden langs de Don woonden,' fluisterde Gizela in zijn oor. Haar borsten drukten tegen zijn kin. Met elke beweging die ze samen maakten, bewogen haar haren langs zijn wangen.

'Mijn oom gebruikt zijn handen alleen om kleren mee te maken. Mijn vader vecht, al maakt hij liever brood, maar hij moet.'

Hij ging rechtop zitten. Gizela duwde haar billen tegen zijn bovenbenen. Een beweging waardoor ze eindelijk een ritme vonden. Tolja dwaalde af, dacht aan de handen van Nikolaj, aan hoe hij voorzichtig het garen in de Singer-trapnaaimachine legde. Hij keek naar de voet van zijn oom die de machine aanduwde in een precies tempo, één vloeiende beweging. Gizela sloeg haar armen om zijn schouders en duwde haar billen steeds sneller op en neer. Tolja tilde haar op en draaide haar op haar rug. Hij greep het hoofdeinde vast en zette haar klem onder hem, alsof ze gevangen zat. Met kracht trok hij zich omhoog, spande zich aan, hoorde het ritme van de machine. Hij zag stapels leer drogen in de zon, zag Nikolaj de schapen scheren op het erf, Anna de moestuin aan kant maken. Hij zag hoe ze naar de schuur liep om het personeel te instrueren. Het graan bewoog rustig op de wind. Hij zag Petr op zijn paard door de velden galopperen. De hoeven klapten in de aarde, het zwart vloog omhoog, het dier liet stofwolken achter. Toen hij nog eens keek was zijn vader verdwenen. Gizela kuste hem in zijn nek, zei dat hij moest stoppen. Hij trok haar aan haar heupen naar zich toe en stootte nog een laatste keer. De molen. Het pad naar de rivier. De paarden. Het graan. De bakken vol tomaten. De bieten. De weckpotten. De verse thee uit de samowar. Het brood. De snor van Nikolaj die omhoogbewoog als hij lachte. De vlakke hand van zijn vader tegen zijn gezicht op de dag dat hij vertrok. De armen van zijn moeder strak om zijn lijf. Gizela schoof onder Tolja's lichaam vandaan en draaide haar haren in een knot.

'Je bent niet helemaal hier, soldaatje,' zei ze. Ze veegde het zweet van haar lichaam met het bebloemde laken. 'Je bent thuis, in de armen van je moeder of je oma.' Ze stond op en trok zijn loodzware jas aan. Ze duwde haar neus in de voering en vouwde de jas als een tent om zich heen. Alleen haar knot was nog te zien.

'Nu kan ik dit van je stelen zonder dat je me nog kan zien,' klonk haar doffe stem vanonder het bont.

De jas bleef bij Gizela, als een belofte.

De ochtend voor Tolja de man uit de kerk zag komen, had hij Gizela gevraagd de jas mee te nemen en te vluchten naar het noorden. De laatste grote veldslag zou morgen zijn. Het Rode Leger zou nog één keer richting Lviv trekken. Hij had de jas in Gizela's handen gedrukt. 'Onze voorouders zullen je beschermen,' fluisterde hij. Het goud van de pijl in de rug van het dier in de binnenzak gaf bijna licht toen ze er samen naar keken. 'Neem je vader mee,' zei hij, 'als alles voorbij is kom ik je halen. Spreek Pools tegen me als je me weer ziet. Ook als ik je niet versta. We mogen nooit meer Russisch praten, jij en ik.'

Het dorp lag overhoop. Overal renden Poolse dorpelingen rond met koffers in de hand, ze sprongen op karren en reden weg richting het oosten, naar een dorp dat de Russen al leeggeroofd hadden. Rode soldaten te paard trokken de andere kant op, richting het station, waarachter een groot veld lag. Ze probeerden zo veel mogelijk schade aan te richten. De kruidenierswinkel werd overhoopgehaald, boerderijen werden vernield, hooischuren in brand gestoken. Tolja volgde zijn kameraden en sloot aan bij het appel. Daarna trok hij richting het veld met zijn geweer vooruitgestoken in zijn handen. Hij voelde zijn maag kantelen en kantelen, dacht aan de rode wangen van Gizela, aan haar warme handen die net nog op zijn buik hadden gelegen en aan hoelang het zou duren tot hij haar weer zou zien. Hij vroeg zich af of het überhaupt zou gebeuren en of hij de jas niet beter mee had kunnen nemen – hij struikelde bijna over zijn eigen denken tot zijn pas opeens onderbroken werd door de deur van de houten kerk die openging. Een scharnier piepte. De man stapte naar buiten. De soldaten waar hij achteraan rende verdwenen achter een boerderij links van hem, de deur viel met een klap dicht. De man trok zijn schouders op in de hoop dat de regen niet in zijn nek liep. Tolja trok zijn geweer, maar liet het direct weer zakken toen hij diens houding herkende. Op de modderige zandweg zei hij de naam van zijn vader, heel zacht. Hij dacht aan de woorden die Nikolaj weleens zei: 'kiezen als de wereld je twee wegen geeft'. Blijven of weggaan. Soms moet je iets achterlaten, weet wat dat is, hoorde hij Nikolaj zeggen. Tolja stak de weg over en wandelde naar de begraafplaats. Hij trok een ijzeren hek open en liep het terrein op. Buiten galoppeerde een groepje Kozakken van het Rode Leger over de weg. Tolja dook achter een zerk en wachtte tot de hoeven van de paarden niet meer te horen waren. Zo precies mogelijk duwde hij het hek weer dicht. Hij keek om zich heen, er stonden misschien tweehonderd zerken, meer niet. Bij de ingang waren grote graven, ze leken belangrijker dan de rest. Een stenen vrouw lag languit over een marmeren kist. Ze huilde, hield één hand dramatisch tegen haar voorhoofd en keek naar de hemel, alsof iemand daarboven haar zou kunnen helpen. Naast de stenen vrouw stond een kleine kapel met een ronde gouden koepel, van één familie. De hekken van de kapel zaten op slot. Binnen brandden kaarsen. Een wit Mariabeeld was omringd door een zee van rozen. Tolja legde zijn handen om de spijlen en drukte zijn gezicht tegen het ijzer. Hij probeerde de naam van de laatst overledene te lezen, maar het Latijnse schrift ging hem niet goed af. Hij dacht aan de omheinde graven van thuis, de houten kruizen, de simpele, met de hand beschilderde stenen, de houten bankjes naast de graven, waar hij en zijn vader elk jaar zaten om de doden gedag te zeggen en eten en drinken te brengen. Het regende hard, zijn lichaam werd natter en natter. Op zoek naar een boom om onder te schuilen passeerde hij een overdekte opslagplaats. Tussen wat stapels hout en een aantal nog onbeschreven zerken lagen dode Poolse soldaten, allemaal nog in uniform. Ze waren als een stapel wandtapijten neergelegd op een droog stuk grond. De jongens en mannen leken op versgeschoten hoenderen. Sinds het begin van de oorlog had Tolja zoveel mannen in deze houding zien liggen dat hij geen lichamen meer zag, maar uniformen, met vel en haar. Ga ik dit doen, dacht hij even. En toen trok hij, zonder nog langer te twijfelen, zijn natte kleren uit tot hij naakt tussen de houtblokken, zerken en lijken stond. Zijn bolsjewiekenuniform verstopte hij achter wat onbeschreven zerken. Lichaam na lichaam rolde hij van de stapel af, op zoek naar de meest droge Poolse legerjas, de best passende Poolse pantalon, de juiste sokken. De lijken die geen geschikte kleding droegen, duwde hij weg, naar elkaar toe op de natte grond, als halmen graan die nog bij elkaar gebonden moesten worden. Een jonge jongen in het midden van de stapel, helemaal ondcrop, leek bijna onaangetast, alsof hij uit steen gehouwen was. Hij had geen vuil op zijn gezicht, geen kneuzingen, nergens bloed op zijn handen of in zijn haar. Hij leek zo op te kunnen staan en weg te kunnen lopen. Tolja sloeg hem met de vlakke hand op zijn wang. De mond van de jongen viel niet open. Tolja sloeg nog eens, nu op de andere wang, en daarna duwde hij zijn vuist tegen de borstkas van de jongen. Hij ontdeed hem van zijn jasje, zijn legerhemd en zijn laarzen. De buik van de jongen was zo wit als het Mariabeeld in de kleine kapel. Tolja trok een riem uit een legerbroek en gespte die in zijn eigen broek, twijfelde of de riem nog een gaatje strakker moest. Hij trok het leer aan en keek naar de lichamen die als een halve rouwkrans om hem heen lagen.

'Het kan hem toch niet zijn,' zei hij tegen hen, 'waarom zou mijn vader hier komen?'

'Hij verschool zich in de kerk,' zegt Nikolaj. 'In dat bij elkaar geraapte Poolse uniform. De kerk was bijna helemaal leeggehaald, alles was weg, de Mariabeelden, de afbeeldingen van heiligen. Er was nog één fresco, in de nok. Daar konden ze niet bij, dat kostte te veel moeite. Omdat alles al kapot was, verschool hij zich daar, in het biechthok, tot het donker werd. In de nacht zocht hij naar brood bij een verlaten boerderij, daarna ging hij weer de kerk in. Na vier dagen, toen hij dacht dat alle bolsjewieken wel weg waren, trok hij naar het noorden, naar Gizela. Ze trouwden en kregen kinderen. Tolja sprak nooit meer Oekraïens of Russisch. Een paar jaar later kwam hij Petr

187

tegen, in Lviv. Die had, net als hij, zijn bataljon verlaten. Hij had zich in de Karpaten verscholen tot alles voorbij was, in een oude loopgraaf uit de Eerste Wereldoorlog. Iemand in een café herkende toevallig zijn achternaam. "Er loopt hier nog zo iemand rond," had die tegen Tolja gezegd, "een wat oudere man."

Wij vertelden iedereen in het dorp dat ze dood waren. De brief verstopten we in de dubbele bodem van mijn garenkist. We zouden worden aangekeken op wat Petr en Tolja hadden gedaan. Het waren deserteurs. Als ik aan hen dacht, dacht ik altijd aan onze voorvaderen, die zeiden dat we vrij moesten sterven.'

'Maar wat is dat dan, vrij sterven?' vraag ik.

'Geen idee, onze familie verdedigde altijd kleine paleizen, verloor ze aan revoluties en oorlogen. De muren brokkelden steeds af, we raakten mensen kwijt, maar aan welke kant dat dan precies gebeurde, dat wist eigenlijk niemand. De kant waaraan we stonden verschoof telkens. We hadden dat zelf maar zelden in de hand.'

'Er waren ook goede Duitsers,' zei Aleksandra al toen ik nog een kind was. Mijn opa Jilles wilde er nooit wat van weten, zij hield stug vol. Toen ze eens naar haar Arbeitsbuch keek, met daarin een verdrietig portret van haar en wat stempels met hakenkruizen erop, zei ze: 'Bijvoorbeeld de Duitse professor, meneer Gustav. Elke dag kwam hij naar het laboratorium om ons werk te controleren. Maar hij was nooit onaardig. Hij was rustig, vriendelijk. Dotje grijs haar boven op zijn hoofd. Op kerstavond 1942, toen ik daar net werkte, in Griesheim, nodigde hij mij, Njoesja en Doesja uit voor een diner bij hem thuis. Ik mocht mijn blauw-witte ost-embleem, dat ik altijd op mijn borst moest dragen, afdoen voor we het terrein af liepen. Het was donker, het sneeuwde zoals thuis. In de verte hoorde ik de Main zacht stromen. Door de ramen van de huizen zag ik kaarsen branden in de bomen. Overal zaten gezinnen te eten. Veel moeders met kinderen. Geen vaders. Ik had, net als Njoesja en Doesja, mijn mooiste kleren aangetrokken. Op mijn nette schoenen liep ik zo voorzichtig mogelijk over de stoep, als een deftige vrouw. Griesheim was vredig en stil die avond. Alles voelde als de kerstavonden thuis in Vorosjylovhrad. Het rook naar gebraden vlees en aardappelen, naar soep en brood. Achter een van de gordijnen dacht Njoesja haar vader Klim te zien zitten. Hij zag er gezond uit, zoals in de jaren voor de oorlog begon, toen we weer genoeg te eten hadden en soms feestjes gaven. Meneer Gustav liep voor ons uit en vertelde ons over de mensen daar. Hij wees naar het huis van dokter Jonas, die me zou helpen toen ik zwanger was van je oom Peter. Iets verderop wees hij de oude bakkerij aan, in de laatste maanden van de oorlog zou ik daar zout naartoe smokkelen, met de kinderwagen. Meneer Gustav woonde in een huis met een mooie grote tuin. Er lag bijna een meter sneeuw, het pad naar de voordeur was keurig vrijgemaakt. In de tuin stond ook een kerstboom, zonder lichtjes, maar wel met een ster op de top. Het leek bijna een Sovjetster, dat zei ik maar niet tegen meneer Gustav. Ik heb een hele tijd naar die boom staan kijken. Binnen verwelkomde zijn vrouw ons hartelijk. Ze had donkerbruin haar met grote krullen. Ze droeg hakken van rood leer, ik vond ze prachtig. Haar plooirok, helemaal donkerblauw, kwam tot aan haar kuiten. Daarboven droeg ze een blouse in dezelfde kleur. Ze had een dunne strik onder haar kraag. We spraken natuurlijk niet goed Duits, mijn nichtjes en ik, dus het was veel knikken en gebaren. De tafel was al gedekt. De borden glommen in het kaarslicht. Het voorgerecht was een aardappelsoep. Er lag speciaal een lepel voor klaar, aan de rechterkant van het bord. Het mes dat ernaast lag was opgepoetst. Ik had nog nooit zulk glanzend bestek gezien. Zelfs de gouden rand van het icoon van Baba Mari en opa Stepan glom niet zo, ook niet als we het hadden gepoetst voor het oogstfeest. Njoesja, Doesja en ik wachtten tot meneer Gustav begon met eten. Hij legde een witte zakdoek op zijn schoot en nam een eerste hap, daarna knikte hij vriendelijk naar ons. In de hoek van de kamer stond een kerstboom vol zilveren slingers op een gelakte vloer. Het hout was in een visgraatpatroon gelegd. De kaarsen uit de boom weerspiegelden zich in de lak. Na de soep zette Gustav de radio aan, even. Ik verstond er niet veel van, al hoorde ik op een gegeven moment de naam Stalingrad. Ik dacht: zijn ze al zo ver gekomen, de Duitse soldaten? Steeds als de stad genoemd werd en de stem van de Duitse verslaggever opgewekt klonk, schrokken Njoesja, Doesja en ik.

Vooral Doesja, met haar donkere haren, was lijkbleek. Meneer Gustav legde even zijn hand op haar schouder, stond op en zette de radio weer uit. *Entschuldigung*, zei hij tegen ons, dit doen we elke avond, uit gewoonte. Daarna aten we brood, vlees en aardappelen zonder nog veel tegen elkaar te zeggen. Zijn vrouw glimlachte de hele tijd naar ons en bleef maar opscheppen. Het toetje was een grote rechthoekige chocoladetaart, die glom ook, net als die vloer, net als alles in dat huis. Op de taart had de bakkersvrouw Frohe Weihnachten geschreven met wit glazuur. We kregen twee stukken.'

'Goede mensen nemen allerlei vormen aan,' zegt Nikolaj. 'In een helse situatie proberen mensen vooral zichzelf te redden. Daarin kiest iedereen een ander pad. Iedereen gelooft in een ander verhaal.'

Hij staat op van tafel, wenkt me, duwt de deuren van het restaurant open en leidt me naar een volgende foyer. In het midden, tussen zeven lange palmbomen, staan vijf futuristische mannen, gehouwen uit wit steen. Ze spannen hun spieren aan, kijken vooruit, de toekomst in, net als de andere mensen in dit paleis. Hun haren staan stijf naar achteren, alsof het stormde en daarna heel hard heeft gevroren. Sommigen van hen steken hun arm met gebalde vuist de lucht in en houden hamers en werktuigen vast. Anderen dragen laarzen en hebben een geweer in de hand. Ze zetten het ene been voor het andere en snellen vooruit, als schaatsers op weg naar een plek die me weer niet duidelijk is. Hun witte glanzende lijven hebben zulke scherpe hoeken dat ik mijn eigen lichaam naar een muur van de foyer beweeg. Ik probeer ze op zo ruim mogelijke afstand te passeren en voel me net zo ongemakkelijk als de eerste keer dat ik een gigantische Lenin tegenkwam in Sint-Petersburg. Ik reed net een halfuur door de stad. De weg van de airport naar het centrum was lang. Alles was pompeus en statig. De gebouwen die we passeerden waren lang en netjes, veel ramen. Op veel muren waren nog Sovjetsterren te zien. IJs hing van de dakranden in lange pegels naar beneden. Soms waren de pegels wel een meter lang. Vrouwen in dikke winterjassen schuifelden voorzichtig over straat, over de stoepen waarop ijs en sneeuw waren aangekoekt. Een lange tijd reden we langs lege pleinen, tot ik ergens, op een plein, een Lenin zag bewegen op zijn plateau. Ik drukte mijn hoofd tegen het raam.

'Zie ik het nou goed,' vroeg ik aan de taxichauffeur, 'of is dit socialistisch realisme op zijn best?'

'Wat bedoel je,' mopperde hij. Ik had hem al tien vragen gesteld.

'Is dit echt,' fluisterde ik tegen de ruit, die direct besloeg.

Even verloor ik Vladimir uit het oog. Ik veegde de ruit droog met mijn jas. Daar was hij weer. Ik hoorde hem zeggen: het land is blijven steken bij de elite die zich tegoed doet aan het hardwerkende en lijdende volk. De elite bezuipt zich, dweept met opium, neukt zich kapot in grote balzalen. In de zomer en in de winter, in buiten-huizen en op promenades. Het gewone volk heeft niets te vreten. Het wordt weggevoerd als het zich tegen het politieke bestel keert, als het roept dat er een Doema moet komen. Gevangenen werken hun handen open in de vrieskou van Sachalin. Vrede voor het volk! Land voor de boeren! Power to the Soviets! Ik zag Lenin zijn rech-terbeen lostrekken van het voetstuk waar hij tientallen jaren op had gestaan, de taxi stond voor een rood licht, ik kon het plein goed in de gaten houden. Lenin kwam met grote, logge passen op de wagen af.

'Godallejezus, wat krijgen we nou,' riep de chauffeur.

'Ik zei het toch,' snauwde ik, maar voor ik een punt kon maken, tikte Lenin al op het raampje, gebaarde dat ik het open moest draaien.

'Hallo,' zei ik.

'Hallo,' zei Lenin.

Het licht sprong op groen. De chauffeur zei dat hij niet heel de dag de tijd had voor gesprekjes, dat hij geld moest verdienen.

'Is er iets belangrijks wat u wilt zeggen,' vroeg ik.

'Nou ja, één ding,' zei Lenin, 'als het eenmaal goed gaat met de Unie, wil iedereen natuurlijk opeens een graantje meepikken en dan gaat het helemaal de ver-keerde kant op. Ik heb het gezegd. Iedereen lijkt het te zijn vergeten.'

'O, Vladimir,' zuchtte de chauffeur, 'je bent te laat. Tegen mijn omaatje of mijn moedertje, God hebbe hun ziel, had je dit allemaal nog kunnen zeggen, die hadden er wat aan gehad, ach die twee oude sokken. Maar vandaag, hier, heeft het geen zin. We hebben een andere Vladimir. Zelfde naam, ander systeem. Nog altijd niet heel gezellig. In ieder geval, je bent te laat.'

Lenin keek de auto in, zag de Russische vlag en de heilige maagd Maria aan de achteruitkijkspiegel van de chauffeur bungelen.

'Oei, ja,' zei ik, 'sorry', en ik stak mijn hand door het autoraampje om de onderarm van Lenin even te aaien. Hij leek bijna om te vallen van schrik. Mensen achter ons begonnen te toeteren. Lenin keek om en zwaaide met zijn vuist naar de automobilisten, die direct hun hand van de claxon trokken.

'Waarom sta ik hier dan nog,' vroeg hij.

'Op sommige plekken was je even weg en ben je inmiddels zelfs weer teruggezet, hoe vind je die,' antwoordde de chauffeur.

'In de stad waar mijn oma Aleksandra opgroeide,' vulde ik aan, 'in het oosten van Oekraïne, bonden ze een stalen kabel om je nek en trokken ze je met een hijskraan van een sokkel af. Je hoofd brak af. Heel dramatisch allemaal, maar nu ben je inderdaad weer terug. Of is het Stalin die ze daar hebben neergezet? Misschien is het Stalin.'

'Ik niet en hij wel? En, wat, was de Unie weg en komt die nu dan weer terug? Hoe zit het?'

'Nee,' snauwde de taxichauffeur, 'het is eerder dat ze u te pas en te onpas gebruiken voor van alles.'

'Ja,' vulde ik aan, 'soort van: is dit ongeveer waar deze beelden voor stonden? Ja? Oké, prima, dan doen we dat.'

Lenins gezicht vertrok.

'Ik ben een pop van mijn eigen systeem geworden?'

'Maakt u zich maar geen zorgen,' zei de chauffeur, 'er zijn nog geen anderen zoals u gekomen.' Lenin ging door zijn knieën, steunde onhandig op zijn arm en ging zitten op de rijstrook naast de taxi. Auto's passeerden. Ik zag de rode cijfers op de meter oplopen en vroeg me af of ik genoeg roebels had gepind op de airport.

'Anderen?'

'Revolutionairen,' zei de chauffeur, 'nu zijn er alleen mensen die beter beloven, dictators, rebellen, oorlogs-zoekers. Het is nooit wat de mensen willen.'

Het begon harder te sneeuwen, de vlokken bleven hangen in het haar van Lenin, in zijn snor, zijn wenkbrau-wen. Ik viste een handschoen uit mijn rugtas en probeer-de, zo goed en zo kwaad als het ging, zijn gezicht schoon te poetsen, te fatsoeneren.

'Mijn oma Aleksandra heeft altijd een zakdoek in haar handtas,' zei ik, 'een zakdoek en een kammetje.'

'Mijn moeder had hetzelfde,' zei Lenin. Hij kneep zijn ogen dicht terwijl ik over zijn wenkbrauwen wreef. Zo-dra ik mijn hand weghaalde, vlogen er nieuwe sneeuw-vlokken in.

'Er is geen houden aan,' zei ik.

'Nee, dat zei mijn moeder ook altijd in de zomer, als het heet was en ze maar bleef deppen met die zakdoek. Soms heeft het geen zin, dan blijft het maar komen, dan kan je het niet stoppen of tegenhouden.'

Hij stak zijn duim en wijsvinger behendig door het

autoraam en trok de Russische vlag en het Mariaplaatje met een ruk van de achteruitkijkspiegel.

'Hé joh!' riep de chauffeur.

'Mag ik het hebben? Dit droeg ze altijd bij zich. Precies dit. Ze stierf een jaar voor de revolutie. Op haar sterfbed zei ze dat ze zoveel verschillende dingen bedoelde als ze depte met die zakdoek, dat ze dacht aan mijn geëxecuteerde broer Aleksandr, aan mij en mijn broers en zussen op de momenten dat we gearresteerd en verbannen werden, aan de dood van onze Olga. Ze vouwde haar zakdoek open, toen, op dat bed: er kwam een Maria tevoorschijn.'

Lenin legde het plaatje in zijn handpalm en vouwde zijn vingers eromheen.

'Dank je wel,' zei hij. Hij stond op en liep weg door een van de brede straten, richting het Finljandski Station, waar een kopie van hemzelf stond, ook op een leeg plein.

In de lente wordt Olegs huis warmer, Baba Mari en het land zachter, liever. De eerste krokussen komen uit de aarde en korte aren bewegen mee met de wind. Het goud van het land, zoals Aleksandra's ouders het altijd noemen, is weer te zien: de velden groeten haar. Trots steken ze steeds feller af tegen de lucht, die naarmate de dagen vorderen een diepere blauwe kleur krijgt. Aleksandra heeft het graan gemist na de donkere winter, waarin alles met de week lelijker was geworden. Sinds haar ouders samen met Nastja naar de stad waren vertrokken, voelde alles van het land anders aan: alles was leger en minder opgewekt. Zelfs de sneeuw maakte haar minder blij, misschien ook omdat Baba negen van de tien keer geen zin had om ook maar één sneeuwbal te gooien. Het dorp was ook steeds leger geworden, alsof haar ouders het startschot hadden gegeven en daarna iedereen had besloten te vertrekken. De twee jongens die in het diepst van de winter hun hele huis binnenstebuiten hadden gekeerd, kwamen steeds terug om een ander huis overhoop te halen. Soms kwamen ze met z'n tweeën in hun lange jassen, soms kwamen ze met een hele brigade. Ze trokken vaders en moeders het erf op en sloegen die in elkaar, schreeuwden tegen hen en spuugden in hun gezichten. Door het hele dorp hoorde Aleksandra de woorden 'vieze koelakken' galmen. Het was of die woorden overal aan bleven plakken. Het dorp was minder mooi dan de jaren ervoor, het was alsof er de hele tijd iemand naar haar en Baba zat te loeren, alsof de brigades overal ogen hadden. Nadat bijna iedereen was vertrokken of verdwenen en bijna alle huizen leeg waren, brachten de brigadiers nieuwe mensen: uitgeputte boeren uit andere dorpen, jonge mensen die het land niet goed leken te begrijpen.

De aarde onder de weggesmolten sneeuw ziet zwarter dan eerdere jaren. Soms heeft Aleksandra het idee dat ze het mooie land wel ziet, maar ook in een bad van zwarte inkt zit te kijken, waar ze zo in zou kunnen wegglijden en verdrinken. De zonnebloemen, het graan en de mais lijken het in de loop van de maanden, terwijl de lente overgaat in de zomer, ook door te krijgen, iets klopt niet, iets is anders dan voorheen. De gewassen komen met minder plezier omhoog in de velden. Ze doen wat Aleksandra van ze gewend is, maar lijken minder opgewekt, hun stelen bewegen anders, steken minder fier de lucht in. De nieuwe medewerkers en de armere boeren die zich in de winter bij de staatsboerderijen hebben aangesloten, voeren in stilte hun werk uit, alsof ze de aarde niet wakker durven te maken, alsof ze heel goed weten dat het land eerst van anderen was en zij en de grond nog geen vriendschap hebben gesloten.

Sinds de nieuwe boeren wat vermoeid over het land lopen, haalt Baba Aleksandra op van school. Aleksandra vindt er niks aan, ze mocht sinds vorige zomer eindelijk zelf naar huis lopen, maar nu zijn de regels weer veranderd.

'Er gebeuren gekke dingen met gezonde kinderen zoals jij,' zegt Baba Mari. In de avond doet Oleg de deur op slot en de luiken dicht. 'Niet buiten spoken in de avond, en al helemaal niet met onbekenden meegaan, ook niet met onbekende kinderen.'

Elke middag, tijdens de wandeling van school naar huis, passeren ze de oogstende vrouwen en mannen, die er steeds dunner en witter uitzien. Ze lijken het tempo van de grond slecht bij te kunnen houden. Ze bukken sloom en dorsen langzaam. Ondanks de tractor, die de brigade speciaal naar het dorp heeft gebracht, schiet het niet op. Op een ochtend klampt een van de meisjes Baba aan op weg naar school.

'Ik heb kramp in mijn handen en mijn benen doen pijn,' zegt het meisje.

Ze is mager, Aleksandra kan de botten door haar wangen zien steken, ze zou ze als een kippenbotje onder een dun gebraden velletje vast kunnen pakken en los kunnen trekken. En als ze een lepel bij zich had, kon ze de ogen van het meisje, die diep in de kassen liggen, er ook zo uit wippen. Het meisje kijkt Baba even aan en trekt dan haar rok omhoog. Haar benen zijn opgezwollen, als dikke aubergines.

'O God nog aan toe,' mompelt Baba en legt haar hand op haar borstkas. 'Als we een naald in je benen steken, loop je leeg,' fluistert ze, 'krijgen jullie genoeg te eten?'

Het meisje zegt niets, schudt alleen haar hoofd. Niet te hard, wil Aleksandra zeggen, straks vallen je ogen eruit, wat moeten we dan doen? De dunne armen waarmee het meisje haar rok omhooghoudt, zien eruit als de takken van een jonge boom. Had ze de afgelopen winter geen eten uit weckpotten, zoals Aleksandra, Oleg en Baba Mari? Oleg had zelfs nog pannenkoeken gemaakt van zetmeel. Het zetmeel kwam van de aardappelen die hij vorige zomer op zijn erf verstopt had, in een greppel die precies onder het looppad van zijn tuinhek naar de houten voordeur liep. De greppel lag heel diep. Hij had de aardappelen erin gegooid om er daarna weer aarde overheen te strooien. Daarna had hij Aleksandra en Nastja gedwongen een middag lang over het pad heen en weer te lopen. Toen het pad weer op het oude pad leek, had Aleksandra niet begrepen wat zij en Nastja nu precies hadden gedaan.

'Ik moet weer werken,' zegt het meisje zonder Baba antwoord te geven.

Ze schiet met haar ogen naar de drie jonge brigadiers, die langs de rand van het veld heen en weer lopen met geweren. Het meisje laat haar rok los en snelt het veld op.

'Heb ik je eigenlijk verteld over de herten die je vader hiernaartoe bracht, toen hij bij ons kwam wonen?' vraagt Baba.

'Nee.'

'Een cadeau van zijn oom Matvej. Je vader heeft er een paar achtergelaten toen hij, Nastja en mama naar de stad gingen. Zie je ze lopen?' Ze maakt een golvende beweging met haar rechterhand. Voor haar verschijnt een wit hert. Het heeft een gouden gewei, gouden hoeven en een gouden pijl in de rug. Baba klikt met haar tong. Het hert loopt naar de rand van het veld en maakt een rondje om de sloomste brigadier van het stel. Het hert draait en draait tot de brigadier zijn evenwicht verliest en uitglijdt in de modder.

'Wonderlijke beesten,' fluistert Baba. Aleksandra kijkt naar het dier, dat met eenzelfde klik van haar oma direct terugkomt.

'Ze zijn er niet altijd, alleen in geval van nood. Na sommige gebeurtenissen moeten ze jaren op krachten komen, heeft je vader me gezegd. Soms kunnen ze ook niet helpen, zoals met de boerderij. Dat is te groot.'

Het hert loopt voor Baba uit en maakt een sprong. Het volgende moment is het verdwenen. Als Aleksandra en Baba de schuur van het oude huis passeren, staat daar nog een jongen met een geweer. Naast hem loopt een klein wit hert heen en weer voor de hoge schuurdeuren, alsof het, net als de jongen, de wacht houdt. Als Aleksandra naar de deur kijkt om te lezen wat er met wit krijt op staat geschreven, stapt het hert achteruit en buigt zijn kop.

'Graanschuur Nummer Drie,' leest ze hardop. 'Vroeger hadden de schuren toch geen nummers?'

'Ze nummeren alles. Schuren, scholen, mensen. Het is het begin van het einde, mijn meisje.'

De jongen met het geweer zwaait vrolijk naar Aleksandra, die uit beleefdheid terugzwaait. Baba glimlacht kort en draait zich dan naar Aleksandra, die schrikt van het donker in haar ogen. Het is hetzelfde donker als dat van Nikolaj, de dag dat hij de kuil op het erf van Sergej dichtgooide.

'Wat staat hij nou daar met zijn geweer. Wat denkt hij, dat het graan iets van plan is? Dat het weg zal lopen?'

In de nacht staat er niet alleen een man met een geweer, dan gaat de schuur op slot, weet Aleksandra sinds een paar dagen. Oleg heeft het haar per ongeluk verteld toen hij een middag op haar moest passen, omdat Baba naar de markt wilde voor eieren.

'Die schuur gaat op slot, omdat mensen niet genoeg te vreten krijgen. Iedereen heeft honger, meisje. Het graan verdwijnt, niemand weet waar het naartoe gaat. Ze halen zelfs de zaden weg.'

Baba trekt Aleksandra met een ruk over de dorpsweg naar Olegs huis. Als ze het plakkaat passeren, dat een paar dagen terug op de schuur gespijkerd is, spuugt ze op de grond.

'Mensen die elkaar verslinden van de honger zijn geen kannibalen, kannibalen zijn degenen die het goud van de kerk niet willen veranderen in een gevulde stal voor de hongerigen,' staat er in zwarte blokletters.

Nikolaj drukt op een donkerrood lichtknopje met een drie ernaast. Hij duwt zich tegen me aan in de lift. We hebben genoeg ruimte, maar ik laat hem tegen me aan staan, hij heeft lang niemand gezien. De lift maakt een 'ploeng'-geluidje en trekt wat wiebelig omhoog. Het gaat traag, de wijzer tussen de verschillende verdiepingen beweegt langzaam naar het volgende getal.

'Halverwege de winter verschenen er steeds meer moeë boeren in de stad,' zegt Nikolaj, terwijl hij de wijzer in de gaten houdt. 'Vooral vrouwen en kinderen, soms wat mannen. Helemaal uitgemergeld. Ze kwamen in overvolle treinen, lagen verspreid door de stad op de stoepen en voor de deuren van winkels die steeds minder eten verkochten. Soms lagen ze er dagen, hun ogen halfopen. Ze legden hun lichaam tegen een willekeurig gebouw en staken één hand wat naar voren, in de hoop dat iemand er wat eten in zou leggen. Vaak zaten ze er aan het einde van de dag nog, om de ochtend erna verdwenen te zijn. Met karren werden ze opgehaald, de lijken. Ze werden op elkaar gestapeld alsof ze balen graan waren die net van het land waren gehaald. Eén keer zat een vrouw met haar twee kinderen op een stuk gras, op de hoek van onze straat. Die kinderen waren jong, vijf, zes jaar oud. Ze leken bijna geen lichaam meer te hebben. Ze zagen eruit als aardappelen met daarop een hoofd en vier stokjes erin gestoken. Met elke boer die in onze stad verscheen, kwam er minder eten de stad binnen. In de ochtend ging Anna vroeg naar de bakkerij, nog voor de zon opkwam, er stonden meestal al zo'n honderd mensen te dringen. Iedereen kwam voor hetzelfde: een zwart brood. Omdat we van het boerenland kwamen, wisten we dat er veel graan was, we wisten hoeveel mensen daarvan gevoed konden worden, maar alle oogst leek verdwenen. Het kwam in ieder geval niet of amper bij de bakkerijen aan. De boeren die uitgeput rondzwierven in onze straten vroegen of alles niet bij ons was: zij hadden de karren vol graan zien vertrekken richting de stad. Hier moest het zijn, zeiden ze.'

'Derde verdieping,' zegt de lift vriendelijk, 'welkom op de derde verdieping.' We stappen uit en wandelen een lange gang in. Overal op de muren houden vrouwen in traditionele Oekraïense jurken hun kinderen in de lucht of graan onder hun armen. Trots kijken ze me aan. Achter hen liggen gouden, glooiende velden. Er rijden tractoren voorbij. Voor op de tractoren is soms een vlag bevestigd. Rood, met het gezicht van de grote leider erop. Zijn snor trekt strak of hangt er slapjes bij, afhankelijk van de wind. De jurken van de vrouwen zien eruit als de jurk die mijn tante Natasja droeg op de avond dat we aten in de datsja aan zee. Op tafel stond een kleine Oekraïense vlag in een houten houder. Het vlees van de tomaten uit de tuin was zo rood als de stiksels op haar mouwen. Alles was zoet en warm. Ze gaf me een snee zwart brood.

'Het is de rogge,' zei ze tegen me, terwijl ik een hap nam. 'Het is de rogge die het donkerder maakt. Je tante Klawa zegt dat het energie geeft, maar je er niet vol van raakt.'

'We aten nooit een heel brood op, want soms kwam Anna terug van de bakker met niets,' zegt Nikolaj. 'Dan verdeelden we het brood dat we hadden bewaard in kleinere parten. Nastja ging dan met een half plakje in haar maag naar school, het grootste stuk. Ze was nooit echt sterk geweest. Op school leerde Nastja dat alles goed ging met de Unie, dat de arbeiders van de wereld zich verenigden en het vijfjarenplan, bedacht door onze leiders, een succes was. Ze kwam steeds verdwaasder thuis. Vragen stellen mocht niet. Een klasgenote had het geprobeerd. Ze had haar vinger opgestoken en gevraagd waar de beloofde rijkdom voor de gewone mensen bleef. Daarna zei ze ook nog dat haar vader had gezegd dat er zelfs tijdens de revolutie meer te eten was geweest dan nu, dat de hongersnood van de jaren '20 niet zo erg was als die waar we nu in zaten. Dat meisje had een week later geen vader meer, verdwenen. Weg. Nastja sprak twee weken niet. Wij vroegen niets meer. We werden beesten, bang om geslagen te worden als we een verkeerde beweging maakten. We werden jachtig en nors. Mijn Anna, die altijd lief en hartelijk was geweest, die begreep hoe je voor elkaar moest zorgen, stompte zich nu elke ochtend door een rij gekken heen om een brood te bemachtigen. Mensen trokken elkaar vechtend uit de rij, als je eenmaal een brood te pakken had, werd het verderop in de straat weer uit je handen getrokken. Wat als er straks voor niemand meer iets is, vroeg ze me soms. Worden we dan als al die bedelaars, worden we als de vrouwen die langs de weg hun potten en pannen en laatste bieten zitten te verkopen? De winkels waren leeg en in Moskou begonnen ze aan de bouw van een gigantisch paleis, daar sleepten ze al het puin van de oude tijd weg, terwijl Anna en ik arm in arm, schichtig om ons heen kijkend, over de zwarte markt liepen. We zochten naar extra eten voor Nastja, schreden als een verlepte tsaar en tsarina langs kinderen die met geheimzinnige bewegingen doeken omhoogtilden, waaronder vijf stuks fruit uitgestald lagen. Uit de luidsprekers, die aan elektriciteitspalen bevestigd waren, klonk de nationale radiozender, vrolijke muziek. Als het lied "Hoger, hoger!" klonk, wilde ik de stroomkabels uit die luidsprekers rukken, zeker nadat ik op het station was geweest en had gezien dat er heus graan was, maar dat het gewoon niet naar ons ging. Dag en nacht stopten daar treinen. We voelden de wielen denderen in de muren van ons huis. Op een ochtend, nadat ik een hele nacht niet had kunnen slapen van de honger, mijn zorgen om Nastja die steeds dunner werd en de herrie van de vertrekkende treinen, ging ik naar buiten. Ik hees me in mijn werkjas en stak de weg over, volgde het spoor tot ik bij het station was. Daar stond het vol met brigadiers. Ze tilden zakken en zakken graan van paardenkarren en uit laadwagens. Ze deden het netjes, geordend, als een slinger mechanische mensen. Ze gaven de zakken aan elkaar door tot de laatste man of vrouw van de rij de zak in een veewagon gooide. De treinen gingen niet dieper de Sovjet-Unie in, ze reden richting het Westen, weg van ons.

Als de laatste schooldag voor de zomer voorbij is, ziet Aleksandra het meisje weer. Ze ligt op de weg naar Olegs huis, op haar zij.

'De boel gaat hier echt achteruit,' snuift Baba.

Aleksandra laat haar grootmoeders hand los en loopt naar het meisje toe tot ze een meter van haar vandaan staat.

'Aleksandra Nikolajevna,' zegt Baba zacht, 'pas op, raak haar niet aan.'

'Meisje,' fluistert mijn oma, 'ben je moe?'

Het stof waait op van de weg en er vallen korrels zand op de wang van het meisje, dat niets lijkt te voelen van wat de aarde probeert te doen. Haar gezicht ligt half in het gras. Haar blonde haren vormen een cirkel om haar hoofd, als Maria op het icoon die de brigadiers in de winter kapotmaakten. Als ze langer naar het lichaam van het meisje kijkt, ziet ze dat haar buik niet beweegt. Haar borstkas ook niet. Even denkt ze aan de katjes die geboren werden op de hooizolder. Hun kleine buiken gingen hevig op en neer, terwijl de dieren verder amper bewogen en hun ogen dicht hadden. Ze stampt op de grond naast het hoofd van het meisje.

'Hé!' roept ze, 'wakker worden! Je kan hier niet zomaar blijven liggen.'

Baba, die van een afstand heeft staan kijken, komt dichterbij.

'Laat me wat proberen,' zegt ze.

Ze bukt langzaam voorover en houdt de rug van haar hand voor de neusgaten van het meisje. Een tijd staat ze stil met haar ogen dicht, geconcentreerd. Dan schudt ze haar hoofd. De zon staat hoog aan de hemel en brandt fel, Aleksandra's huid gloeit. Het klopt niet met hoe het meisje in het gras ligt: haar knieën opgetrokken richting haar buik.

'Kom,' zegt Baba.

In Olegs huis trekt Baba gehaast een wit laken uit de kast. Het lijkt of ze al haar energie heeft opgespaard voor dit moment. Ze loopt niet terug naar het meisje, maar slaat de weg naar het bos in. Ze gaat steeds sneller lopen.

'Het is maar goed dat we morgen vertrekken,' zegt ze.

Ze ademt diep in en uit, terwijl ze het laken in haar armen houdt.

'Over een halfjaar is dit hele verrekte dorp leeg, dan zijn al die nieuwen ook dood of zijn ze weggevoerd.'

Oleg staat blokken hout in kleine stukken te hakken.

'Wat voor dag is het, heb ik me vergist?'

'Nee, nee. We hebben je kar nodig voor iets anders.'

De twee kijken elkaar aan, zoals Aleksandra volwassenen wel vaker ziet kijken als er iets aan de hand is. Baba knikt naar Oleg, hij trekt zijn mond strak en knikt terug.

Zonder iets te zeggen loopt hij van het bos naar de achterzijde van zijn huis.

'Waarheen?' vraagt hij, als hij terugkomt met de kar.

Baba kijkt naar Aleksandra.

'Waarheen, meisje?' herhaalt hij.

'Het veld achter Baba's huis.'

Het meisje ligt nog in dezelfde houding in het gras. Oleg legt het witte laken van Baba voor de helft op de kar en sleept het meisje onhandig onder haar oksels over de weg. Met haar armen gekruist over haar borstkas sjort hij haar de kar op. Als het meisje helemaal op de kar ligt, fatsoeneert hij haar hemd en rok en vouwt hij voorzichtig de andere helft van het laken over haar heen, alsof ze de vulling van een vareniki is. Haar voeten, gestoken in versleten stoffen schoenen, komen net iets onder de doek vandaan.

'Wat is een plek die haar eer zal brengen?' vraagt hij aan Baba.

'Het oude kerkje,' mompelt ze, 'waar ze in de lente een bietenschuur van hebben gemaakt, daarachter.'

De paar graven zijn stuk voor stuk omheind met blauw-gele hekken. Terwijl Oleg een kruis timmert, zoekt Aleksandra naar het graf van oom Matvej, de man die haar vader heeft leren naaien en zich hier heeft laten begraven, dicht bij haar vader. Tussen de omheinde graven door slalommend speurt ze naar het witte hert dat op zijn grafsteen is geschilderd. Als ze het graf vindt, ziet ze in de rug van het hert een goudgele pijl steken. De pijl is haar nog niet eerder opgevallen.

'Een Don Kozak sterft liever vrij dan dat hij leeft als een slaaf. Niet vergeten,' zegt Nikolaj altijd.

Ze legt haar hand op de zerk en gaat met haar vinger over de rug. Het dier bewcegt niet. Het staat stil, zijn linkerpoot in de lucht geheven, alsof het op zijn hoede is voor wat er gaat komen, zijn omgeving in de gaten houdt. Hoelang houdt dit gewonde dier het vol, denkt ze, bloedt het dood of schudt het op een dag de pijl los, waarna er alleen een litteken overblijft?

Volksrepubliek Loegansk

Er ligt een nieuwe grens. Het is officieel, vernemen we. Tenminste, de grens is officieel voor Kolja, voor Larissa, Witja, Joelja en Nina. Niet voor de rest van de wereld. De Volksrepubliek bestaat en bestaat niet. Het is een schim op de wereldkaart, een schaduwgebied, omgeven door een dunne nieuwe lijn op de kaart, getrokken door een kleine groep mensen die tegen elkaar zeggen dat de lijn echt is. Het is weer begonnen, het theater, het zoveelste deel van de Klucht van de Donbas. Er ontsnapt lucht van het land, we hebben het benauwd. De aarde is opeens niet zo vrij begaanbaar als eerder. We zien dingen uit de oude tijd terugkomen: affiches met het gezicht van Stalin, Leninbeelden die worden neergezet op pleinen. Mannen met geweren bewaken gebouwen, houden de wacht. Over wat weten we niet precies, misschien is het voor de show, om de angst een beetje aan te wakkeren. We horen steeds minder gesprekken die hardop en in openbaarheid gevoerd worden, we horen steeds meer gefluister. We voelen de nieuwe lijn liggen, als een koord om de nek van de mensen dat langzaam steeds strakker getrokken wordt. Een lijn tussen west en oost. We luisteren mee wanneer Andriy vanuit Odessa naar Kolja en Larissa belt.

'Kom nou gewoon hierheen en blijf tot het voorbij is. Je kan met het hele gezin in de datsja. Nina kan ook mee.'

'Wat moeten we daar,' kaatst Kolja telkens terug. 'Ik kan daar niet opbouwen wat ik hier al heb.'

'Ach neef, jawel. Ik weet wel iemand, genoeg contacten. Ik vlieg soms ook nog naar Moskou hè, voor zaken. Niet aan Nina vertellen, die wordt hier heel chagrijnig van, maar die zaken lopen als een tierelier.'

We weten niet of we een signaal moeten geven, of we de gouden pijl in onze rug moeten laten zitten en Kolja zo wakker moeten houden in de nacht, net zo lang tot hij toch vertrekt. We weten niet of het verstandig is.

'Misschien zetten we dan juist kwaad bloed,' zegt een van ons. 'Jullie weten wat er met Tolja en Petr gebeurde, die leefden nog maar werden doodgezwegen door Anna en Nikolaj. Die konden nooit meer terugkomen.'

'Blijven op de plek waar Witja ook is, dat kan Kolja van pas komen, niet? Als Witja, zijn neef, zijn bloed, aan de kant van de nieuwe orde staat, dan kan er toch weinig misgaan? Witja zal hem altijd beschermen.'

We besluiten niets te doen. In plaats van onze gouden pijlen heet te laten worden, turen we over de stoffige wegen aan de grenzen van het nieuwe land. We kijken naar het checkpoint van de Volksrepubliek Loegansk, het laatste punt voor de brug die naar het westen leidt, naar

Oekraïne. De commandanten en soldaten van de nieuwe republiek lopen heen en weer over het asfalt, zitten te lummelen op de betonnen roadblocks, spelen met kittens die ze in de zakken van hun legerprint-bodywarmers hebben gestopt. Vandaag vertrekt Nina naar haar zus Aleksandra in Nederland. Aleksandra belandde ooit per ongeluk in het Westen, ze werd meegesleurd in de trekkracht van de Grote Vaderlandse Oorlog, die miljoenen kinderen weghaalde en wegvaagde van deze grond. Ze bleef daar. Zeker niet helemaal uit vrije wil, maar terugkomen was geen optie, net als voor Tolja en Petr. Daar was het beter. Haar vader zei het tegen haar, net voor ze in die naar pis en hooi stinkende veewagon stapte. 'Blijf daar als het beter is,' zei hij. Nu we naar ons land kijken, vandaag, horen we zijn woorden over het land zweven, als een waarschuwing. We kijken hoe Kolja zijn moeder Nina naar het checkpoint brengt, verder durft hij niet te gaan, hij is bang niet meer terug naar binnen te mogen. Een paar honderd meter voor het checkpoint zet hij zijn auto langs de kant van de weg en helpt zijn moeder de wagen uit. Uit de achterbak haalt hij haar koffer en haar handtas. De vier separatisten die rustig heen en weer lopen voor de roadblocks groeten Nina vriendelijk. Ze gebruiken hun machinegeweren als wandelstok, steunen erop. Allemaal hebben ze een zonnebril op en dragen ze bandana's, alsof ze motorrijders zijn. Een halfuur staat Kolja zenuwachtig naast Nina in de rij. Het is heet. Soms neemt zijn moeder een slok water uit een verfrommeld plastic flesje. Haar handen trillen als ze de dop dichtdraait. Kolja legt zijn hand op haar schouder en drukt haar tegen zich aan. Als ze aan de beurt is, laat Nina haar Oekraïense paspoort en het betaalbewijs van haar vliegticket zien. Ze heeft het opgevouwen: over de lengte en over de breedte, in precieze rechte lijnen. Terwijl een soldaat van de Republiek Loegansk naar haar papieren kijkt, checkt een andere haar koffer. Hij maakt hem open en rommelt tussen haar kleren.

'Kunt u alstublieft iets voorzichtiger zijn,' vraagt Kolja beleefd, 'mijn moeder moet nog ver en straks past het er niet meer in.'

'Gaat u ons verlaten, mevrouwtje?' grapt de man. Hij vist een paarse bh uit de koffer en inspecteert die van alle kanten.

'Ik ga naar mijn zuster,' zegt Nina zacht. 'Ze is jarig op 1 september, ze wordt negentig. Ik neem de bus naar Charkov en dan de trein naar Odessa. Daar gaat het vliegtuig.'

'Waar woont uw zus wel niet?'

'Holland.'

'Holland! U gaat naar het Westen! Wat een reis op uw oude dag.'

De soldaat stroopt de mouwen van zijn legerjas op en propt Nina's kleren terug in de koffer. 'Hoe is uw zuster daar terechtgekomen? Had ze genoeg van het moederland?'

'Ze werd meegenomen in de Grote Vaderlandse Oorlog.'

'Ah, door de fascisten! Honden waren dat, de njemjets. We mogen trots zijn dat ons land toen gewonnen heeft. Ik moet er niks van hebben, van die nazi's.'

Een man met een lege boodschappentas schraapt zijn keel en vraagt of de soldaat een beetje op wil schieten, omdat hij anders niet meer naar de bank kan om zijn pensioen op te halen.

'Is dat zo,' tettert de soldaat in zijn oor, terwijl hij Nina's koffer met een paar rukken aan de rits dichttrekt. 'Nog één kik en de hele rij achter deze vriendelijke oude dame komt helemaal nergens meer vandaag, begrepen?'

Hij haalt zijn geweer van zijn rug en duwt de ijzeren loop tegen de kin van de man, die zijn ogen dichtknijpt. Nina steekt haar paspoort onder haar arm en pakt met trillende handen haar koffer. Ze controleert of haar katoenen heuptas er nog is. Kolja kijkt ook even naar de plek onder haar rok waar het tasje met de 240 dollar in zit. Het heeft hem dagen gekost het geld ergens vandaan te toveren. Even kijkt Nina hem aan. Ze klopt op haar onderbuik en knipoogt. Dan stapt ze uit de rij om Kolja gedag te zeggen.

'Veilig vliegen, mamaatje.'

'Is goed, mijn jongen, brand een kaars voor me, ik zie je over een maand.'

Nina kust Kolja vier keer op zijn rechterwang en draait zich dan naar de soldaat, die de man aan het fouilleren is.

'Mag ik doorlopen?' vraagt ze.

De soldaat glimlacht breed naar haar.

'Tuurlijk mevrouwtje, als we u over een paar weken maar weer terugzien, in onze mooie republiek.'

'Dank u, dank u wel,' zegt Kolja tegen de soldaat.

Vanachter de roadblocks kijkt Kolja nog een tijd naar zijn moeder. Over de weg vol gaten loopt ze naar de houten loopbrug. Hij vraagt zich af of ze het in haar eentje redt op de houten opgang die tegen de kapotte brug aan is gebouwd. Twee jongens spreken haar aan en nemen haar koffer van haar over. Het asfalt dampt in de middagzon. Als Nina boven op de brug staat, draait ze zich om. Ze zegt iets tegen de twee jongens, wijst naar Kolja en zwaait. De jongens steken hun duim op: komt goed. Kolja zwaait terug, steekt ook zijn duim op en loopt dan naar zijn auto. Aan de overkant van de weg staat inmiddels een jonge soldaat tussen uitgestalde delen van raketten en granaten. Hij heeft de kleinere exemplaren op een krakkemikkige plastic tafel gelegd. De grote staan rechtop in de berm. Drie raketten zijn langer dan de jongen zelf.

'Zal ik een foto van je maken?' roept hij naar Kolja. 'Dit is alles wat die Oekraïners op ons land gooien.'

'Nee, dank je,' zegt Kolja. 'Laten we hopen dat het snel vrede zal zijn.'

'Dat gaat nog wel even duren. Die fascisten in Kyiv worden betaald door Amerika.'

In de auto zit Kolja een tijd achter het stuur zonder de motor te starten. Via zijn achteruitkijkspiegel kijkt hij naar het checkpoint. Mensen met boodschappentrolleys en grote tassen passeren, een jongen trekt zijn oma achter zich aan op een zelfgemaakte kar. Door het open autoraam hoort Kolja de jonge soldaat met zijn granatenexpositie een meisje aanspreken. Ze komt net van de brug af, uit Oekraïne. De jongen wenkt haar en stelt dezelfde vraag: 'Zal ik een foto van je maken?' Het meisje lacht vriendelijk, geeft hem haar mobiele telefoon en gaat tussen de spullen staan.

'Hoeveel kost het?'

'Niks, als je de foto maar deelt en mijn naam erbij zet. Heb je Instagram?'

'Ja.'

'Dan gewoon daar, mijn account is *Jevgen_97_X*.'

Met één hand leunt het meisje op het tafeltje met de granaatscherven. De jongen maakt een foto of vier en zegt dan dat ze even moet wachten. Hij stopt haar telefoon in zijn kontzak en overhandigt haar zijn machinegeweer. De leren band legt hij voorzichtig om haar schouder. Een tijd kijkt het meisje naar het geweer. De jongen heeft de kolf beschilderd met rode en zwarte bloemen. Haar schouder is smal onder de leren band.

'Hier,' zegt de jongen. Hij legt haar ene hand op de loop en haar andere op de trekker. 'Niet te hard duwen met je vinger hè, straks knal je per ongeluk iemand neer.'

Het meisje drukt de kolf van het geweer tegen haar rechterschouder, beweegt haar heup opzij, zet haar linkerbeen schuin voor haar rechter en richt het geweer naar de lens.

'Prachtig,' roept de jongen uitbundig. 'Helemaal prachtig!'

Paleis van de verloren Don Kozak

We staan in een lange afbuigende gang met alleen maar kamers vol maquettes. Nikolaj trekt de zoveelste deur open en leidt me een kamer binnen met tientallen miniatuurversies van collectieve boerderijen, kolchozen, zoals die waar Aleksandra op werkte in haar jeugd, in de zomervakanties, de jaren voor de oorlog uitbrak.

'Ik had rugpijn zoals ik dat nu heb,' vertelde ze me, 'maar ja, toen was ik veertien. We sliepen in stallen die eigenlijk bedoeld waren voor dieren, Njoesja, Doesja en ik. We waren elke zomer aan het werk op de kolchoz, zodat we wat extra eten zouden hebben thuis. In het oude dorp deden we dat, het dorp waar mijn ouders zijn weggejaagd, waar ons huis ons is afgenomen. Het was altijd vreemd om daar te werken op het land dat eerst van mijn ouders was. Iedereen die meewerkte op hetzelfde stuk land, zag ik als een gast op onze oude grond, een indringer misschien wel.'

Ik buig me over een kleine kolchoz heen. Kleine mensen in werkpakken, niet groter dan een vingerkootje, dragen minuscule balen graan. Ze tillen de balen houten ladders op en gooien ze in een grote dorsmachine. Uit een brede schacht stroomt aan de andere kant van de machine graan in jutezakken. De zakken worden op wagens geladen.

'Hoeveel verdiepingen nog?' vraag ik aan Nikolaj, nadat ik een kleine rode tractor in mijn zak heb gestopt.

'Elf,' zegt Nikolaj, 'misschien moeten we vaart maken. Soms verandert alles hier van gedaante, dan val je nog dieper de tijd in. Ik lag laatst in een groot zwembad en na nog geen halfuur rondzwemmen stond ik in een oude kathedraal.'

Hij trekt de deur achter me dicht en duwt me verder de gang door tot we in een hal staan met grote ramen en aan de andere kant vier roltrappen. Ik kijk naar buiten. Onder ons, op de begane grond, draaien nog steeds de zwart-rode linten. In de verte, kilometers van ons vandaan, prijken zeven gigantische gebouwen. Ze staan in een halve cirkel in Moskou, ver uit elkaar, geven de centrumranden aan.

'Hoorde je me?' zegt Nikolaj.

Ik duw mijn gezicht tegen het raam en knijp mijn ogen tot spleetjes om de details te kunnen zien. In een van de gebouwen zitten wel meer dan duizend ramen.

'Lisa?'

'Ja ja.'

Nikolaj trekt aan mijn arm. Ik maak me los.

'Nog even, het is zo mooi.'

'Laat je er niet door verleiden.'

'Vind je het niet een beetje imposant?'

Achter me flitst iets. Ik hoor een vreemd gezuig en ge-kraak. Nikolaj maakt een grommend geluid, een geluid zo diep dat het lijkt of er een grot in zijn buik zit die zich binnenstebuiten keert. Ik draai me weg van Moskou, weg van het uitzicht waar Stalin van droomde toen hij nog leefde. Nikolaj pakt me bij mijn schouder en steekt zijn gewei in mijn gezicht. Hij krimpt en zet uit, verandert van vorm. Ik trek me los en kijk hoe mijn overgrootvader een witte vacht krijgt, in een hert verandert.

'Kijk nou wat je doet,' raspt hij met zijn zachtroze her-tenlippen. Hij duwt zijn gewei tegen mijn borst, duwt me weg van de ramen. 'Elke dag op deze stad uitkijken is een verschrikking. Wat moet een sterveling als ik met zoiets belachelijk groots?'

Ik probeer Nikolaj weg te duwen. Als dat lukt, zie ik dat er iets flikkert achter hem. In zijn rug steekt een gou-den pijl. Ik strek mijn arm uit om die vast te grijpen. Ni-kolaj springt achteruit.

'Wat doe je,' roept hij, terwijl hij zijn oren in zijn nek legt.

Ik loop om hem heen en probeer de pijl nog eens te pakken.

'Sta stil,' zeg ik, 'laat me dat ding eruit halen.'

Nikolaj draait in tegengestelde richting mee met al mijn bewegingen, we spiegelen elkaar, voeren een gekke dans uit.

'Dit is net als in die droom van Aleksandra,' zeg ik,

terwijl ik zijn bewegingen in de gaten houd en wacht op het moment dat hij een fout maakt. 'Die droom waarin ze Anna voor het laatst zag.'

'Anna?'

'Ik stond in een grote grot,' vertelde Aleksandra. 'De grot hing vol felle lichten, hij was ingericht als een museum. Ik was niet alleen, ik was er met je moeder, je twee tantes en je ooms. Ze waren nog kinderen, jong. Mijn moeder was er. Ze zag er oud uit. Moe. Maar ze kon wel lachen. Ze speelde spelletjes met jouw moeder en je ooms en tantes, ze hield ze voor de gek door ze op hun schouders te tikken en weg te duiken. Met z'n achten wandelden we langs de schilderijen. We gingen steeds dieper de grot in. Toen floepte het licht uit. De grot was stil en donker. Iedereen behalve ik leek verdwenen te zijn. In het duister, op de tast, zocht ik naar mijn moeder. "Ik heb je pas vier keer gezien sinds de oorlog," riep ik. Ik hoopte dat Anna iets zou zeggen, maar hoorde niets. Jouw moeder en je ooms en tantes lieten opeens weer van zich horen, ver van me vandaan. Hun stemmen waren echo's, ik kon niet herleiden waar die vandaan kwamen. Ik ging steeds verder de grot in. Met mijn handen volgde ik de muur. Het werd kouder en vochtiger. Mijn kleren werden klam en de stenen onder mijn hakken steeds gladder. Na een tijd lopen gleed ik weg. Ik wist niet meer waar ik was. Ik bleef zitten. Ik sloeg mijn armen om mijn knieën, precies zoals ik in de veewagon naar Duitsland had gedaan. Ik wachtte tot ik iets bekends hoorde in de grot. Toen ik de grip op de tijd bijna verloren was, hoorde ik de stemmen van mijn kinderen, ergens achter me. Ik trok mijn schoenen uit en stond op, volgde hun stemmen. Je moeder, je ooms en tantes stonden in de buurt van een licht. Een spleet van licht was het, de uitgang van de grot. Toen ik de schacht van licht bereikte, verscheen daar ook het silhouet van mijn moeder. Haar oude kromme lichaam veranderde: het werd breder en groter. Ze kreeg een staart, vier poten en een witte hertenkop. Er stak een glimmend gouden pijl uit haar rug. Het gouden licht weerkaatste tegen de stenen wanden. Ze boog een laatste keer naar mij en mijn kinderen, maakte een kleine sprong en verdween. De volgende ochtend belde Nina vanuit Oekraïne naar jouw moeder, naar Rotterdam, waar ze met jouw vader woonde. Mijn moeder, Anna, was overleden.'

Nikolaj briest. Hij draait zijn kop naar de gouden pijl en kijkt dan weer naar mij.

'Ik wist niet dat zij het ook kon,' zegt hij trots, 'Baba Mari schepte er altijd een beetje over op, dat ze de dieren kon zien, wist je dat? Ze vond het prachtig, dat ik wat van onze Don Kozakken-herten mee had gekregen van Matvej. Die haalde van alles uit met die dieren.'

'Doet het geen pijn?' vraag ik.

'Soms gloeit het, soms brandt het. Soms moet er iets gebeuren, iemand gewaarschuwd worden.'

'Wie?'

'De grond, Lisa. De familie.'

Ik maak een schijnbeweging, Nikolaj verstapt zich en draait een van zijn poten de verkeerde kant op. Met een grote sprong, als een vliegende eekhoorn, gooi ik me op zijn rug. Nikolaj draait rondjes om zijn eigen as en probeert me van zich af te bokken. Ik klamp me vast aan zijn nek en zijn vacht, voel me als een Don Kozakken-kind op de rug van een veel te groot paard. Achteroverleunend probeer ik de pijl te pakken. Ik wil de pijl vasthouden en een dunne lijn in mijn handpalm voelen branden. Een kleine dunne brandwond maar, voor de ochtend waarop mijn moeder me belde om me te zeggen dat Kolja gevonden was, om de hoek van zijn huis, doodgeslagen en gemarteld; een dunne extra lijn in mijn handpalm voor elke dag dat Igor onder een leugen begraven ligt; voor mijn oma, die Anna en Nikolaj niet heeft kunnen begraven. Ik leun steeds verder naar achteren, om me heen grijpend. Als ik de pijl bijna vastheb, zak ik met een klap twee meter naar beneden. Ik lig op de rug van mijn overgrootvader op de vloer. Ik ga met mijn vinger over zijn linnen overhemd, op de plek waar ik de pijl in zijn vacht heb zien zitten. Ik trek de stof omhoog om te zien of er een gat in zijn zij zit, een markering, een afdruk.

'Zo is het wel genoeg,' moppert Nikolaj en duwt me van zich af.

'Word jij dit omdat je een Don Kozak bent?'

'Mijn vader werd dit, mijn broer, mijn ooms, mijn moeder. Ik zag het ze doen toen ik een kind was. Mijn moeder nam me mee op haar paard en liet me zien dat de velden vol Don Kozakken-voorouders waren. In de vorm van herten bewogen ze altijd om ons heen. Als kind sliepen ze naast mijn bed; als er iets verschrikkelijks stond te gebeuren, kondigden ze het aan, waakten ze over ons. Baba en Anna leerde ik de beesten te roepen. Toen ik hier een tijd was, als ik boos was of huilde, begon het bij mij ook te gebeuren. Heel kort, het leek op ijlen, op flauwvallen, ik voelde eerst alleen maar schokken. Er zijn amper spiegels hier, ik zag mijn nieuwe gedaante soms vluchtig in een ruit. Het begon vaker voor te komen toen die eerste kleinzoon hier aankwam, Aleksandr.'

'Die stierf in 1987?'

'De maanden dat hij hier was, zat hij vast onder het ijs, ergens in een meer in Afghanistan. Een ongeluk, zei ie, tijdens een geheime missie. Thuis, in Stanitsja Loeganska, wist niemand waar hij uithing. Zijn medesoldaten, twee argeloze Russen, ploeterden voor hem uit op het dichtgevroren meer. Ze hadden kleine ski's aan hun voeten, schoven voet voor voet door de kou. Om de paar kilometer maakte een van de Russen een grap over Oekraïners. Je weet dat Baba Mari een Russin was toch, en Stepan een Oekraïner? Dat ons Donetsbekken, de Donbas, tijdens het vormen van de Sovjet-Unie bijna bij Rusland werd gevoegd en niet bij Oekraïne? En dat, toen onze Tolja zich in het Westen in een Pools uniform stond te hijsen op een kerkhof, er bij ons propagandaposters in het dorp hingen, waarop het Donetsbekken het hart van Rusland werd genoemd?'

Ik knik.

'Goed, mooi. Nou, met deze details waren de twee metgezellen van Aleksandr helemaal niet bezig, die wilden niet luisteren als hij vertelde over de mengelmoes van talen, de gewoonten van het gebied, waarbij een paard de vriend van iedereen was, iedereen rood-zwarte patronen in kleren stikte. De twee Russen moesten altijd hard lachen als Aleksandr vertelde dat je vriendelijk moet zijn voor een Moskoviet, maar vooral een steen onder je jas moest bewaren. Voor het geval dat. Alles was een grapje, niks drong door tot die jongens. Die bleven maar grappen maken over Oekraïners. Dus. Zij op dat bevroren meer vooruitschuiven op die miniski's. Begint één van die twee Russen aan een volgende mop. Ik ga hem je proberen te vertellen.'

'Een Russische mop?'

'Ja, ik weet het. Maar luister nou. Je moet weten dat Moskali een ander woord is voor Rus, ja?'

'Watte?'

'Een Mos-ka-li. Kijk, die twee noemden onze Aleksandr een chochol, de hele tijd. Een scheldwoord.'

'Kachol?'

'Chochol. Zeg: chochol. Het is het kapsel van een Oekraïense Kozak, een kaalgeschoren hoofd met in de nek een lange vlecht. Heel oud. Traditioneel, een cliché. Aleksandr had heel normaal haar: een scheiding, donker haar, strak geknipt. Hij vond het maar niks om zo uitgescholden te worden, daarom noemde hij ze Moskali. Een Moskaliki is trouwens een visje, wist je dat? Een kleine vis om een grotere mee te vangen. Die kon je ook eten als tussendoortje, als er echt niets anders was.'

Nikolaj kijkt door de grote ramen naar de verstilde stad.

'Snap je het?'

'Ongeveer.'

'Goed, komt ie. Luister goed: de Sovjet-Unie heeft de eerste man de ruimte in gelanceerd. Een oude Oekraïense herder, die boven op een heuvel zit, roept naar een andere Oekraïense herder die op een andere heuvel zit om hem het nieuws te vertellen. "Danja!" roept de ene herder. "Ja?" roept de ander terug. "De Moskali's zijn naar de ruimte gevlogen!" "Allemaal?" "Nee, maar ééntje." "Waarom val je me dan lastig?"'

Nikolaj lacht hard en slaat op zijn bovenbeen. Ik herhaal de grap in mijn hoofd, op zoek naar de clou.

'Nou ja, gieren natuurlijk, die kameraden van Aleksandr. Maar achter zich hoorden ze niks. Aleksandr lag al die tijd al onder het ijs. Floep, weg. Ik vond dat ergens nog grappiger dan de mop zelf: dit is het beste commentaar dat Aleksandr kon geven. Niet leuk natuurlijk. Onze neef was in één keer weggegleden. Onder het ijs kon hij geen weg meer naar boven vinden. Hij zwom heen en weer, op zoek naar donkere vlekken in het ijs, beukte met zijn vuisten tegen zwakke plekken in de hoop nog boven te komen. De twee jongens keken na een paar keer geërgerd roepen achterom. Ze gingen terug, schoven op hun buik naar het wak, zagen hem niet een-twee-drie onder het ijs. Ze bewogen over het ijs, maakten ergens nog een ander wak, maar zagen niets. Verbaasd over zijn plotselinge verdwijning lagen ze daar nog een tijd. Toen zeiden ze een gebed, mompelden dat hij nog niet zo'n slechte chochol was en gingen verder. Niemand van onze familie wist waar Aleksandr was, er kwam geen post, niks. Pas in de lente, toen het ijs smolt, kwam hij bovendrijven. Hij zag er puntgaaf uit, alsof hij was bewaard voor de wetenschap. Maar goed, morsdood natuurlijk.'

Aleksandra haalde bijna alle foto's en brieven uit de kist, tot er op de bodem nog twee grote foto's lagen. Zwartwit. 'Stanitsja Loeganska in de vroege lente van 1988,' zei ze. Het was nog koud buiten, de mensen in de begrafenisstoet droegen lange winterjassen. Om hun linkermouw zat een witte zakdoek geknoopt. De zakdoek was voor de helft opgerold, één punt van de doek hing los, als een vlag. Aleksandr lag in de open bak van een laadwagen. De kleppen van de bak waren losgemaakt en hingen langs de zijden van de kar naar de grond. Hij lag in een open kist onder een witte doek die tot zijn borst kwam. Op zijn benen lagen twijgen en bloemen, op zijn voorhoofd een witte geborduurde band. Onder de kist lag een vloerkleed. Naast hem lag zijn broer, Igor, op zijn zij. Voor de wagen uit liepen twaalf vrouwen. Twee aan twee. Elk tweetal droeg een ovale rouwkrans van zeker een meter hoog. Ik herkende de kransen van de oude Ly-chakiv-begraafplaats in Lviv. De kransen leunden tegen de zerken van jonge Oekraïense soldaten. Ze waren gesneuveld in de Donbas. Ik las hun sterfdata: november 2014, januari 2015, juli 2016. Voor de rijen met graven stond een bankje. Ik was erop gaan zitten en had naar de Oekraïense vlag gekeken, die aan de rand van dit nieuwe gedeelte van de begraafplaats rustig heen en weer waaide. Het bankje stond precies tussen twee tijdperken van doden in: links van mij lag de begraafplaats van de Beschermers van Lviv, de strijders die de oorlog tussen de Sovjets en de Polen in 1920 en '21 niet overleefden, rechts van mij lagen de verse doden van bijna een eeuw later, de jongens die het Donetsbekken bij Oekraïne moesten houden. Latijnse letters die mettertijd vervangen waren door cyrillische, iets wat ik tijdens mijn wandeling over de heuvels van de begraafplaats ook al gezien had. De grond waar ik op zat was deel van Polen tot 1939, tot het jaar waarin de doek van Baba Mari de boom in waaide en de Sovjet-Unie dit hapje land in het westen naar zich toe trok. Ik dacht aan een fotograaf die ik een week eerder ontmoette in Kyiv.

Toen alles uit elkaar viel, ik bedoel, de Sovjet-Unie, vertelde hij me, werd hij gebeld of hij naar een dorp in de buurt van Lviv wilde komen. De mensen daar hadden iets gevonden wat hij moest vastleggen. Hij ging erheen en werd op het station opgehaald door een oude dame, die hem in hoog tempo door de straten trok, op weg naar een groot, statig gebouw. Het lag aan de rand van het dorp, was vierkant en had een binnentuin. 'Ooit, voor 1939, was het een klooster,' zei de vrouw tegen hem. 'Toen de Sovjets kwamen, werd het een NKVD-kantoor, later KGB.' Ze sleepte hem door een poort, de voormalige kloostertuin in. 'Er veranderde iets na de oorlog,' zei ze, en wees om zich heen. De fotograaf wist niet waar ze wilde dat hij keek, dus volgde hij haar hand, door de tuin, die helemaal omgeploegd was. Geen stukje aarde leek meer te liggen op de plek waar het eerder gelegen had. 'Mensen begonnen te verdwijnen,' zei de vrouw. 'De tuin, die voor de oorlog van de monniken was geweest en altijd goed werd onderhouden door hen en door de mensen uit het dorp, was opeens verboden terrein. Niemand mocht nog iets zaaien of omploegen. Dat deed alleen het nieuwe personeel, de officiers die opeens in ons dorp waren komen wonen. Mensen uit Oost-Oekraïne of Rusland. Zij woelden de grond om, gaven de planten water, zaaiden nieuwe bloemen. Ze deden het met zorg, dat wel, maar wij mochten er niet meer aanzitten. Ik weet nog dat ik als klein meisje met mijn moeder voor het eerst naar deze tuin ging, om te kijken naar de mooie rozenstruiken en perenbomen. We zaten op het bankje dat er nog steeds staat, daar, onder dat raam. Ik mocht onder geen beding aan de planten zitten, zei mijn moeder die dag. Mijn vader was toen al bijna vier jaar zoek, sinds 1947. Hij was niet de enige. Na een jaar of twintig kende iedereen uit ons dorp wel iemand die niet meer thuisgekomen was. Een vriend, vriendin, een vader, moeder of broer. Ik werd ouder en zag die tuin bloeien en bloeien, de bomen steeds groter worden, de rozenstruiken steeds voller en kleurrijker. En toen viel alles uit elkaar, opeens. Ons oude land, dat land waar we in 1939 bijgeschoven waren, het verdween. Ze zijn nu een paar weken weg, de Sovjets. Ze hebben alle documenten vernietigd. Al hun papieren, alle spullen. Het gebouw is leeg. Verlaten. Toen we hoorden dat er in Lviv, na het omvertrekken van het Leninbeeld, Joodse zerken onder zijn voetstuk vandaan waren gekomen schrokken we ons een ongeluk. Een van mijn dorpsgenoten dacht na dit verhaal opeens aan de tuin. We mochten toch niet graven, zei hij, waarom eigenlijk niet. Waarom hebben we daar eigenlijk naar geluisterd? Hij spurtte zijn schuur in en kwam terug met twee schoppen. Hij gaf er één aan mij. Hij rende naar de buren en ik naar de mijne. Ik belde mijn dochters op en mijn zoon. Die belden weer hun vrienden die hier nog woonden. Bijna iedereen die een schep had kregen we mee. Toen we eenmaal in de tuin stonden, zijn we maar in een willekeurige hoek begonnen, daar links.' De vrouw gidste hem naar een hoek van de tuin. Hij zag nog wat wortels van planten liggen. 'Hier, precies hier, lag een glazen pot met hersenen erin. Dat vonden we als eerste, redelijk dicht bij het oppervlak. Daarna groeven we dieper. Daar lagen kootjes, schouderbladen, ribben, botten en bekkens. Daaronder lagen de schedels. Bijna allemaal zaten ze vol kogelgaten.'

Ze stak de omgeploegde grond schuin over. Door een andere poort gingen ze de tuin weer uit. Daar stonden stellingkasten. Honderden houten stellingkasten, overladen met beenderen. Verderop stonden kisten met daarin bij elkaar gepuzzelde skeletten. 'Het zijn bijna driehonderd mensen,' zei de vrouw tegen de fotograaf. 'We weten natuurlijk niet precies van wie wat is, maar we proberen zo veel mogelijk lichamen bij elkaar te krijgen.'

De fotograaf had me gevraagd of ik het wilde zien, de kasten, de doden in de kisten, die uit allerlei verschillende lichamen bestonden. Ik had geknikt en hij had zijn computerscherm naar me toe gedraaid. Hij klikte een eerste foto open, wachtte tot ik knikte, zodat hij naar de volgende foto kon. Samen keken we naar mensen die met hun handen op hun rug langs de stellingkasten liepen, als in een museum. Ik keek naar een stuk bot dat nog in de aarde lag, naar een oude man, scheppend, in het midden van de voormalige kloostertuin. Ik had me afgevraagd hoe het moest voelen als je wist dat een van de schedels die van je vader was, of van je zus.

'Ze wierpen zich op als bevrijder, de Sovjets, maar ze hebben uit ieder huis een spil weggehaald, een muur weggetrokken, en niemand laten weten waarom. Ze hebben alles dood weten te maken. Zelfs de vrijheid om te durven denken. Waarom zou je anders het brein van iemand die je fusilleert op sterkwater zetten om het vervolgens aan niemand te tonen, maar te begraven als een goed bewaard geheim?'

Ik zocht naar Kolja op de foto van Aleksandrs begrafenis. Hij liep recht achter de kar, in de eerste rij. Hij was nog jong, zijn gezicht nog dun en hoekig. Met een starre blik liep hij achter de laadwagen. Hij had zijn armen in die van tante Nadja en Lena gehaakt. Nadja en Lena hielden Aleksandrs vrouw en dochter vast. Al mijn oudtantes huilden in hun zakdoeken.

'In de tijd dat Aleksandr onder het ijs lag, was hij dus hier. Hij dook opeens op. Ik had de deur niet opengedaan, geen geklop gehoord, hij liep hier gewoon rond. Eerst zag ik hem niet, hoorde ik hem alleen, vooral 's nachts in de kantine. Ik lag dan al te slapen, op een sjieke bank in de opslagruimte voor theaterrekwisieten. Ik was bang, die nachten, ik dacht dat een of andere grote volkscommissaris aangekomen was, dat ik gestraft zou worden voor dat plassen op het tapijt in het kantoor van Koba. Maar op een ochtend zag ik hem, hij zat in het restaurant. Dronken was ie. Dronken en boos. Onderuitgezakt op een stoel zat hij wodka te drinken en augurken en salo te eten. 'Niemand is me op tijd komen halen,' zei hij. 'Ze waren zoveel Oekraïner-moppen aan het vertellen dat ze me niet hoorden verzuipen.' Hij klonk heel hol, alsof zijn hoofd in een emmer zat. En kletsnat was ie, ook als ik zijn natte uniform uittrok en hem in andere kleding hees. Echt, ik haalde de hele rekwisietenkamer leeg: officierspakken, jurken, toga's, Kozakken-pakken, wandkleden, gordijnen, ik probeerde van alles. Hij had het één minuut aan en dan zag je het zo weer in zijn kleren trekken, van zijn broekspijpen naar zijn schouders, alsof er water in al zijn poriën zat, dat zo snel mogelijk naar buiten wilde. Na

een paar minuten droop hij aan alle kanten. Kleine druppels, niet veel. Je hoorde het de hele tijd druppen. Hij
werd niet droog, wat we ook probeerden: onder de stoelen van de grote zaal zitten bijvoorbeeld luchtschachten,
die de ruimte moeten ventileren. Wij daarheen, dat systeem aangezet, nee hoor, hoeveel wind er ook blies, hij
bleef nat. En dat was al vervelend, maar hij vergat ook
de hele tijd waar hij was. Hij dacht dat hij naar huis zou
gaan, dat zijn moeder buiten het Paleis op hem stond te
wachten. Hij zei dat ze bij de ingang van het metrostation stond, het metrostation in Moskou waar hij heen was
gereisd voor hij op missie was gezonden. Samen met zijn
moeder zou hij naar het Kievski-station gaan om terug
te reizen naar Stanitsja Loeganska, waar de familie na de
Grote Vaderlandse Oorlog was gaan wonen. Hij sprak de
hele tijd over de Sovjetster die hij zou krijgen en dat hij
zijn vrouw en dochter weer zou zien. Als ik hem duidelijk
probeerde te maken dat hij dood was, begon hij met dingen te gooien, wilde hij vechten of joeg hij achter me aan
met een stoel uit het restaurant. Hij was sterk wanneer
hij woest was en hij was natuurlijk jonger dan ik, forser.
Ik ben maar een dun en slap mannetje. Ik moest sterker
zijn dan hij. Toen begon het echt, dat hert worden. Die
kracht was nodig om hem uiteindelijk over te laten steken.'

'Kan je Kolja zo niet ook over laten steken?'

'Nee. Kijk, Aleksandr was gewoon in de war, snap je?
Ik moest hem telkens vertellen dat dit geen gekke droom
was. Dat hij niet ijlde, niet in de war was van al het vech-

ten en moorden. Toen hij dat eenmaal begreep, toen was het ook, ja, goed. Toen droogden zijn kleren en kwam zijn normale stem terug. Hij omhelsde me, trok de deur van de ontvangsthal open en liep die rood-zwarte massa in. Buiten was het lente. Je kon de nachtegalen horen fluiten. Bij Kolja is het anders. Hij weet dat hij dood is, maar weigert in deze staat begraven te worden. Aleksandr, die werd thuis begraven. Echt thuis. Niet in het midden.'

'Hm?'

'Toen Aleksandr thuiskwam, terug in Stanitsja Loeganska, stond iedereen aan één kant. Toen was onze familie nog een. Nu vallen we in stukken uiteen en is onze grond in de war. Kolja weet niet in wat voor aarde hij begraven ligt. Misschien helpt het als de doek hem bereikt, als hij ziet dat we vaak in het midden hebben gestaan.'

We gaan een roltrap op. Het Paleis duizelt me, de verdiepingen zijn pompeus en overdreven, het houdt maar niet op. Een en al gewelfde plafonds en hoge ramen, standbeelden en misplaatste tropische planten, er zijn rode sterren in de muren, plakkaten voor helden, schilderijen van leiders en vechtende soldaten, broederlijk zingende mannen en vrouwen uit alle verschillende Sovjetstaten. De roltrap is lang, we staan er zeker een minuut op, misschien wel anderhalve. Nikolaj trommelt met zijn hand op de rubberen band. Ik sta twee treden achter hem en kijk naar zijn rug, waar zijn hemd losjes overheen hangt. Met mijn vingers beweeg ik over mijn onderrug, op dezelfde plek waar de pijl net in Nikolajs vacht stak. Ik voel niets.

'Hij heeft zich er verschanst, dat vertelde ik je al, toch?'

'Wat, wie?'

De mozaïekmensen houden steeds meer graan en brood in hun armen. Ze klampen zich eraan vast, alsof het reddingsboeien zijn. Links van me zie ik achter de vrolijk marcherende mensen lange greppels verschijnen. Loopgraven, kuilen. Ergens, achter een groepje hardwerkende mannen, een heuvel van bieten, er liggen gefusilleerde mensen naast. Ze liggen op elkaar gestapeld, als gekapte bomen, als de Poolse mannen die Tolja een voor een van elkaar af rolde op de begraafplaats in Zadvir'ya. Ik probeer de bietenheuvel niet uit het oog te verliezen, ik hoop dat er mensen opstaan en anderen optillen, wakker maken.

'Soms hoor ik hem naar beneden sluipen, dan gaan de roltrappen aan en hoor ik zijn voetstappen in de gangen. Hij eet altijd alleen en ruimt alles netjes op.'

'Hoe ziet hij eruit?' vraag ik. Ik denk aan de foto van Kolja in de begrafenisstoet. En aan de foto die mijn moeder me een paar maanden voor zijn dood stuurde. Het was de zestiende verjaardag van zijn dochter. Het hele huis was versierd met roze slingers en ballonnen. Trots hield hij haar vast, zijn armen om haar schouders geslagen, haar tegen zich aan gedrukt.

'Kwam hij nooit naar Nederland?'

'Een paar keer, toen ik een kind was.' Ik kan hem zo zien zitten op de oude leren bank van mijn ouders, in hun huis in Rotterdam. Ochtend, een kop koffie in de hand, gehesen in zijn trainingspak, moe van de lange nacht ervoor. Nachten waar ik als jong meisje naar luisterde in

mijn bed: het Russische geroezemoes en het luide ge-
lach van mijn ouders, mijn ooms en tantes, mijn opa en
mijn oma. En het luidste van allemaal: Kolja. Ik luisterde
naar het klappen op tafel van de bierflesjes en de wodka-
glazen, het gejuich als iemand een goede grap maakte of
een kaartspel won. Ik was erg onder de indruk van die
trainingspakken. Als we met de trein ergens heen gingen,
naar zee, naar een pretpark of naar de Nederlandse bloe-
menvelden, keek ik naar hoe hij erin bewoog. Met de borst
vooruit liep hij naast me, soms hield hij mijn hand vast, als
een grote broer. Hij sprak Russisch tegen me, tilde me op,
droeg me op zijn schouders, deelde friet met me aan het
eind van de dag, voor we terug naar huis gingen.

'Dat bedoel ik toch niet,' ga ik verder, 'ik heb het over
nu. Hoe is zijn lichaam eraan toe?'

We bereiken de vierde verdieping. Ik stap de roltrap
af en kijk een lange, naar links afbuigende gang in. Opnieuw zie ik alleen maar deuren. Ik trek de eerste de
beste open en sta tegenover een sober houten bureau en
twee sobere stoelen. Op het bureau staat alleen een witte
telefoon zonder toetsen, een telefoon die enkel bedoeld
is om gesprekken mee te ontvangen. Het raam recht tegenover de deur kijkt uit op een grijze muur, die honderden meters de lucht in gaat. De ruimte lijkt op een
verhoorkamer van de Stasi-gevangenis in Berlijn. Het
behang daar heeft net als hier een vrolijke bloemenprint.
'Dat deden ze om de ondervraagden aan thuis te laten
denken, zodat ze sneller toe zouden geven of iets zouden
bekennen,' vertelde de jongen die me een rondleiding

gaf. Ik mocht wel even aan het bureau gaan zitten. Dan zou hij een foto nemen terwijl ik de telefoon opnam.

'Mijn moeder moest het bericht over zijn dood doorgeven, net als bij de dood van Anna, de nacht nadat Aleksandra die droom over de grot had. Ik verstond mijn moeder amper. Haar adem was zo rasperig en ze huilde met zoveel snot dat ik haar twee keer moest vragen wat er nou aan de hand was. "Kolja is gevonden," zei ze. "Dicht bij zijn huis. In de bosjes. Hij lag naast een andere zakenman, ook dood. Hij was alleen nog te herkennen aan zijn zegelring, die hebben ze hem niet afgenomen, of niet van zijn vinger gekregen."'

We kijken samen door het raam, naar boven, tegen de muur op. Het bloemenbehang steekt vreemd af tegen het grijs van buiten.

'Ik kon me er zo weinig bij voorstellen. Ik begon steeds meer beelden op te zoeken van de oorlog. Ik vond video's van mannen die ergens in een verlaten gebouw in elkaar werden geslagen en in hun gezicht werden geschreeuwd, gespuugd en getrapt. Ik zag een commandant van die nieuwe republiek een jongen slaan en slaan en slaan tot de jongen in het volgende videobeeld dood naast een tank lag, in een plas bloed. Ik vond foto's van uitgebrande flatgebouwen, precies zulke flats als waarin Klawa woont in Odessa. Sommige waren helemaal ingestort. Op de stoep voor het gebouw lagen drie lichamen. Ze lagen verspreid om een kiosk waar kranten, sigaretten en snoepgoed werden verkocht. Om de mensen heen stonden alleen maar verdwaasde inwoners van Stanitsja Loeganska, met boodschappentassen in hun hand. Ze keken naar de mensen op de stoep, die er net zo uitzagen als zij: dagelijkse kleren, geen legeruniform, geen vlag voor of tegen de republiek op hun bovenarm, niets. Gewoon, korte broeken en T-shirts en slippers. De elleboog van één vrouw lag helemaal open. Ik kon haar spieren en botten zien. Onder haar arm lag bloed. Het was of al die mensen om hen heen zichzelf zagen liggen, de mogelijkheid van het doodgaan, en maar niet wisten wat te doen. Ze keken naar die lijken alsof ingrijpen of aan hun lijven zitten gevaarlijk was, alsof zij zelf dan ook in een gevaarlijke positie terecht zouden komen.'

Nikolaj ontwijkt mijn blik en draait zich naar het bloemenbehang, gaat met zijn hand over het reliëf. Als ik een stap naar hem toe zet zucht hij.

'Wat je moeder zei over die zegelring, dat vat het wel soort van samen.'

'Wat zit je nou om de hete brij heen te draaien?'

'Als we straks boven zijn, kan je zelf kijken,' zegt Nikolaj zacht. 'Als hij überhaupt opendoet. Het zal mij verbazen.'

Ik loop langs hem heen en ga de gang weer op, doe een volgende deur open. Exact dezelfde kamer, net een andere kleur behang en net een andere telefoon.

'Kan je je voorstellen dat je ergens bent geboren en opgegroeid waar ze je elke keer een trucje leren? Ze zijn heel streng als ze je de truc leren, ze slaan hem erin, doen er alles aan om jou hem perfect uit te laten voeren. En dan, precies op het moment dat je de truc kent, word je gestraft voor het uitvoeren ervan en leren ze je weer een nieuwe. We werden gek, Lisa. Moeten we het hebben over hoe gebutst hij eruitziet? Hij zou hier helemaal niet moeten zijn. Oleg zei het altijd goed: er is veel te veel bloed verspild op deze aarde, daar moet de grond bovenop kunnen groeien, nieuwe aarde, schone. Maar de grond krijgt geen tijd.'

Het station van Loegansk is veel groter dan dat in het dorp. De twee sporen hebben zelfs een echt perron. Aleksandra helpt Baba Mari de spullen uit de trein te laden. Tot slot tilt ze de bezem eruit. Een vreemd object om mee te nemen, vindt ze, maar Mari stond erop. Het nieuwe huis is niet ver lopen, vijf minuten vanaf het station. Als Nikolaj de deur opent om Baba en Aleksandra voor de eerste keer binnen te laten, kijkt hij hen niet aan. Baba Mari geeft hem een kus op zijn wang en duwt zich dan langs hem heen. Ze kijkt rond. Een tafel en twee stoelen, één wandkleed. Het grote bed van Anna en Nikolaj, daarnaast een kleiner bed. Nastja ligt op de bedkachel bij de muur. Ze tilt kort haar hand op. Haar gezicht is zo wit als een doek.

'Hallo zus, hallo oma,' zegt ze zacht. 'Zijn jullie daar eindelijk.'

'Godallemensen,' zegt Baba.

'Er komen nog wat krukjes bij,' zegt Nikolaj, terwijl hij naar de tafel wijst, 'een nieuwe vriend bij de fabriek maakt ze na werktijd, ik heb beloofd een jas voor hem te naaien.'

Hij zict er moe uit. Zijn gezicht is niet zo bruin als eerdere zomers. Als Nikolaj ziet hoe Aleksandra naar zijn wangen kijkt, wrijft hij ze voorzichtig rood door er cirkels op te maken met zijn vuisten.

'Het is donker in de kledingfabriek,' zegt hij lachend. 'Het is wat anders, maar het went, het went.'

'De zijkamer is voor jou, Mari,' zegt Anna. 'Je slaapt tussen de weckpotten, maar dan heb je iets voor jezelf.'

Aleksandra sluipt naar de zijkamer om te zien waar Baba gaat slapen. Naast een smal bed staat een vijftal kratten, bedekt met witte doeken. Mijn oma tilt de doeken op en kijkt wat er in de kratten zit. Het is niet veel, wat bieten en wat aardappelen.

'Wie woont er nu in ons huis?' hoort ze haar moeder tegen Baba fluisteren.

'Nieuwe boeren. Ze kunnen niks, het land is één grote zooi. Ik heb Dima na een tijd ook niet meer gezien. Hij vermagerde tot hij verdwenen was. Waar is Rebus trouwens?'

'Buiten, achter het huis, misschien moeten we hem ook verkopen, mama,' zegt Anna, nog zachter.

'Gaat het hier ook zo slecht? De brigadiers controleren alles. Ze hebben de molenstenen kapotgemaakt, kan je dat geloven? Zodat de mensen zelf niks meer kunnen malen. Een schande. Eerst liepen ze alleen met geweren over het veld, nu zitten ze op paarden, rijden overal rond. Zelfs kinderen die een aardappel uit een veld rapen krijgen een pak slaag. Oleg komt de naaimachine later brengen, als het rustiger is. Het is te gevaarlijk om die nu uit de grond te halen.'

Nikolaj gaat aan het bureau zitten, met zijn rug naar het raam. Ik neem plaats tegenover hem. Ik denk aan hoe Andriy me op de datsja apart nam en een tomaat gaf. 'Eet,' zei hij. Ik nam een hap. Het sap droop over mijn shirt en mijn broek. We keken naar de Zwarte Zee, ik deed mijn best om de golven het strand op te horen spoelen.

'We zijn beulen en slachtoffers. Door elkaar, tegelijk, we zijn rood en zwart,' zei Andriy. 'Ik ben de beul van mijn broers in het oosten. Zij zijn de mijne. Zij zijn mijn slachtoffer en ik dat van hen. Ons bloed stroomt steeds verder uit elkaar, als de Donets, die ons steeds meer scheidt, op de kaart, maar ook in het echt. Er ligt een grens tussen ons in, meer dan ooit. Ik weet niet of we elkaar hierna nog zullen vinden. Ik weet niet of Witja weet dat Kolja zoek is. Ik weet niet waar Witja is, überhaupt. Kolja moet beschermd worden door hem. Ik hoop dat hij hem weet te redden, ergens vandaan kan toveren. We hoeven echt niet te praten over waar hij hem dan gevonden heeft. Als Kolja maar terugkomt. Het is de enige manier om van die scheiding weer een geheel te maken, Lisa. Hoe kunnen we hierna anders ooit nog terug?'

Nikolaj en ik kijken naar de telefoon.

'Het was doodstil, die avond aan tafel. Mari had het oude tafelkleed meegenomen, dat bracht iets van vroeger terug, maar ik moest ook denken aan de twee brigadiers, hoe het hun allemaal niks kon schelen. We aten en keken om beurten naar de bedkachel waar Nastja nog steeds op lag. Haar lichtblonde haren had ik die ochtend speciaal gevlochten, traditioneel, als een kroon om haar hoofd, een vogelnest bijna. Anna en ik hadden gehoopt dat ze beter zou zijn. Het was warmer weer, we hadden iets meer eten uit onze moestuin kunnen halen. Maar het leek alsof we de zware winter en de koude lente in Loegansk niet meer in konden halen met eten, zon en warmte. Haar lichaam wilde niets meer.'

'Ze heeft iets te pakken wat we niet meer uit haar kunnen trekken. Het is onder haar huid gekropen. Kruidendrankjes helpen niet, Anna heeft ergens nog een non opgeduikeld die stiekeme diensten doet – hielp ook niet,' zegt Nikolaj. 'We werken lange dagen, al het eten gaat met kaarten. We doen niet het zwaarste werk, niet in de mijn, niet in de metaalfabriek. Die arbeiders krijgen het meeste eten.' Hij slaat zijn ogen naar de grond en pakt Anna's hand vast. Anna knijpt erin, wrijft over zijn arm. Mijn oma kijkt naar de handen van haar vader, de huid op de rug van zijn handen lijkt op de bast van een oude boom. Nu pas, in het kaarslicht, ziet ze hoezeer zijn gezicht echt van vorm is veranderd in de maanden dat ze hem niet heeft gezien: hij heeft grote, bijna donkerblauwe wallen onder zijn ogen, ze zijn halfrond, als de hangmat die in de zomer altijd tussen de twee appelbomen op het erf hing.

Als de eerste vlokken sneeuw beginnen te vallen hoest Nastja steeds meer; ze ademt kort en met gekke uithalen. En ze slaapt, dagen achter elkaar, onder de extra paardendeken die Baba Mari op de markt kocht.

'De uren dat mijn vader niet in de fabriek kleren aan het maken was, naaide hij thuis door,' zei Aleksandra. 'Dat huis was dus nog niet in Stanitsja, toen, niet waar die foto van Aleksandrs begrafenis is gemaakt. Dat was na de oorlog, ik heb alleen in dat oude huis gewoond. Daar maakte hij dikkere kleren voor Nastja en allerlei mensen uit de stad, want mijn moeder was alweer bevriend geraakt met iedereen. Hij werkte met alle stoffen die hij te pakken kon krijgen: smalle repen, brede repen, onhandige lappen waar vreemde knippen in waren gemaakt, leer dat helemaal vies was van het vervoer. Tijdens mijn eerste winter in Loegansk zat hij in de grote kamer te werken aan een jas voor Vasili, een klasgenoot van Nastja. Hij woonde in het centrum van Loegansk. Een lange jongen, heel blond haar, net als Nastja, met een neus alsof hij bokste. Elke week kwam hij een paar middagen langs om met Nastja te praten, de luttele minuten dat ze wakker was. Baba zette het standaard op een tieren en mopperen wanneer hij met zijn lange, onhandige jongenslichaam binnenkwam. "Er is hier geen plek voor nog iemand, zelfs al ben je zo'n dunne stengel," zei ze dan. Daarna verdween ze naar haar kleine zijkamer. Ik keek dan toe hoe ze de deur demonstratief dichtdeed. Ach mijn omaatje. Zo streng kon ze zijn.'

'Hij vermoeit haar, hij maakt haar zwakker dan nodig,' roept Baba op een avond als Vasili weer vertrokken is. Aleksandra zit aan tafel naast haar nichtje Doesja, die een boek vol vreemde tekeningen leest.

'Het is een verwarrend verhaal,' zegt Doesja zacht tegen mijn oma, bang om Baba Mari boos te maken, 'hier, moet je horen. Een jongen wordt opeens een vliegtuig en een koe verspert hem de weg. Dat heeft toch helemaal niks met elkaar te maken?'

Ze wijst op een bladzijde. 'Hier, moet je horen: Michail rende achter Vasko aan, de weg af, langs het trottoir, hij riep: "zoo-zoo-zoo! Ik ben Michail niet meer! Let op, wees voorzichtig! Ik ben Michail niet meer! Ik ben een Sovjetvliegtuig!"'

Aleksandra leest de zin nog eens.

'Ik ben een Sovjetvliegtuig,' fluistert ze.

'Ik snap er niks van,' moppert Doesja, 'die Michail ziet dingen die er niet zijn.'

Aleksandra denkt aan de herten van Baba, maar zegt niets.

'Sasja, hoe dan? Hoe kan je nou een vliegtuig worden. En als hij een vliegtuig kan worden, dan kan Nastja dat toch ook. Of ik?'

Doesja noemt steeds meer objecten en dieren op: een vliegtuig, een paard, een emmer, een hamer, een biet, een aardappel, een trein, een paleis. Nastja draait zich op haar zij en kijkt naar haar nichtje en Aleksandra.

'Een paleis,' zegt ze zacht, 'dat lijkt me wel wat.'

'Ik bleef maar aan die jas werken,' zegt Nikolaj. Hij trekt de laatjes van het bureau open en pakt er twee pasfoto's uit. Een onbekende vrouw kijkt ons aan. In de hoeken van de foto's staan nummers, ze zijn erop gekriebeld met een zwarte pen.

'Elke avond deed je oma wat Vasili deed als hij naast Nastja zat en over zijn dag vertelde: ze zat op de bedka-chel, aaide haar en vertelde over hoe het was in de stad en op school. Ik kon zien hoe Nastja haar best deed om goed te luisteren, haar zusje niet het idee te geven dat ze te moe was. Toen de jas van Vasili bijna af was, zei Nastja amper nog iets. Met elke steek die ik zette, leek ze kracht te verliezen. De wachtlijst voor de medicijnen werd niet korter, mensen met meer kennissen hogerop drongen voor, ergens, op papier. Vasili kwam steeds vaker eten brengen, naast zijn vliegeniersopleiding werkte hij een paar avonden in het theater. Hij deed de kaartverkoop en hing jassen op in de garderobe. Zo sprokkelde hij meer eten bij elkaar. Zelfs Baba begon zijn goede bedoelingen te waarderen. Ze sprak Vasili nog steeds aan met ezel, maar als hij lachte om haar opmerkingen, lachte ze terug. Aan tafel schoof ze naast hem, ze duwde hem daarbij wel een beetje weg, zodat hij plek voor haar moest maken, maar soms legde ze wel haar hand op zijn knie, of even tegen zijn wang. Dan vertelde ze hem over hoe hij groen-ten in moest maken en leerde ze hem de zwart met rode stiksels in linnen te zetten. Op een avond stond hij op-eens op en maakte hij zijn dunne lichaam groot. Hij trok zijn schouders naar achteren in zijn donkerblauwe hemd en keek serieus naar Baba. Die legde heel traag haar naald en draad neer en knikte geduldig naar hem.

"Liefde is niet als aardappelen, Baba Mari," zei hij, "je kan het niet zomaar uit het raam gooien. Ik weet hoe het zit. Het is niet fraai." Hij keek naar mij en Anna. "Maar ik wil graag met haar trouwen, nu het nog kan."

Vasili ging naast Nastja staan. Hij fluisterde iets in haar oor, ze werd wakker. Met moeite ging ze overeind zitten op de bedkachel. Nastja keek de kamer in. In maanden had ik haar ogen niet zo helder zien staan. Het deed me denken aan de dag dat Anna me met die maiskolf in mijn gezicht sloeg. We brachten er niets tegen in, samen gingen we aan het werk. Nastja kreeg mooie witte stof cadeau van de ouders van Vasili, ik naaide de jurk. Baba stikte de traditionele zwarte, rode en blauwe bloemen op de mouwen. Mensen stopten ons wat kleins toe: tarwe, wat noten, snoepjes, hop, de dingen die bij een Don Kozakken-bruiloft hoorden: alles wat je na het breken van het brood over de bruid en bruidegom strooit. Ik was verbaasd dat mensen wisten dat ik een Don Kozak was, dat het niet slecht was in hun ogen. In die duistere tijd, waarin ik mensen om brood zag vechten, verbaasde de vrijgevigheid me. Misschien was het ook niet vrijgevigheid, misschien was het iets anders, misschien wist iedereen die ons iets gaf: als dit het laatste is in het leven van dat arme meisje, laat het dan waarachtig zijn. De middag van de bruiloft kwam er één meisje uit de klas van Nastja en één meisje van de Komsomol. Vasili had twee vrienden van de militaire academie uitgenodigd. En zijn ouders. O! En zijn oma, Baba Tanja, die was net zo nukkig als Baba Mari. Tanja en Mari waren de hele ochtend, tijdens de voorbereidingen, met elkaar aan het mopperen over het lot van Vasili en Nastja. Straks is die jongen een weduwnaar, wat is hij dan nog waard? Oleg kwam met een oude rushnyk, een prachtige doek, rood met zwart geborduurd, met in het midden twee blauwe nachtegalen die hun koppen tegen elkaar duwden. Eenmaal binnen knielde hij voor Vasili en Nastja, die al op hun stoelen zaten. Ze tilden hun voeten voor hem op en hij schoof de doek eronder. Kort knielde Vasili, Nastja legde haar hand in zijn nek. Daarna stonden ze op. Vasili hield haar vast bij elke beweging. Hij vertrok geen spier, het verdriet dat wij voelden die dag, zoog hij op, alsof hij een ongewassen stuk wol was. Al ons verdriet leek te verdwijnen in hem. De non die al eens voor Nastja gebeden had, zei enkele woorden. Ze was net een oude boom, die non, zo krom stond ze. Traag boog ze drie keer naar Nastja en Vasili toe, met in haar handen het enige icoon dat ze uit haar oude kerkje had kunnen redden. Zij bogen terug naar haar. Niemand van de gasten bewoog. De ouders van Vasili en Anna en ik wachtten tot de non klaar was en zegenden daarna ook onze kinderen en hun huwelijk. Op een mooi, voorspoedig, vrolijk en gezond leven, zeiden we hardop. Daarna hielden we met zijn vieren de *korovai* vast boven de hoofden van Nastja en Vasili, het heilige brood, en braken het doormidden.'

'Om de korovai te kunnen maken hadden we overal graan vandaan geschraapt,' vertelde mijn oma. Ze legde de foto's en brieven een voor een terug in de broodkist, de begrafenisstoet van Aleksandr verdween langzaam uit het zicht. 'Ik werd cropuit gestuurd, Njoesja en Doesja deden een rondje door hun straat, mijn vader vroeg rond op de fabriek, mijn moeder was een uur eerder naar de bakker gegaan om hem te smeken om wat extra's. We deden het graan in een grote kom op tafel. Elke dag wat meer. Mijn vader kon het niet aanzien, al die graankorrels in ons huis.'

'Ik kon alleen maar denken aan Sergej, bewusteloos in die schacht op zijn erf,' vult Nikolaj aan.

'Toen we al het graan hadden, moesten we overleggen over wat er op de korovai afgebeeld moest zijn. We keken met zijn allen naar de kom. Herten, bloemen en paarden, zei mijn moeder. Ik trok een pagina uit mijn schoolschrift en tekende ze samen met mijn moeder. Ik was jong, ik kon niet zo goed tekenen, die herten zagen er niet uit, ze hadden hele rare poten. Daarna maalden we het graan tot meel. Met de hand. Mijn vader had op de bouwplaats bij de locomotieffabriek klinkers verzameld. We hadden er alle drie twee. Zwijgend zaten mijn moeder, vader en ik de tarwe tot meel te vermalen. Nastja sliep in de hoek van de kamer. Zodra het brood in de oven zat, is mijn moeder naar buiten gerend. Ik liep haar achterna, de sneeuw in. Ze liep naar een braakliggend stuk grond en gaf over. Toen ik weer binnenkwam, rook het hele huis zoet. Het rook als de momenten waarop we de oogst zegenden op de boerderij. Dat deden we ook met dit soort broden, daar zaten geen herten op, of bloemen, alleen maar zonnen. Nastja werd er wakker van, we zagen haar glimlachen. Na de trouwceremonie aten we allemaal een klein stuk van dat brood. Ik at alleen de herten, Vasili at alle bloemen op. Nastja nam een klein hapje. Twee weken later was ze dood.'

'Ze is de eerste van ons die in Loegansk komt te liggen, ik hoop dat de grond van deze stad haar lichaam rust brengt,' zegt Baba Mari de avond voor de begrafenis. Ze heeft vijf dagen naast het lichaam van Nastja gezeten, die midden in de woonkamer in een houten kist ligt met haar hoofd naar de deur en aan haar voeten een kaars. De kaars is gebracht door de non, die ook bij de trouwceremonie was. Ze was er de eerste avond van Nastja's dood. 'Niet vast blijven zitten, meisje, veilig oversteken,' zei ze en sloeg een kruis. Aleksandra zit naast de kaars, tegenover Baba. Ze moet slapen, maar wil nog even blijven zitten, nog even naar haar zus kijken. Baba Mari aait het voorhoofd en de haren van Nastja, kijkt naar Nikolaj en Anna, die aan tafel zitten, met hun hoofd in hun handen. Vasili komt binnen. Hij duwt de voordeur voorzichtig open en sluit die achter zich zonder een geluid te maken.

'Ik kom je vervangen, zusje,' zegt hij en gebaart Aleksandra naar haar bed in de hoek van de kamer. 'Ik blijf zitten voor de oversteek.'

In haar slaap staat Aleksandra die nacht op een veld in het oude dorp. Het veld is precies zo wit als de winter waarin Nastja samen met Nikolaj en Anna vertrok naar Loegansk. In de verte, in de buurt van de oude molen, ziet ze Nastja in de open kist liggen. Ze loopt erheen. De sneeuw slaat in haar gezicht, soms verliest ze de kist uit het oog, dan duikt die weer op. Als ze bijna bij haar zus is en iets tegen haar wil zeggen, versperren drie witte herten haar de weg. In hun rug steekt een gouden pijl, die oplicht als een lantaarn. De dieren zijn zo groot dat Aleksandra tussen hun poten door kan lopen als ze wil. Bij een poging om dat te doen en zo bij Nastja's kist te komen, bokken de herten haar weg met hun geweien. Ze rent om de dieren heen, probeert ingangen te vinden, maar de herten blijven haar tegenhouden. Als ze het opgeeft en dan maar op de grond gaat zitten, knielen de herten. In een cirkel gaan ze om Nastja heen zitten. Twee van de herten kijken naar de pijl in hun rug, die een warme gloed uitstraalt. Ze likken niet aan hun wond rondom de pijl, aan het kleine beetje bloed dat op hun witte vacht zit. De dieren geven licht in het donkere veld. Hun lijven dampen in de kou, er komt stoom van hun vacht. Een tijd zitten ze zo, Aleksandra tegenover de drie herten, als een overleg waarbij ze elkaar alleen aankijken. Dan komt Nastja overeind in de kist. Haar wangen zijn rood, ze ziet eruit als de laatste avond op de boerderij. Haar wangen zijn vol, haar blik is kalm, vrolijk. Ze glimlacht even naar Aleksandra, klikt met haar tong en gebaart de herten op te staan. Ze klimt voorzichtig uit de kist en aait de nekken van de dieren. Bij een klimt ze op de rug. Als ze op het dier zit zwaait ze. Kort rent Aleksandra achter haar zus aan door het veld, maar de herten zijn te vlug. Ze zetten een sprint in en verdwijnen uit het zicht.

Als Aleksandra in de ochtend naar het lichaam van haar zus kijkt, zitten de drie herten om de kist. Als de dieren uitademen, verschijnen er witte wolkjes in de woonkamer.

'Sasja,' zegt Nikolaj. 'Kleed je aan.' Hij haalt zijn lippen amper van elkaar als hij praat. Zijn snor is bijgeknipt door Anna, zijn gitzwarte wenkbrauwen steken af tegen zijn blauwe ogen.

'Zo,' zegt Baba, als ze de jas van Aleksandra met haar oude handen heeft dichtgeknoopt. 'Zorg jij dat de dieren straks ook meegaan?'

Met haar gezicht heel dicht bij dat van Aleksandra, beweegt ze even haar ogen opzij, naar de herten, die op zijn gestaan.

'Je vader vergeet ze van verdriet, iemand moet het voor hem doen vandaag.'

Samen met twee buurmannen en de vader van Vasili tillen Oleg, Vasili en Nikolaj de kist van Nastja op een platte kar. De herten volgen. Aleksandra houdt de deur voor ze open. De dieren buigen hun kop bij de deurpost en volgen de kar, die door Rebus voortgetrokken wordt.

'We zijn compleet,' fluistert Baba. Aleksandra trekt de deur dicht.

Volksrepubliek Loegansk

1 SEPTEMBER 2014

Op de verjaardag van onze Aleksandra, die we ooit kwijt dachten te zijn aan de Grote Vaderlandse Oorlog, rijdt Kolja samen met zijn nicht Joelja naar een heuvel. Er is nergens meer telefoonbereik. Post komt niet aan, e-mails versturen gaat niet. De man die naast Kolja's winkel groenten verkoopt, heeft gezegd dat er op een heuvel buiten de stad wel bereik is. Een tijd heeft onze neef getwijfeld, net als wij, maar uiteindelijk vroeg hij zijn buurman waar die was. De man wees hem een plek in de buurt van een oude mijn.

'Vaak is het helemaal verlaten,' zei hij tegen Kolja, 'dus maak je niet druk om afluisteraars.'

Onze Kolja en Joelja lopen een minuut of vier met hun telefoon in de lucht heen en weer over de afgegraven heuvel, terwijl ze naar de ontvangststreepjes kijken.

'Ja!' roept Joelja dan opeens. Triomfantelijk wijst ze op haar scherm.

Ze drukt direct op *tante Aleksandra* in haar telefoonboek en wacht tot de telefoon overgaat. Ze zet de luidspreker aan. Kolja buigt zich naast haar over het toestel heen.

'Hallo, met Aleksandra,' klinkt het uit de speaker.

Ondanks de vroegte van de ochtend is haar stem helder.

'Tjotja,' roepen onze Kolja en Joelja in koor. 'Djen rozjdjenija!'

'Ahhhh! Eto kto?'

'Joelja i Kolja.'

'Oi, neef en nicht! Wat lief dat jullie aan mij denken, hoe gaat het met jullie? Zijn jullie veilig?'

'Alles gaat goed hier, tante, maakt u zich geen zorgen. We zijn gezond, iedereen is gezond. Gefeliciteerd met uw negentigste verjaardag, hoe is het met de drie zussen daar?'

'Ja, jullie kennen ze, Klawa, Lidaatje en Nina. Ze zijn eigenwijs, ik mag niks betalen, nog geen ijsje! Ze willen hier langer blijven, maar missen hun eigen huizen. Het is gezellig. Nina mist jullie, zei ze, zorgen jullie wel goed voor haar?'

'We doen wat we kunnen, tantetje.'

'Ze is dun geworden. Ze moet steeds over de grens voor haar pensioen? Hoe is het met de groenten in haar tuin?'

'We gaan zo naar haar tuin, wat extra groente oogsten. Haar vriendin Olja helpen, zij past op Nina's huis.'

'Ah, dat klinkt goed.'

'Komt u nog eens hierheen, tante?'

'Ik zou het willen, kinderen, maar het is te gevaarlijk,' zegt Nina. 'Is het niet?'

'Nee nee, het valt mee. Het valt mee.'

'Als jullie het zeggen. Maar wees voorzichtig.'

'Ja, tante, ja.'

'Goed. Jullie hebben vast meer te doen, ik ga. Blijf veilig, beloofd?'

'We beloven het. Poka poka.'

'Poka poka!'

Joelja hangt op en kijkt naar Kolja, die nog even zwaait naar de telefoon, iets wat Aleksandra helemaal niet kan zien.

'We hoeven toch niet te liegen,' zegt ze, 'zij kijkt toch ook het nieuws, zij praat toch ook met Andriy, met Nina? Ze weet toch dat Witja bij die schietgrage gekken zit?'

Kolja schudt zijn hoofd en loopt de heuvel af, richting de auto.

'We hoeven haar toch niks te zeggen,' moppert hij, 'ze is van deze grond. We spreken dezelfde codes.'

Als Kolja bijna bij de auto is, gaat Joelja's telefoon over. Ze loopt terug de heuvel op en neemt op. Wij weten al wie het is. We hebben het gezien. We hebben vaak over huizen moeten waken en veel verschrikkelijks gezien, brandende huizen, instortende huizen, leeggeroofde huizen. Soms konden we iets doen, iemand laten schrikken, buiten de deur houden, maar dit was te groot voor ons. Het suisde zo door onze vachten heen en klapte in tientallen, misschien wel honderden stukken uit elkaar. We stonden machteloos, daar in de tuin en het huis van Nina. Geen gouden pijl kon dit tegenhouden, geen gewei, zelfs geen hele kudde van onze Don Kozakken-herten van de familie Popov-Temnikov. We knipperden met onze ogen en alles was kapot, omgevallen, stuk. De grond smeulde, de veranda lag overhoop. In de tuin, in het bed met de tomaten, lag een gat zo diep als onze Nina lang is. Die was er alleen niet, die was bij haar zus Aleksandra in Nederland, samen met haar andere zussen Lida en Klawa.

'God zij geprezen,' fluisterden we tegen elkaar. Tot we in de keuken gingen kijken. Daar lag Olja, die op het huis van Nina paste, op de vloer. In haar hand had ze een aardappelschilmesje. In haar buik stak een stuk ijzer. Het was gloeiend heet, als een pook waar paarden en koeien mee gebrandmerkt worden, we konden het er niet uit trekken. We konden niets. Olja ademde schokkend, met horten en stoten, diepe teugen en toen deed ze niets meer. We zonken naast haar neer op de keukenvloer vol bloed en krieltjes. Ze draaide zich op haar zij en zag ons, groette ons vriendelijk.

'Welkom Olja,' zeiden we, 'welkom in het Bekken van de Verloren Don Kozakken.'

'Mijn vader,' fluisterde ze tegen ons, 'en mijn moeder. Ze hebben me over jullie verteld, lang geleden, voor de Grote Vaderlandse Oorlog. Ik was nog maar een kind. Het was geen tijd van sprookjes, maar toen ik me in het bos verschool voor de bommenwerpers van de Duitsers, zag ik jullie lopen. Mijn moeder wees jullie aan. "Onder onze huid dragen we een witte vacht, in onze rug een gouden pijl," zei ze tegen me, "we zijn gewond, maar we leven nog."'

We zien Joelja op de heuvel door haar knieën gaan. Met één hand steunt ze op de aarde. Het nieuws van de granaat op Nina's huis heeft nu ook haar bereikt.

'Alles?' vraagt ze aan Zjenja, de zoon van Olja. 'De tuin en de keuken? Ja. Nee. Die heeft geen bereik, die zit in Nederland, bij haar zus Aleksandra. Daar werkt haar toestel niet. Waar is Olja nu?'

Lange tijd luistert ze naar Zjenja zonder iets te zeggen. Ze gaat op de grond zitten en duwt de telefoon dichter tegen haar oor, legt haar hand op haar voorhoofd. Ze huilt. Onze Kolja loopt terug de heuvel op. Als Joelja ophangt, kijkt ze haar neef lang aan.

'Het huis van je moeder. Het dak is kapot, er ligt een krater in de tuin, alles ligt in puin.'

Als Kolja de straat van Nina in rijdt, is het doodstil. Er rijden geen auto's, er wandelt niemand over de weg, in geen enkele tuin is iemand aan het werk. Zelfs de man die altijd aardappelen vanuit zijn kofferbak verkoopt, staat er niet. Kolja parkeert voor het geel-blauwe hek en ziet door de bovenste spijlen dat het dak in elkaar is gezakt. In de deur van de poort zitten kogelgaten, meer dan toen Kolja zijn moeder vorige week op kwam halen om haar naar het checkpoint te brengen. Als hij tegen de deur duwt, gaat die niet open. Aan de andere kant van de poort klinkt het rammelen van een ketting. De smalle zijdeur is wel open. Kolja kijkt nog even naar Joelja, die achter hem langs naar het huis van de buren loopt, waar Zjenja in de tuin staat te wachten. Onze Kolja kijkt rond op het erf, tegen de poort staat een laadbak geparkeerd, als een barricade. Daar weer tegenaan staan een steen en een zware ijzeren plaat. Overal op de grond liggen dakpannen en spaanplaat, stukken hout, baksteen. De peren zijn uit de boom gevallen en overal en nergens heen gerold. Het rechterdeel van het huis, dat al voor de oprichting van de Volksrepubliek in aanbouw was, staat nog overeind. Kolja loopt de moestuin in. Tussen het bed met de aardappelen en het bed met de kool, op de plek waar de tomaten stonden, zit een diep gat van twee meter breed. De aarde op de bodem is grijs, als de overblijfselen van een kampvuur. Alle grond eromheen ruikt naar zilver, bloed en verbrand gewas. In de kuil, tussen de grijze as, ligt een stuk ijzer en een stuk schroef, als de schroef van een heel klein bootje. Iets verderop, tussen de bonenstaken, ligt nog een stuk ijzer. Er staat een serienummer op. Kolja steekt het in zijn zak. Joelja komt de tuin in, gevolgd door Zjenja. Zijn ogen zijn rood van het huilen.

'Ik had al eerder gebeld, maar kreeg jullie niet te pakken.'

'Wanneer, Zjenja?' gebaart Kolja naar de grond in de tuin.

'Eergisteren. Mijn moeder paste op Nina's huis tot ze terug zou zijn. Dat wisten jullie toch?'

Zjenja loopt de deels ingestorte veranda op en duwt de deur naar de keuken open. Kolja en Joelja volgen hem.

Wij wenden onze ogen af, we kunnen dit niet nog een keer zien. Kolja blijft aan de rand van de keuken staan en kijkt om zich heen. In het dak zit een gat. Een houten balk hangt naar beneden en steunt op de koelkast. Overal liggen krieltjes: onder de tafel, bij de muur, onder de kastjes. Op het zeil lopen rode strepen aangekoekt bloed.

'Ze zat aardappelen te schillen, mijn moedertje,' zegt Zjenja. Hij kijkt naar de strepen op de vloer. 'Er kwam een scherf in haar buik terecht.'

Joelja slaat de deur met een klap dicht. Kolja kijkt naar de vloer, naar de muren, het wit-rood-zwarte tapijtje dat op de keukentafel ligt en voelt het zuur omhoogkomen in zijn keel. Hij slikt het weg.

'Mijn moeder was oud, Kolja, ze was niet te redden,' zegt Zjenja mat. 'Jouw moeder had hetzelfde voor mijn moeder gedaan, ze zorgen al maanden voor elkaar.'

Kolja legt een hand op Zjenja's schouder, die weer begint te huilen. Door het gebroken keukenraam ziet hij Joelja overgeven. Hij pakt een stoel. Zjenja houdt hem tegen, knijpt in Kolja's hand, waar hij de leuning mee vasthoudt.

'Niet op deze,' zegt Zjenja, 'niet op deze stoel.'

Paleis van de verloren
Don Kozak

'De sleutel tot het begrijpen van Sovjetarchitectuur is boven alles politiek,' zeg ik, terwijl ik over het bureaublad wrijf.

Nikolaj veegt zijn wangen droog en fronst. 'Wat een moeilijke woorden ineens.'

'Niet waar,' mompel ik, 'luister nou, nergens anders, en nergens voor zo'n lange tijd, werd het landschap zo direct gevormd door macht. Nastja was niet gestorven als ze het land niet groots en mooi en welvarend wilden maken in veel te korte tijd en jullie niet verjaagd hadden. Volkspaleizen gingen niet om het volk, maar om hoe machtig jullie volkscommissarissen eruit moesten zien als ze vanaf een bordes naar jullie stonden te zwaaien. Ik heb er gelopen, in Moskou. Wat ben ik nog, dacht ik, een stipje? Ik ben een weg te wuiven vlekje in deze stad. Ik voelde me waardeloos en leeg in die imposante lange straten, op de brede boulevards, tussen de gigantische suikertaartgebouwen. Ik dacht daar alleen maar aan jullic, normale mensen, die helemaal niet op kunnen tegen tonnen en tonnen steen en ijzer en staal. Jullie werden gewoon maar overal en nergens naartoe verhuisd, jullie waren in eerste instantie niet het volk, jullie waren de mankracht voor het mogelijk maken van die architectuur.'

Ik pak de telefoonhoorn van de haak en duw hem tegen mijn oor. Ook hier klinkt de Sovjethymne. 'Lang leve, gecreëerd door de wil van het volk, de verenigde machtige Sovjet-Unie,' zingt een koor van krakende stemmen.

'Godsamme, wat een onzin,' mopper ik.

Ik hang op.

'Het leek vooral alsof we iets bouwden om onszelf mee te breken,' zegt Nikolaj. 'Hoe meer er uit de grond gestampt moest worden, hoe meer mensen er verdwenen. Het vijfjarenplan leek meer op een verdwijnplan. Elke zoekgeraakte persoon werd vervangen door een steen, een trein, een stuk spoor of een dam. Ze stierven niet echt, niet zoals Nastja, die konden we nog wegbrengen, begraven, bezoeken – misschien vond ik haar daarom niet hier in het Paleis. We hebben afscheid kunnen nemen, haar te ruste kunnen leggen in onze grond, de grond waarop we alles hadden geprobeerd om haar in leven te houden. Dat kon lang niet altijd: mensen verdwenen. Dan kwam ik aan bij de fabriek en dan was de man naast wie ik de vorige dag nog had staan werken weg. Na tien minuten wist ik: die komt niet meer terug. Iedereen die langs zijn plek liep, keek even en haalde z'n schouders op.'

'En je vroeg nooit iets?'

Nikolaj lacht schamper. Hij kijkt me niet aan.

'De eerste keer wel, aan de opzichter. Die zei toen iets als: hij was een terrorist, een anti-Sovjet, een gevaar voor mij, voor deze stad, voor ons allemaal. Daarop zei ik: hij was de meest loyale werknemer die u had, hij wist alles van onze leiders, hij was een communist. De opzichter keek me glazig aan. Dat zal allemaal wel, zag ik hem denken, maar nu is het te laat, wat ga je doen, Nikolaj Aleksandrevitsj? Toen ik naar buiten liep, stond er tegenover de ingang van de fabriek een nieuwe fontein. Toen de volgende verdween, en ik niets meer vroeg, zag ik op weg naar huis een perkje vol bloemen. Daarna een standbeeld, een boulevard in het centrum, een openluchttheater. Ik denk dat ik de enige was die het zag, ik heb er nooit over gepraat, zelfs niet met Anna.'

'Iets bouwen om jullie mee te breken,' mompel ik.

Ik trek een lade open. Er ligt een stapel pasfoto's in, zwart-wit, van elke persoon twee afbeeldingen: een portret en profil en een portret van voren. Onder elk gezicht staat een nummer, een naam en een geboortejaar. De mensen hebben uitgestreken gelaten. Ze zien er moe uit, hun ogen zijn leeg, kijken naar een plek voorbij de camera. Zodra ik er één oppak, verschijnen er nog meer pasfoto's in de la. Elke keer dat ik een foto vastpak, verdubbelt die. De pasfoto's beginnen uit de lade te stromen. Ik zie honderden gezichten.

'Lisa, wat doe je nou,' roept Nikolaj. Ik probeer de foto's op te vangen, alle gezichten te bekijken. Hoe meer ik er uit de lucht grijp, hoe sneller er foto's uit de lade vliegen. De portretten schieten tegen onze gezichten, tegen onze armen en onze wangen, ze maken sneeën in onze huid.

Nikolaj trekt me de kamer uit. Ik gris nog wat portretten mee en stop ze in mijn broekzak. Ze branden tegen mijn huid, door de stof heen, smelten samen met mijn bovenbeen. Terwijl ik de foto's verwoed uit mijn zak probeer te halen, trekt Nikolaj de deur dicht. Dat gaat amper, er zitten honderden pasfoto's tussen de deur. Ik pak een stoel en veeg met de rugleuning de foto's naar binnen. De portretten staren me beschuldigend aan. Ik veeg en veeg, tot we de deur helemaal dicht kunnen trekken. Vanuit het kamertje klinkt gerommel, getik tegen de deur, het hout, dat zachtjes begint te kraken. Gezichten van mensen schuiven onder de deur door.

'Naar boven,' schreeuwt Nikolaj en gebaart me verder de gang in te gaan. 'Daar, naar rechts. Die deur door!'

Achter ons schuiven in hoog tempo steeds meer pasfoto's door de gang. Het lijkt een rivierbedding die lange tijd droog heeft gelegen, waarna er opeens water uit de bergen is komen zetten, kolkend en schuimend en met gigantische kracht. Ik snel de trap omhoog. Weer een gang vol deuren. Als ik er een open wil trekken, springt Nikolaj tussen mij en de klink in. Hij duwt me verder de gang in, waar brokstukken van Lenin- en Stalinbeelden verschijnen. Wijzende handen, fronsende gezichten, torso's in lange jassen, delen van glimmende presse-papiers. Ik trek mezelf vooruit aan uitgestoken vingers, brede snorren, kragen van jassen en punten van Sovjetsterren.

Achter me klimt Nikolaj traag over de beelden heen. Aan het einde van de gang wacht ik op hem. Ik weet niet wat ik aan moet met wat ik voor me zie. Twee enorme sokkels. Op één sokkel staat Lenin nog wel, op de andere niet. Uit deze losse sokkel zijn alle stenen Sovjetsterren verwijderd. Ook de letters van zijn naam zijn weggebikt, maar nog wel vaag te zien.

'Hij wijst naar het Westen,' zeg ik.

'Deze stond midden in Vorosjylovhrad, precies deze,' zegt Nikolaj. Hij kijkt achter zich, alsof hij zoekt naar iemand die ons volgt. 'In de fabriek was net een grote zuivering geweest: opzichters, die aan de wieg van de Unie hadden gestaan, waren opeens verdwenen. Iedereen deed verrast, maar begreep: die mannen wisten te veel. Die wisten van de brigades die Don Kozakken-jongens executeerden, welke dorpen er in hun geheel op transport waren gezet naar het noorden van de Unie, waar het graan heen was gegaan. Geloof het of niet, meisje, op een gegeven moment begonnen ze ook de mensen op te ruimen die eerder andere mensen op hadden geruimd. Soms vroeg ik me af wie er uiteindelijk nog over zou blijven, we waren in principe allemaal getuige van iets geweest. Stille getuigen, dat wel, maar toch getuigen. Dit beeld stond er daarna opeens. Het wees naar het Westen, de plek voor de toekomstige uitbreiding.'

'Waar Tolja net na de revolutie al eens voor had gevochten?'

'Precies. Het Westen veroveren is altijd een droom gebleven. Het was eerder andersom: het Westen kwam naar ons toe, onze grond werd bezet. De dag dat de Duitsers en de Italianen onze stad binnenreden, trokken ze Lenin meteen van zijn sokkel. Alles wat ook maar wees op Lenin of Stalin werd verwijderd en naar de randen van de stad gebracht. Het werd in tuinen van regiokantoren bij elkaar gegooid als oud vuil.'

De dag na Nastja's begrafenis staat Aleksandra op de markt voor de stoffenkraam. Ze moet de verkoopster om een langwerpige witlinnen doek vragen. Ze heeft haar hoofd bij de herten en kan niet kiezen.

'Wat wil je oma ermee?' vraagt de verkoopster.

'Weet ik niet precies,' zegt Aleksandra in alle eerlijkheid.

De verkoopster rommelt tussen de stapel doeken die voor haar ligt.

'Met niks erop?'

'Dat was het enige wat ze zei.'

Na wat knippen duwt de vrouw twee doeken in Aleksandra's handen.

'Hier meisje, zeg je oma dat ze kiest en breng de andere doek terug. Als dit een truc is om goedkoop dingen voor elkaar te krijgen, wil ik je hierna nooit meer zien.' Even lacht ze.

Thuis stopt Baba de doeken onder haar kussen. 'Morgen zullen we weten welke doek het rustigst op zijn plek is blijven liggen,' zegt ze. Ze duwt Aleksandra de woonkamer in en doet de deur voor haar neus dicht. Aleksandra legt haar oor tegen het hout, in de hoop te kunnen horen wat Baba nog toe te voegen heeft — ze heeft altijd iets toe te voegen of te mopperen.

'Als niemand onze verhalen uitspreekt, dan naai ik ze hier wel op, als een geheimtaal, een kaart voor wie we waren en wie we zijn geweest. Laat niemand meer van ons afgenomen worden,' hoort ze Baba zeggen.

'Op de vijftiende verjaardag van Aleksandra, op 1 september 1939, om tien voor halfzeven in de ochtend, schrok Baba Mari wakker. De doek was kwijt,' zegt Nikolaj. Hij kijkt nog eens achterom, naar de standbeelden achter ons. Even verschiet hij van vorm, draagt zijn gewei op zijn hoofd, zijn witte vacht. Ik wil zijn neus aanraken, maar nog voor ik beslis of ik hem wel of niet moet aaien om hem gerust te stellen, schiet Nikolaj weer in zijn eigen lichaam en sta ik tegenover de man met de snor en de helderblauwe ogen.

'Het was die nacht heel warm geweest, we hadden allemaal als gekken liggen zweten in ons bed. Baba maakte ons wakker. Ze stond midden in de kamer in haar nachtjapon, die aan haar lichaam plakte. Ze schudde eerst Anna door elkaar en daarna mij. Ze leek wel een klein meisje dat een nachtmerrie had gehad. Het duurde even voor Anna en ik doorhadden wie er in godsnaam naast ons stond. Paniekerig zochten we daarna met z'n allen naar de doek, die we nooit goed hadden gezien. Mari naaide het alleen in de avond, als we allemaal naar bed waren, overdag verstopte ze de doek onder haar kussen – wij waagden het niet in haar kamer te komen. Ze had de doek op de tafel voor het raam laten liggen. De harde ochtendwind had het stuk stof de tuin in getrokken. Hij was aan een tak in de appelboom blijven hangen. Je oma zag hem als eerste, maar zij kon er met geen mogelijkheid bij. We stonden in onze pyjama's naar de appelboom te turen. Met de slaap nog in onze ogen kibbelden we: waarom moest die doek onmiddellijk worden gered? Want dat riep Baba: "Die doek komt nu naar beneden!" Ik wilde eerst wat thee en een stuk brood, maar nee, de wangen van Baba Mari werden met de seconde roder, dus ik moest de houten ladder op. In het vroege ochtendlicht keken we naar het witte linnen, waarin zij rood-zwarte lijnen had gestikt. De lijnen begonnen links op de doek en liepen, met de tijd mee, steeds verder naar rechts. De lijnen waren rood en op sommige punten zwart. Ze hielden op waar iemand gestorven was. Baba hield de doek open en we keken naar de lijn van Nastja, de lijn was lange tijd rood en daarna alleen nog maar zwart. Boven haar lijn stonden de lijnen van Anna en mij, daarboven die van Baba en Stepan, van mijn vader en mijn oom, eronder stond de naam van jouw oma. De lijn van Vasili, die nog weleens langskwam als hij niet op oefening was met het Rode Leger, liep heel dicht langs die van Nastja, hun steken raakten elkaar bijna.'

De middag dat Aleksandra mij de doek overhandigde en me de opdracht gaf om hiermee naar het graf van Kolja te reizen, deed ze wat Baba deed op de vroege ochtend van 1 september 1939 onder de appelboom in Vorosjylovhrad: ze liet het zonlicht door de doek vallen, vertelde over de lijnen en liet zien waar ze stopten en begonnen. De doek was zo breed dat ze haar armen tot de uiterste reikwijdte moest spreiden. Toen ik zag dat Aleksandra moe werd, nam ik de doek van haar over. De kleuren waren veranderd door de jaren heen. Het diepe zwart waar Baba Mari ooit mee was begonnen, was grijzer geworden, het rode garen iets meer oranje. Terwijl ik de doek ophield, bewoog mijn oma naar een beginpunt, de plek waar de vroegste lijn van de familie begon, een plek in het oude land, op de oude grond, de aarde waarop Baba Mari met haar oude handen een steek zette. Mijn oma wees me op de dag dat ze werd geboren. 1 september 1924. We keken naar de namen die rondom haar vader lagen: Tolja, Petr, Klim, Matvej. Ik zag dat ze de afgelopen jaren zuiniger was geworden met de lengte van de lijnen, de lengte van de jaren, de tijd, zodat er ruimte zou zijn voor wie nog geboren moest worden, voor alles wat nog zou komen. Ze nam de doek van me over, vouwde hem dicht en liet het linnen rusten op haar schoot.

'Lisa,' begon ze, 'mijn oma Mari vroeg me ooit iets, lang geleden, toen ik nog jong was, jonger dan jij. Nu jij de doek terug naar mijn oude grond brengt, vraag ik het jou: wat doen we met de krachten van buiten, die onze levenslijnen naar bepaalde plekken duwen? Wat doen we als de lijnen ergens heen lopen waar ze niet terecht zouden moeten komen? Hoe kunnen we krachten waar we ons niet tegen kunnen verzetten in deze doek stoppen? Kunnen vrouwen zoals mijn Baba Mari, God hebbe haar ziel, en ik dat voorkomen met alleen naald en draad?'

'Toen de Duitsers dat beeld van Lenin sloopten,' zegt Nikolaj, terwijl hij op de rand van de sokkel gaat zitten om uit te rusten, 'was de oorlog voor ons gebied natuurlijk pas echt begonnen. Maar al maanden eerder trokken er hele stoeten mensen door de stad. Ze liepen door de bossen om de bommenwerpers te ontwijken. Ze gingen richting Rostov, richting Rusland. Ze vroegen om brood, wat extra's te eten. Ik zag ons zo weer lopen, tien jaar eerder, met onze kar, volgeladen met onze meest geliefde spullen, weggejaagd uit ons dorp, op zoek naar een veilige plek. Soms gaven we de mensen die voorbijkwamen wat brood, als we iets overhadden. Soms zelfs wat tomaten, een paar bieten. Eén avond, toen het heel koud was, nodigde Anna een gezin uit. De moestuin was ons goedgezind geweest, de zomer van 1941. De man en de vrouw zagen er moe en smoezelig uit. Ze roken naar bloemen, hele zware bloemen, waarvan de geur zo diep in mijn neus ging zitten dat ik het in heel mijn lichaam voelde, alsof ik opzwol. Onze familie rook niet zo, wij roken licht, zacht, een beetje zoet, maar vooral bitter, naar de aarde waar we zo lang op gewerkt hadden en waar onze kinderen waren opgegroeid. De moeder van het gezin droeg een lange rok vol bloemenstiksels. De borduursels waren fel van kleur en zaten op haar hele jurk, nergens was een rustig leeg vlak om naar te kijken. Over haar schouders droeg ze een doek met nog meer patronen. Haar haren waren zo zwart als een kraai, haar ogen ook. Ze praatte zacht met mij en Anna in gebroken Russisch, met andere klanken. Minder dik, minder zwaar. Pools, zei ze tegen me. Haar man, die een huid had die zo zongebruind was dat hij op een aardappel leek, at in stilte. Hij keek onophoudelijk naar zijn bord soep en naar zijn drie kinderen. Zij keken alleen maar naar hun eten. Ze waren jong. Onder het eten vielen hun ogen steeds bijna dicht. Heel langzaam doopten ze hun brood in de bietensoep en sabbelden erop. Aleksandra probeerde mee te luisteren, dingen op te vangen, maar ik kon zo zacht praten dat je oma bijna met haar hoofd in haar bord hing om te kunnen horen wat ik met de vrouw besprak.'

'Als je niets hoort, zal onwetendheid je beschermen,' zei mijn oma tegen me, 'dat leerde ik thuis. Mijn vader kon me die avond lange tijd weren uit het gesprek. Eén ding hoorde ik wel. Voor mijn vader samen met de vrouw de deur uit wandelde om nog wat brood voor haar gezin te halen, zei ze net iets te hard, in net iets te duidelijk Russisch: "Iedereen, ze halen iedereen weg. Ze komen met motoren, honden, geweren, tanks en treinen. Daarna zijn de steden leeg."'

Nikolaj gaat met zijn vingers over de weggebikte letters van Lenins naam. Doordat er altijd zonlicht op het voetstuk is gevallen, is zijn naam nog steeds te zien, weggebikt of niet.

'Die ogen van Aleksandra. Ik trok de vrouw zo snel mogelijk mee. Buiten gehoorsafstand van het huis vroeg ik wat ik al wilde vragen sinds ze binnenkwam. Ze was geen gewone vrouw, bedoel ik, dat kon ik zo zien, dit was een vrouw die voorbij het nu kon kijken. Mijn vader en moeder hadden in mijn jeugd vaak met zulke vrouwen om tafel gezeten, hun gevraagd wat de volgende jaren zouden brengen. Kon ze me het lot van onze familie in de steeds dichterbij komende oorlog voorspellen? Misschien wat luguber, achteraf gezien.'

'Nogal,' zeg ik, en denk aan de twee brieven in de broodkist, gericht aan Aleksandra, ondertekend door Nikolaj.

'Ik wacht op je zoals een nachtegaal wacht op de zomer,' schreef hij. Daarna stierf hij. Het jaar van versturen: 1953. Mijn oma woonde inmiddels in Den Haag. Ze was verlaten door de Nederlandse man die ze ontmoette in de fabriek in Duitsland, werkte in de avond in een jazzcafé in Scheveningen en zorgde overdag voor haar twee zoons, mijn ooms Peter en Nico. Het tweekamerappartement waar ze woonde, deelde ze met haar nicht Doesja. Doesja zou binnen een week vertrekken.

'Ik liet een foto maken,' zei ze. 'Het kostte me bijna al mijn spaargeld, maar het moest. Doesja zou de foto meenemen, terug naar huis. Ze zou mijn ouders vertellen dat het goed met me ging, dat ik misschien terug zou komen. Een maand later stond jouw opa voor me in het café. Of hij me eens mee uit mocht nemen. Ik heb vaak nee gezegd, ik had het druk met Peter en Nico, ik vond de taal moeilijk, ik had een klein huis dat ik amper kon betalen, hij bleef terugkomen. Lief was hij, voorzichtig. Op een middag verscheen hij met een dokterstas voor mijn deur, zodat het niet op zou vallen, zodat hij me niet te schande zou maken of mensen zouden denken dat ik een prostituee was. Hij was voorzichtig met me. "Dit is geen huis voor een jonge vrouw met twee kinderen," zei hij. Peter en Nico waren meteen verliefd op hem. Geen idee waarom. Misschien omdat hij zacht en rustig was. We trokken in bij zijn zus, daarna verhuisden we naar Dordrecht, waar jouw moeder als laatste kind van de zes geboren werd. Toen was het opeens 1957, toen kon ik allang niet meer terug. Mijn leven was hier, met je opa, met mijn Russische en Oekraïense vriendinnen, die net als ik na hun deportatie aan de andere kant van Europa waren gebleven.'

'Mijn vader geloofde in weinig,' gaat Nikolaj verder, 'maar hij geloofde wel in voorspellingen. Ik vertelde dit aan de vrouw, dat ik al mijn hele leven volgens voorspellingen en rituelen leefde. Ze weigerde. Deze tijd is te kwaad en te onvoorspelbaar, zei ze tegen me, te grillig. Ik drong aan. Anna, Baba Mari en ik, we hebben al zoveel gezien en meegemaakt, zei ik, hoe erg kan het zijn? Ik vertelde haar over Sergej, over Olesja, over de boeren die op het dorpsplein met elkaar op de vuist gingen als er weer een brigade langs was geweest om over de collectivisatie te komen praten. Ik sprak met haar over Nastja, over de treinen vol halfdode boeren, die me aanklampten voor eten, gras zaten te kauwen op de weg langs de fabriek. Ze schudde haar hoofd. "Alles is geroutineerd," zei ze, "en gruwelijk. Ze zijn georganiseerd en snel. Ze komen met lijsten, ze weten precies waar ze moeten zijn. Ze drijven mensen bijeen als dieren. Ze slaan baby's dood tegen de laadkleppen van auto's, knippen mensen hun haar af midden op straat." Ze bleef maar dingen opnoemen: mensen hun eigen graf laten graven om ze daarna dood te schieten, kinderen voor de lol opjagen, herdershonden loslaten op jonge vrouwen, schuren vol mensen in brand steken. We kwamen aan bij de bakker, gingen zitten op een bankje. Probeer het, alsjeblieft, drong ik aan. Ze vroeg of ik het zeker wist. Ik knikte. Ze vouwde mijn hand open, als een blad dat van een boom was gedwarreld en door haar werd opgevangen, heel voorzichtig. Ze liet haar wijsvinger over de lijnen van mijn huid lopen. Ze keek lang naar de groeven in mijn hand, zo lang dat ik wist dat ze twijfelde, dat ze zich afvroeg of ze moest zeggen wat ze zag. Ik boog wat naar haar toe en probeerde haar blik te vangen. Ze draaide zich van me weg. "Zeg het nu maar," drong ik aan. Ze keek op. Haar ogen waren nog zwarter. Ze drukte mijn hand dicht, als een boek.'

'U zult haar nooit meer zien,' zei Aleksandra, terwijl ze de volgekrabbelde brief aan me gaf. 'Dat zei de vrouw tegen hem.'

Volksrepubliek Loegansk

14 SEPTEMBER 2014

Het is de Dag van de Stad, een feestdag ter herdenking van de stichting van Loegansk in 1795. De brede hoofdstraat is afgezet met oranje pionnen. We zien mannen en vrouwen in oranje hesjes het verkeer regelen. Langs de weg staan kleine groepen toeschouwers te wachten op de militaire parade. Er zijn minder mensen dan normaal, de stad is leeg en stil sinds de oorlog begon. In de avond loopt er niemand meer op straat. Wij kijken 's nachts of iedereen veilig is. We lopen heen en weer tussen de plekken waar onze nazaten zich bevinden: Kolja in zijn appartement, Joelja, in haar huis aan de rand van de stad, Witja, die slaapt in de loopgraven met een machinegeweer in zijn schoot. Het gebied is steeds moeilijker te doorkruisen. Er liggen mijnen, er ontploft soms per ongeluk iets. Buiten Loegansk zagen we gisteren een kerkhof van uitgebrande tanks. We horen mensen in de stad tegen elkaar zeggen dat het gauw voorbij zal zijn, Kolja tegen Larissa fluisteren dat hij geen kant wil kiezen tot het veilig is en ze zich gewoon weer kunnen verplaatsen, maar er verandert weinig. Het wordt, als we eerlijk zijn, alleen maar erger. En voor ons wordt het steeds moeilijker om iedereen in de gaten te houden. We hebben nog altijd spijt van Igor, van zijn dood, van die plotselinge gruwelijkheid die zijn leven in kwam. Vandaag kijken we, net als Kolja, naar de parade die vanuit een buitenwijk richting het plein trekt. Vanachter een dranghek kijkt onze neef naar een groepje jongens en meisjes dat een dans uitvoert. Om beurten gaan de jongens en de meisjes door hun knieën of klappen ze in hun handen. Een opgewekte vrouw roept instructies door een megafoon. Naast Kolja en Larissa staat een dame in een roze mantelpak. Ze knikt enthousiast mee op de vrolijke muziek. Op haar linkerborst heeft ze haar Sovjetmedailles gehangen. Ze draagt rode lippenstift en rouge. Als Kolja naar haar kijkt glimlacht ze breed. Op de hoek van het plein verkoopt een man, zoals elk jaar, suikerspinnen vanachter een geel-blauwe kraam. Het is het favoriete snoep van Larissa.

'Wil je er een?' vraagt hij haar. Ze knijpt in zijn arm en knikt.

'Zoals toen we elkaar net kenden,' zegt ze met een glimlach.

Terwijl Kolja naar de rij loopt om een suikerspin te kopen, komt er een colonne wagens aanrijden. We schrikken ervan. Dit zijn geen karren of vrachtwagens, dit zijn alleen maar oorlogsvoertuigen. Een grote zwarte wagen die zo is aangekleed dat hij lijkt op de Batmobiel gaat voorop. Op de flanken hangen rode vlaggen met blauwe gekruiste lijnen erop. Na de Batmobiel komt er een ouderwetse motor met zijspan. Dan een tank waar twaalf mannen op zitten. Ze hebben machinegeweren vast. Aan de tank hangen vlaggen die ook bij het regiokantoor hangen. De mannen zwaaien trots naar voorbijgangers. Op hun hoofd hebben sommigen Kozakken-mutsen: zwarte, cilindervormige mutsen met een rood-wit oogje in het midden. Om hun bovenarm zit een zwart-oranje lint. Er volgt nog een tank. En nog een. Op het plein worden delen van raketten en granaten uitgestald. Aan de andere kant van het plein, schuin tegenover het podium met de dansende jongeren en de raketten, staan mensen al de hele middag in de rij voor medicijnen, brood, water en soep. Het water voor de soep komt uit grote verrijdbare watertanks en wordt opgewarmd met aggregaten. De vrachtwagens met voedsel en verzorgingsmiddelen, zoals verband en Betadine, zijn wit. Op elke wagen hangt de Russische vlag. Kolja geeft Larissa haar suikerspin. Zij houdt die even naast het jasje van de dame en knipoogt. Het dametje applaudisseert luid als de laatste tank het plein op komt rijden. De tank hangt vol Sovjetvlaggen.

Paleis van de verloren
Don Kozak

We gaan een deur door, een smalle trap op. De trap is plots heel sober, eenvoudig, niet goud met wit.

'Dit was voor de hoge heren,' zegt Nikolaj, 'als ze achterom moesten om sneller bij de verhoorkamers te komen of dringend een telefoongesprek moesten voeren.'

'Achterkamertjes.'

'O, alles, meisje. Alles ging via achterkamertjes. Tot de Duitsers kwamen. Die riepen gewoon alles om. "In Duitsland krijgt u werk en brood," riepen ze. Ze zaten op het plein waar ze net dat Leninbeeld met een touw om de nek naar de grond hadden getrokken. Ze hadden houten plankjes met daarop namenlijsten in hun handen. Ze deden me denken aan de Sovjetbrigadiers die door ons huis liepen in 1931. Aan die jongen met dat litteken van zijn wang tot zijn nek, aan het moment dat Sergej een klap voor zijn harses kreeg met die schop. "Als u gewetensvol en ijverig te werk gaat en u zich netjes gedraagt, zult u menselijk en eerlijk worden behandeld. Stalins dood zal

Rusland redden. De Duitsers zullen jullie verwelkomen en voeden en jullie werk geven. Waarom bloed vergieten voor niets? Volg het voorbeeld van je vrienden: kom in vrede naar onze kant!" Het gaat altijd over brood, Lisa, elke keer gaat het weer over brood.'

'Het was gruwelijk, de oorlog,' zei Nina tegen me, toen we over de boulevard van Odessa wandelden. Het was warm, de zon hing laag boven de Zwarte Zee. 'Ik was nog maar een baby, dus ik weet weinig, ik ken alleen de verhalen. Je oma werkte op het station, samen met Njoesja en Doesja. Voor de oorlog al. Ze riepen treinen om en verkochten kaartjes. Op een gegeven moment kwamen de soldaten van het Rode Leger. Die controleerden de vracht die dieper het land in ging. En die gapten er soms wat uit, om aan je oma en haar nichten te geven. Cognac, parfums. En toen, na een nacht vol feest en dansen, waren ze weg. Een van de soldaten had nog gefluisterd: "Zorg dat jullie zakken zout ergens vandaan halen. En graaf een grotere kelder onder het huis. Ze bombarderen. Ze maken alles kapot." Daarna gebeurde er een paar dagen niks. Soms trokken er soldaten door de stad. Ze waren moe, in de war ook. Toen kwamen de bommenwerpers en de vliegtuigen. Mijn ouders zaten dagenlang met ons in die uitgegraven kelder, zoals ik thuis ook naar mijn kelder ga, 's nachts in Stanitsja Loeganska bedoel ik. Oleg, de beste vriend van mijn vader, had zich verscholen in een gat in het bos, het gat waar hij ooit de naaimachine van onze vader in had verstopt. We wachtten, onze hele familie wachtte. Het duurde even. De Roden hadden de bruggen naar het oosten nog kunnen opblazen, die hingen allemaal in het water. Zoals de brug nu, helemaal ingestort. Toen de Duitsers met hun pontonbruggen de stad bereikten en zich geïnstalleerd hadden, begonnen ze hun lijsten te maken. Algauw begonnen ze per jaartal kinderen op te roepen. Je oma was van 1924. Achttien. Ze was aan de beurt in november 1942. Onze vader heeft nog geprobeerd haar ziek te laten lijken. Hij ging naar een dokter en vroeg hem ervoor te zorgen dat Aleksandra niet mee werd genomen. Maar ja, dat geloofde natuurlijk niemand. Dus die winter, toen ik bijna anderhalf was, ging ze.'

We keken uit over de Zwarte Zee. De zon ging bijna onder. Nina nam een slok water uit het verfrommelde plastic flesje dat ze de hele tijd met zich meezeulde in haar handtas. Op de betonnen pier voor ons poseerden meisjes van mijn leeftijd voor jongens met smartphones in hun hand. De meisjes tuitten hun lippen, zetten hun ene been voor hun andere, draaiden hun heup, hielden hun buik in en glimlachten overdreven. Samen met Nina keek ik naar de jongens die als hongerige honden om de meisjes heen renden. 'Hij had de hoop dat ze thuiskwam, Lisa. Dat hadden we allemaal. Hij had de lessen die hij had geleerd niet moeten vergeten: in ons land, in onze familie verdwijnen mensen soms om nooit meer helemaal terug te keren, die blijven voor altijd in het midden. Tussen komen en gaan.'

Nikolaj houdt de handen van mijn oma vast, klemt de stof van zijn zakdoek tussen haar vingers. Zijn gezicht is zacht vandaag. Lachrimpels trekken vanuit zijn ooghoeken richting zijn slapen. Er klinkt veel geroezemoes op het perron. Overal staan mannen met machinegeweren. Ze staan aan weerszijden langs het spoor en bij de kleine stationshal. Het is druk. Een meisje met een leren koffer stoot per ongeluk tegen Aleksandra aan. Die draait haar lichaam tot ze wat meer ruimte heeft, kijkt chagrijnig achterom. Er is geen tijd om afgeleid te raken, niet nu. Vanuit verschillende straten komen steeds meer meisjes het perron op. Ze hebben koffers en jutezakken bij zich, de kleren die ze graag dragen, spullen die hun dierbaar zijn.

'Hoeveel kunnen er in zo'n trein?' vraagt ze. 'We zijn toch met veel te veel?'

'Ik weet het niet,' mompelt Nikolaj, 'ik ben niet gaan kijken toen ze de vorige meisjes weghaalden.'

Als er een goederentrein arriveert, valt het perron stil.

'Ik hoopte dat hij wat later zou komen,' zegt Anna zacht. Ze fatsoeneert de traditionele bloemendoek op haar hoofd en trekt kort haar nette jurk recht. Ze heeft haar mooiste kleren aangetrokken voor vandaag. Alsof er een staatscomité langskomt. De trein remt met een piepend geluid. Een voor een springen jonge soldaten uit de wagons. Ze salueren hun meerderen, door hun voeten tegen elkaar te klikken en de Hitlergroet te brengen. Bij *Heil* schudt Anna haar hoofd. Nikolaj inventariseert het perron vol jonge meisjes, hij lijkt er een ordelijke lijst van te willen maken in zijn hoofd. Zijn gezicht loopt rood aan, van kaaklijn tot voorhoofd. Af en toe trekt hij zijn mond strak. Een van de soldaten maakt foto's. Hij staat tussen de opengeschoven deuren van een lege treinwagon en richt de lens op moeders die hun dochters omhelzen.

'Hoe durft hij,' zegt Nikolaj, 'wat gaat hij met die foto's doen? Ze ophangen, thuis, in de woonkamer?'

Aleksandra luistert niet naar haar vader. Ze kijkt om zich heen, op zoek naar Doesja en Njoesja, die vandaag ook vertrekken. Ze zijn nog nergens te bekennen. In de verte ziet ze wel Olga, haar oude buurmeisje. Ze zwaait, Olga zwaait terug. Olga zwaait daarna naar een meisje van een straat verderop in de stad, Joelja, en Joelja zwaait weer naar twee klasgenoten. Wie blijven hier nog over, denkt Aleksandra. De oudjes, de vaders die in de fabrieken moeten doorwerken en de moeders die voor de Duitsers wapens moeten maken?

'Hé Sasjaatje, stond er op dat pamflet iets over jassen?'

'Ik heb een jas aan.'

'Is deze jas goed of te normaal? Waar zoeken ze je op uit als je daar gaat werken?'

'Ik weet het niet.'

'Zet je koffer maar op de grond,' onderbreekt Anna het gesprek. Ze kijkt gejaagd naar de plakkaten die overal op het station hangen: breed glimlachende Sovjetmeisjes, die helpen in het huishouden van een Duits gezin en machines bedienen in een fabriek. Het is goed in Duitsland, gonst het al weken, het is goed bij de Duitsers. Klim is met dezelfde woorden vertrokken naar een Duits Don Kozakken-bataljon. 'Ze worden onze redding,' zei hij, 'let maar op.' Baba Mari vertelde dat de Duitsers een dorp verderop alle huizen in brand hadden gestoken. 'De mensen, zoals je oom, juichen stilletjes om de ondergang van Stalin, maar de fascisten zijn geen haar beter,' siste ze, 'dat hebben we nou wel gezien.' Ze prevelde een kort gebed. 'God hebbe onze ziel.' Daarna was het stil geweest aan tafel. Nikolaj plukte aan zijn snor en keek met een moe gezicht naar Anna, die naar haar handen staarde, waarin ze Nina vasthield. Nina sliep. Aleksandra wilde haar wakker tikken om een geluid uit haar te krijgen, om alle spanning even te doorbreken. Niemand kon de ruimte zo opvrolijken als Nina: kirren en lachen met dichtgeknepen ogen, ze lachte zoals Nastja deed. Baba Mari was nog feller dan toen ze de boerderij kwijtraakten. 'Het land wordt keer op keer leeggeroofd,' mopperde ze. Een boer uit het oude dorp had zich aangesloten bij de *Hilfspolizei*. Baba was hem tegengekomen op de markt.

'Het blauwe lint geeft me de vrijheid en een beetje macht om tegen de communisten op te staan,' had hij tegen haar gefluisterd. Daarna begroette hij een voorbijkomende Duitse soldaat met een brede glimlach en een *sieg haaaiil*.

'Hij is er trots op ook,' zei Baba. 'Mensen ontwijken hem. Wie weet wat de komende jaren brengen, of hij dan de verrader, de verliezer of de overwinnaar is. Het is altijd hetzelfde liedje hier.'

Ze stond op van tafel.

'En jij gaat die koffer nog een laatste keer bekijken, om zeker te weten of je alles hebt,' zei ze tegen mijn oma, die heel de avond al benen van elastiek had. Baba zei het alsof ze met z'n allen ergens heen zouden gaan, alsof het zomer was en ze naar de Donets zouden lopen om te gaan zwemmen. Aleksandra nam al bijna een duik in de rivier, toen Baba Mari de kamer binnenkwam.

'Hier,' zei ze, en legde de doek boven op de stapel kleding. 'Ook als ze zeggen dat je je kleren in moet leveren, als ze iets willen wassen, zorg dat je dit bij je houdt. Niet kwijtraken. Dit is van mij voor jou. Jij moet het voortzetten. En naar huis brengen als je terugkomt.'

Baba had er een naald en drie klosjes garen bij gestoken. Aleksandra knikte.

'Goed. Mooi zo,' zei Baba, 'en doe je koffer op slot.'

Aleksandra keek nog één laatste keer naar haar kleren. Hoe langer ze in de koffer keek, hoe dieper de ruimte werd. Straks zou zich een trapje vormen, ergens rechts in de hoek van de koffer, en kon ze zo, samen met Baba, Anna, Kolja, Nina en Nikolaj naar binnen. Dan viel de koffer dicht door de wind die door de kamer trok en konden de Duitsers hen niet meer vinden.

'Vertrek over vijf minuten!' roept een Duitse officier in de verte.

Nikolaj grijpt de pols van Aleksandra vast. Er wellen tranen op in zijn ogen. Dunne lagen water, die tegen zijn wimpers drukken. Zijn snor wiebelt met zijn bovenlip mee.

'Niet huilen, huil nou niet,' zegt Anna. 'Al deze kinderen komen terug naar huis. Als het voorbij is komen ze terug.'

Ze slaat haar armen strak om Aleksandra heen en haalt diep adem. De golvende adem van Anna beweegt over de rug en buik van mijn oma.

'Anna, Anitsjka,' sust mijn overgrootvader, 'we hebben niet lang meer.'

Anna laat Aleksandra los en laat haar armen zakken als een verdrietig kind dat voor het eerst een kip geslacht ziet worden, kop op het hakblok, de schrik, het lopen van het lichaam en de hoop van het kind dat de kip ook zo verder kan leven.

'Mijn Sasjaatje, mijn meisje.'

'Mama, ik leef nog. Kijk,' Aleksandra trekt aan het vel op haar arm en beweegt het heen en weer tussen haar duim en wijsvinger. Nikolaj lacht om de schalkse blik van zijn dochter, het meisje dat in de zomer stiekem uit dansen gaat en soms iets te veel bier drinkt, dat de regels buigt waar het kan.

'Beloof dat je zal schrijven.'

'Als het kan, schrijf ik.'

'Laat ons weten dat je gezond bent, hoe het met je gaat.'

'Ik zal verder weg zijn, mama, maar niet verdwenen.'

Een soldaat schuift een voor een de deuren van de wagons open. Een meisje schreeuwt tegen haar moeder dat ze nog liever doodgeschoten wordt dan meegenomen, dat ze niet weg wil van huis. Ze trekt aan de blouse van haar moeder, een blouse met veel bloemen, bloemen van kraag tot buik, bloemen op de armen, alsof de vrouw als kind vergroeid is geweest met het land en met moeite weer uit de grond is gekomen, terug de wereld van de mensen in. De moeder probeert haar dochter klem te houden tussen haar brede armen, haar tot rust te manen door haar bewegingsruimte te ontnemen. Het meisje zet zich af tegen een bank op het perron, probeert weg te glippen uit de greep van haar moeder, die nu ook begint te huilen en te schreeuwen. Aleksandra, Nikolaj en Anna kijken een tijd naar het tafereel, dat in golven van geluid over hen heen spoelt. Het meisje zakt in elkaar tegen de bovenbenen van haar moeder, die vermoeid haar handen op het hoofd van haar dochter legt. Nikolaj draait zijn handen open en kijkt naar de lijnen die zich vermengen met littekens van het naaien en het werken op het land. De lijnen doen Aleksandra denken aan de doek.

'Sasja,' zegt hij zacht. Hij neemt haar gezicht in zijn handen.

'Papa.'

'Blijf daar als het beter is.'

'Wat bedoel je, blijf daar? Van Baba moet ik terugkomen.'

'En niet vergeten dat je vader een Don Kozak is, draag dat bij je, dat je een Don Kozakken-kind bent.'

'Met me meedragen?'

'Luister naar wat hij zegt,' dringt Anna aan, 'het volk van je vader breekt voor niemand, Don Kozakken buigen mee en staan weer op.'

Aleksandra's longen lijken zich tegen haar borstkas te drukken. Er komt geen greintje zuurstof meer binnen. Elk nieuw woord dat ze tegen haar vader wil zeggen, droogt op en krimpt op haar tong. Nikolaj laat zijn handen zakken, kust haar voorhoofd.

'Hak hak hak. De wolf, daar gaat ie,' zegt hij.

'Kop d'r af,' zegt Anna.

'Kop d'r af,' fluistert Aleksandra. Ze klemt zich tussen Anna en Nikolaj in, trekt ze bij elkaar, strak tegen zich aan.

De soldaat springt in de open wagon en roept dat het tijd is. Aleksandra blijft staan en knijpt haar ogen dicht.

'Instappen, meisjes,' roept hij een tweede keer. Voor aan de trein klinkt een geweerschot. Aleksandra, Anna en Nikolaj krimpen ineen, ouders trekken aan hun dochters of duwen ze haastig de wagons in. Eén meisje ontsnapt uit de kluwen van lijven en rent het spoor over, richting de velden. Er klinken opnieuw geweerschoten, het meisje zakt met een gil in elkaar. Haar lichaam blijft bewegingsloos liggen op het spoor.

'Ga, kind,' Nikolaj duwt Aleksandra naar de trein, voorzichtig, 'we bidden voor je, we zullen je schrijven zodra we weten waar je bent.'

De soldaat tikt Aleksandra op haar schouder en gebaart met zijn hoofd naar de wagon.

'Rein da, sofort,' zegt hij.

Hij pakt Aleksandra's koffer bij het hengsel en wil die in de wagon gooien, zij trekt terug, waardoor hij bijna omvalt.

'Ich geh!' schreeuwt ze luid in zijn gezicht. 'Ich geh toch, vuile Njemjets!'

Ze steekt haar hand uit naar een meisje en trekt zich op. Als ze achter zich kijkt, ziet ze Njoesja en Doesja aan komen rennen.

'Hier!' roept Aleksandra. Ze zwaait. Njoesja en Doesja duwen zich door de menigte huilende moeders en dochters, naar Anna en Nikolaj die hun hand uitsteken. Kort omhelzen ze elkaar. Daarna trekt Aleksandra haar nichtjes de wagon in. Het ruikt muf, zoals in de oude stal van Dima en Rebus. Een moment ziet Aleksandra de magere paarden voor zich.

'Das war 's,' roept de soldaat tegen de mensen op het perron, als hij de hendel van de wagondeur vastpakt, 'geht jetzt nach Hause.'

De wagondeur valt met een klap dicht. Er is kort wat gerommel te horen tot er een harde klik klinkt. Aleksandra duwt tegen het hout. Er gebeurt niets. Ze duwt nog eens, bonkt met haar vuist tegen de deur. Njoesja en Doesja doen hetzelfde. De deur geeft geen centimeter mee.

Aleksandra legt haar handen tegen het klamme, koude hout. De winter is in de planken getrokken. Op de vloer om haar heen liggen voeten en benen van meisjes over elkaar. Aleksandra zoekt de handen van haar nichtjes. Met zijn drieën zakken ze naar beneden met hun rug tegen de deur. Ze schuift heen en weer op de met stro bedekte vloer tot haar billen een beetje ruimte hebben. De wagon is stil. De trein begint te rijden. Aleksandra zet een Russisch liedje in. Ergens in de hoek begint een meisje te huilen.

'We moeten blijven zingen,' zegt Aleksandra.

Haar stem trilt bij de inzet van de eerste zinnen.

'Op mijn negentigste verjaardag, weet je nog, het lied dat ik zong met Lida, Klawa en Nina? Dat lied zong ik in de trein.' Ik knikte naar Aleksandra, pakte haar hand vast. Ik zag mijn tantes zo weer zitten naast mijn oma, glunderend achter een stuk taart. Bij het tweede couplet stonden de drie zussen op. Ze haakten hun armen in elkaar, trokken Aleksandra van haar stoel en maakten een cirkel op de dansvloer in het partycentrum in Dordrecht. Langzaam en voorzichtig draaiden ze met z'n vieren een rondje op de houten vloer, hun linkervoet voor hun rechtervoet zwaaiend, met hun tenen mooi naar de grond en hun hak omhoog. Ik klapte mee op het ritme en neuriede zacht mee met hun melodie. Het ritme versnelde en de cadans in de cirkel van de vier zussen ook. Ze concentreerden zich op hun benen, hun passen en op elkaars evenwicht. Hun lichamen leken jonger die middag, ze dronken alsof ze dertig waren, dansten zoals ze deden in hun jeugd. Aan het einde van de dans omhelsden ze elkaar. 'We hadden het na al die jaren toch moeten weten? Niets wat werd weggevoerd, kwam nog terug. Het graan niet, Sergej niet. Ik niet.'

Het meisje naast Doesja beweegt met opgetrokken knieen naar voren en naar achteren. De hele tijd. Ze neuriet monotoon, alsof ze niet zingt maar bezig is met een lang gebed.

'Ik wil naar huis,' zegt ze, 'naar mijn vader en moeder. Mijn schoenen zijn al versleten van het lopen van mijn dorp naar het station, ik zal er niet netjes genoeg uitzien voor de Duitsers.'

'Mijn nicht heeft haar geboortejaar veranderd op haar paspoort,' zegt een meisje in een andere hoek, 'de kinderen uit 1927 worden nog niet meegenomen. Ik had dat ook moeten doen.'

'Ook moeten doen? Je bent gek,' klinkt een stem. 'Een man uit mijn dorp verzette zich tegen de Duitsers, weigerde zijn dochter mee te geven en riep dat de kinderen helemaal nergens naartoe gingen en dat niemand gedwongen kon worden naar Duitsland te gaan. Hij werd in elkaar geslagen en aan zijn enkels achter een auto gebonden. Ze sleepten hem door het hele dorp. Ik zat thuis achter het raam en zag de auto voorbijscheuren, zijn lichaam stuiterende over straat, als een voetbal.'

De meisjes vallen stil. Niemand neuriet nog. Aleksandra krult haar lichaam op tot een houding waarin ze niet het gevoel heeft allerlei onbekende spieren aan te moeten spannen. Ze slaat haar arm om de koffer tussen haar benen en drukt die tegen haar borstkas. Na een tijd doezelt ze in slaap met in haar hoofd de melodie van het lied. Soms wordt ze even wakker en kijkt ze verschrikt rond, tot ze zich realiseert waar ze is. Het wordt nacht. De wielen vallen in een ritme, het smiespelen van de meisjes die om beurten wakker worden, zingt er zacht overheen. Af en toe huilt iemand. Buiten, rondom de trein, vallen bommen. De inslagen klinken ver weg, maar drukken tegen het hout van de wagon, als een golf van lucht die tegen een object klapt. Het ademritme van de lichamen om haar heen wordt hoger, kruipt weg van buiken richting kelen. Aleksandra duwt haar handen tegen haar oren en drukt haar hoofd tegen haar borst, probeert een cadans te vinden in het neerdalen van de bommen, een voorspelbaar element, maar vindt geen patroon. Met elke ontploffing schiet haar maag in een knoop. Het bombarderen duurt uren en neemt pas af als er kleine beetjes licht door het ontluchtingsluik in het dak vallen. Nog even valt ze in slaap, tot de trein rommelig tot stilstand komt. Door het remmen rollen de meisjes over elkaar heen, vallen om en op elkaar. Het is klam in de ruimte, de houten wanden voelen steeds vochtiger aan. Terwijl ze elkaar overeind proberen te helpen met vier tot vijf toeschietende handen tegelijk, schuiven soldaten de wagondeuren open en commanderen hen naar buiten. Er valt natte sneeuw op het gezicht van Aleksandra, als uit een reflex wil ze terug naar binnen stappen. Dan maar niet plassen, denkt ze.

'Het veld in!' schreeuwt een van de soldaten tegen haar. Hij schiet in de lucht en gebaart met zijn kolf naar het veld. Mijn oma duwt haar handen tegen haar oren en springt uit de trein. Als ze neerkomt op de natte grond en even op haar handen leunt om niet te vallen, weet ze niet waar ze haar handen aan af moet vegen. Ze wil het niet aan haar jas doen, ook niet aan haar zwarte rok. 'Hoe donker de aarde ook is, je ziet het altijd als het opdroogt,' hoort ze Baba Mari zeggen. In de verte komt een andere goederentrein aanrijden vanuit het westen, de trein gaat huiswaarts. De meisjes die al uit de wagon zijn gesprongen draaien hun hoofd mee met het geluid van de naderende trein, die voorbijgaat en uit het zicht verdwijnt. Mijn oma besluit haar handen af te vegen aan haar maillot, ter hoogte van haar bovenbenen.

'Broeken en rokken naar beneden!' roept de soldaat, 'opschieten, allemaal tegelijk!'

Aleksandra beweegt haar lichaam door het veld en zoekt net als de andere meisjes een eigen plaats. Niet te dichtbij en niet te ver weg van anderen. Mijn oma bukt in het gras, voelt de koude natte halmen tegen haar kuiten, ruikt de grond en het gras. Ze denkt aan hoe ze als klein meisje soms even naar de rand van het veld verdween om te plassen. 'Of het nou in het houten hok is, of op een paar grasprieten, zoveel maakt het niet uit,' zei Baba Mari altijd, als ze dan weer terugkwam. Eigenlijk had die vrouw alles door, denkt mijn oma, terwijl ze zoekt naar een blad om zich af te vegen. Ze vindt een donkerbruin blad, een van de laatste overblijfselen van de herfst. De soldaten lopen heen en weer door het veld. Mijn oma ziet hoe ze kijken naar de billen en de haren van de meisjes, die tot kransen gevlochten zijn of in een mooie knot zitten. Sommige soldaten slaan eerst het ene en dan het andere meisje op haar blote kont met de kolf van hun geweer. Ze lachen hard en speels. Sommigen joelen alsof ze op een zomers feest zijn en iemand op wie ze verliefd zijn de dansvloer op trekken. Zodra er een soldaat dichter bij Aleksandra komt, laat ze vlug haar rok naar beneden zakken.

'Naar de trein,' zegt hij monotoon en loopt verder.

De meisjes maken rechtsomkeert, als dansers in een choreografie. Njoesja en Doesja staan al bij de wagon, de jongheid lijkt uit hun lichamen te zijn verdwenen, alsof ze die thuis achter hebben gelaten, voor als ze terugkomen. De tweede keer dat de wagondeur dichtgaat voelt verschrikkelijker dan de eerste. Op de tast zoekt Aleksandra naar haar koffer en pakt die goed vast. Ze duwt voorzichtig wat andere koffers en zakken met kleren opzij, vindt een plek op het stro. Eén meisje zegt dat ze niet durfde te plassen. In een hoek maken de meisjes plek voor haar. De geur van urine verspreidt zich door de ruimte.

Na twee dagen rijden worden Aleksandra en de andere meisjes uit de trein gehaald door de soldaten. Per wagon zijn er drie soldaten, ziet ze. Een man in een mooi uniform, die van een hoge rang lijkt te zijn, loodst de groepen in een lange rij door een paar straten, tot ze voor een ziekenhuis staan.

'Welkom in Polen!' roept hij.

Hij wijst naar het bordes achter hem, daar staat een

aantal zusters paraat. Ze kijken nors en zien er moe uit. Sommigen van hen spreken Oekraïens, anderen Duits. Ze wenken steeds een paar meisjes. Het groepje van Aleksandra slaat na binnenkomst rechts af. De gangen zijn mooi, met mozaïekvloeren, zoals in het theater van Vorosjylovhrad. In een kleine kamer moeten ze zich uitkleden en vervolgens naar een doucheruimte.

'Blijft mijn koffer wel van mij?' vraagt Aleksandra aan de vrouw, als ze al haar kleren uit heeft. Met haar handen voor haar borsten en haar kruis knikt ze kort naar haar koffer.

'Die?'

'Ja, mevrouw.'

'Geen zorgen. Ga douchen.'

Aleksandra gaat kort onder de ijskoude douche staan. Het water ruikt naar rotte eieren. Kort haalt ze haar handen door haar haren en sluit dan aan in de rij naar de volgende ruimte.

'Volgende!' klinkt een stem uit de kamer.

Op een draaikruk zit een oude man in een witte jas.

'Hallo,' zegt hij.

'Hallo,' zegt mijn oma.

'Naam?'

'Aleksandra.'

'Aleksandra wie?'

'Aleksandra Nikolajevna Temnikova.'

'Goed. Aleksandra Temnikova.'

'Het is Nikolajevna Temnikova.'

'Hier doen we niet aan vadersnamen,' snauwt hij.

'Veel te veel werk. Ik maak er Temnikova van.'

Met een lampje schijnt hij in haar ogen, drukt een stethoscoop tegen haar borstkas, neemt haar kin tussen zijn duim en wijsvinger.

'Mond open,' commandeert hij.

Hij draait haar hoofd en kijkt tevreden naar haar tanden.

'Goed,' zegt hij nog eens, waarna hij naar de open deur wijst en 'Volgende' roept. Even twijfelt Aleksandra, ze wil de dokter vragen hoe hij dan heet, maar dan schreeuwt de zuster dat ze door moet lopen, en snel een beetje.

In een tweede doucheruimte moet ze zich weer afspoelen. Het meisje naast haar staart naar de tegels, beweegt van de ene voet op de andere.

'Wat doe je?' vraagt Aleksandra.

'Ik weet niet wat ze willen.'

'We weten het allemaal niet, gewoon doorlopen.'

Een volgende zuster smeert Aleksandra's lichaam ruw in met een poeder dat ook in haar neus terechtkomt. Ze moet niezen. Een andere vrouw smeert haar in met een geleiachtig vet dat naar niets ruikt. Dan mag ze terug naar de ruimte waar ze begon. De koffer staat er nog. Ze trekt haar inmiddels gedesinfecteerde kleren aan. Ze zijn nog warm van het drogen. Aleksandra loopt naar het plein voor het ziekenhuis. De man die hen naar het ziekenhuis heeft geloodst groet haar met een korte knik. Aleksandra probeert hem op dezelfde manier terug te groeten, met een star gezicht.

Er komt een kleine vrachtwagen aanrijden. De jonge

bestuurder trekt de achterklep open. Hij haalt broden uit de wagen en legt ze op een lange tafel. Hij zet er ook drie potten honing op.

'Hier, Butterbrot. Als dit op is gaan jullie weer de wagon in.'

'Langzaam begonnen onze lichamen in elkaar te passen,' zei Aleksandra, 'in de wagon vonden we vormen om samen te rusten, te bewegen en warm te blijven. We waren een puzzel van lijven. De meisjes die de eerste dagen huilden, waren nu stil. We luisterden alleen nog maar, naar de geweerschoten en de bommen. Soms klonk het ver weg en soms leek het bijna aan de andere kant van het hout te zijn. Dan stopte de trein en stond die een tijd stil, om daarna weer traag op gang te komen. Als er niet geschoten werd en het niet donker was, mochten we naar buiten om te plassen. In Frankfurt, ons eindstation, hagelde het. Ik miste de zachte sneeuw, zoals bij mijn ouders thuis.'

Weer moet ze zich laten ontsmetten, dit keer in een badhuis. Weer is er een dokter. Hem vraagt Aleksandra wel naar zijn naam.

'Ik ben dokter Jonas,' zegt de man. Hij noteert Aleksandra's vadersnaam wel, maar zet die op de plek van haar achternaam, en Temnikova op de plek van de vadersnaam. Als Aleksandra ernaar wijst, zet hij vluchtig een pijltje tussen de twee naamdelen.

'Ik heb mijn best gedaan,' mompelt hij.

Dan pakt hij haar gezicht vast bij haar kin en vraagt haar, net als de andere arts, om haar mond open te doen. Als ze zich weer heeft aangekleed moet ze naar een ruimte waar een vrouw in uniform achter een bureau zit. Mijn oma krijgt een schaar en een stuk linnen. Op de stof staat een blauw vierkant. De buitenste rand is blauw, dan is er een witte lijn en dan een blauw vierkant vlak. In het midden staan drie letters: O. S. T.

'Uitknippen,' zegt de vrouw.

De schaar is bot, misschien is hij niet bedoeld om stof mee te knippen, denkt Aleksandra, daarna vraagt ze zich af hoe Nikolaj naar deze schaar zou kijken. Hij zou de schaar open- en dichtdoen, geërgerd fronsen en hem op de slijpsteen leggen. Terwijl mijn oma zo recht mogelijk langs de blauwe lijn knipt, krijt de vrouw een nummer op een zwart bordje. Als Aleksandra klaar is, geeft de vrouw haar twee veiligheidsspelden. Met haar vinger wijst de vrouw naar haar eigen borstkas en dan naar Aleksandra. Die speldt het vierkante lapje op haar rechterborst, niet op haar hart. De vrouw vraagt Aleksandra aan het bureau te gaan zitten en geeft haar een vel met vier hokjes: twee voor een pasfoto en twee voor vingerafdrukken. De vrouw trekt Aleksandra's rechterhand naar zich toe en duwt haar duim en wijsvinger in een zwarte inktspons. Een voor een rolt ze de vingers over het papier. De vrouw geeft haar het krijtbord en wijst naar de volgende ruimte, waar een jongen achter

een fotocamera zit. Hij heeft gladde blonde haren en opgeschoren slapen, zoals Nikolaj en Oleg. Wijdbeens zit hij op
een kruk, waarop hij rustig heen en weer draait. Hij steekt
een sigaret op en doet met twee handen alsof hij een bordje
omhooghoudt. Daarna wijst hij naar Aleksandra. Aleksandra houdt het bord voor haar buik en kijkt de camera in.
De jongen drukt af.

'Zo,' zegt hij, 'vanaf nu heb je geen naam meer nodig.'

Op een groot plein moeten alle meisjes bij elkaar gaan
staan, als een kudde schapen. Tegenover hen staat een
groep mannen en vrouwen. Ze zien er netjes uit, dragen
lange bontjassen, sjieke hoeden en bontjes om hun nek.
Ze krijgen een korte instructie van een man in donker-
grijs uniform die heel de tijd roept dat hij de Lagerführer
is. In eerste instantie verstaat Aleksandra dat hij 'Führer'
zegt, een naam die Baba Mari de hele tijd uitsprak als
fjoerer. Aleksandra vraagt zich kort af of dit de fjoerer
van de spotprenten is, de man met het kleine snorretje
die overal in de stad op plakkaten te zien was, de man die
volgens de posters vernietigd moest worden. Dit is hem
niet. De man die nu voor haar staat heeft een brede snor
en een veel dikker gezicht. Als hij is uitgepraat, worden
de meisjes opgesteld van dik naar dun. Mijn oma, Njoesja
en Doesja komen ergens rechts in de rij terecht. Niet bij
de dunsten, niet bij de diksten.

'Biete einfach!' roept de Fjoerer. Een vrouw steekt
haar hand op, roept een bedrag en wijst naar vijf meisjes
die uiterst rechts staan.

'Dienstmeisjes,' roept de soldaat en gebaart de vijf naar voren te komen. Dan volgen een stuk of veertig meisjes die naar boerderijen, slagers en bakkerijen vertrekken. Aleksandra denkt aan de dag dat alle meubelstukken uit het oude huis verkocht werden aan nieuwe boeren en de jonge brigadiers die in het dorp kwamen wonen. Ze ziet de jongen met het litteken weer op de kar zitten en grappen maken over de stoelen en de tafel. Ze ziet hem achteloos naar de wandkleden wijzen alsof het allemaal niks waard is, alsof het niets betekend heeft voor wie dan ook. Ze hoort de nieuwe inwoners van het kleine dorp waar ze opgroeide schaamteloos lage bedragen noemen, kijkt hoe de jongen met het litteken de samowar van de kar trapt nadat iemand een paar roebel heeft betaald. De veertig meisjes vertrekken. Er staan nog vijf mannen op het plein. Ze hebben hoeden op, twee van hen leunen op een stok.

'Goed,' roept de Fjoerer, 'wie van jullie *Untermädchen* kan een beetje Duits?'

Mijn oma geeft Doesja een por in haar zij. Ze stappen naar voren, Njoesja volgt.

'Wir sprechen Deutsch,' zegt Aleksandra.

'Aleksandra, Njoesja en Doesja waren de eerste Sovjetmeisjes op het fabrieksterrein in Griesheim,' zeg ik tegen Nikolaj. 'In het laboratorium in het hoofdgebouw leerde ze gas uit kolen te wegen. Ze hoefde niet in de mijnen te werken, zoals de honderden meisjes die een paar maanden later kwamen. Die meisjes kwamen elke dag gebroken terug, gitzwart. Met de week werden ze dunner.'

'Gas wegen?'

'Volgens mij ging het zo: ze woog een stuk kool, schreef het gewicht op, nummerde het, stopte het in een oven en woog het nog eens als het er weer uit kwam. Zij, Njoesja en Doesja sliepen op de zolder van het gebouw, in de buurt van de keuken. Er waren in november 1942 nog geen barakken, die werden later gebouwd. Pas toen de andere Sovjetmeisjes kwamen. Uiteindelijk zaten er bijna duizend arbeiders, uit allerlei landen. Belgen, Nederlanders, Fransen, Marokkanen, Tsjechen. De meisjes uit de Sovjet-Unie zaten bij elkaar op een afgeschermd terrein. Uiteindelijk moesten Aleksandra, Njoesja en Doesja ook naar die barak. Zij, Aleksandra en de meisjes, waren *Untermenschen*, de arbeiders uit de andere barakken waren *Fremdarbeiter*. Die kregen meer eten, meer geld voor hun werk, die mochten vaker naar buiten en soms zelfs terug naar huis. Hun terreinen waren van elkaar gescheiden met prikkeldraad. Oma mocht op zondag een paar uur naar buiten om te wandelen.'

'Je zag bijna nergens meer jonge meisjes op straat,' zegt Nikolaj. 'Ik hoopte vaak dat ze op magische wijze weer terug zou keren, Aleksandra, zoals sommige gedeporteerde boeren ook waren ontsnapt uit de treinen die hen in de jaren dertig naar Siberië reden, maar ze bleef weg. En we hoorden niets. Geen post, geen bericht via via. De andere vaders en moeders uit de straat kregen ook geen bericht. Ik dacht vaak aan die dag dat ze verscheen achter ons slaapkamerraam, toen de naaimachine er niet meer stond. Soms zag ik mezelf daar staan, dan zocht ik haar. Ik werd ziek van de gedachte, van dat beeld, het kwam steeds terug, het nestelde zich in mijn lichaam nadat die wagondeuren dicht waren geschoven en de trein wegreed. Ik kon alleen maar denken aan of ze het zou overleven. En wat er zou gebeuren als dat niet zo was, of iemand bloemen naar haar graf zou brengen, of ze een graf zou hebben. Ik at niet meer, ik had geen dorst. Ik sliep amper. Ik was een soort spook. Ik kon alleen nog maar als een leeghoofd aan de fabrieksband staan, thuis kon ik alleen nog maar kleren naaien. Als ik naaide, werd ik tenminste niet helemaal gek. Ik vermaakte broeken en stopte sokken voor iedereen, ik voerde jassen, borduurde de kragen van hemden, zette vestjes in elkaar, plakte zolen weer vast aan schoenen. We verdienden zelfs bij, toen, in de oorlog.'

Volksrepubliek Loegansk

9 JANUARI 2015

Net nadat Kolja de winkel heeft geopend, zien we een man in een dikke jas met een zwart-oranje lint om zijn arm binnenlopen. Hij ziet er eng uit. Breed. Hij heeft de neus van een bokser. We herkennen zijn hoofd, we hebben hem rond zien rijden op de parade tijdens de Dag van de Stad. Hij mist een tand achter zijn hoektand.

'Zeg. Dit hier, is dat allemaal van u?' vraagt hij aan onze neef.

'Ja ja, zeker,' zegt Kolja, 'wasmachines, telefoonopladers, televisies, magnetrons, broodroosters, blenders, afstandsbedieningen. Alles.'

'Je neef Witja zei het al. Je kan je eigen zaakjes goed regelen, schijnt. Heb je ook accu's?'

'Achter. Een stuk of drie. Hebben jullie accu's nodig?'

'Jullie?'

Kolja kijkt de commandant verbaasd aan. Wij stappen de winkel binnen, proberen niks om te stoten.

'Wat bedoelt u?' vraagt onze neef.

'Ik ben geen jullie, ik hoor bij u, meneer Temnikov. Wij. U, en ik. Wij zijn een wij, hier, in de Volksrepubliek.'

'Wij, ja, natuurlijk, sorry,' hakkelt Kolja.

Wat moet die man hier, denken we, wie is wij? Hebben we iets gemist? Staat Kolja straks aan de kant van Witja, sluit hij zijn winkel en pakt hij ook een geweer op? Dit is waar al die gesprekken met Andriy over gaan. 'Het wordt te gevaarlijk daar,' had Andriy gezegd, 'er verdwijnen te veel mensen. We horen vreemde verhalen. Pas op jezelf. Trek naar Rusland, of naar Duitsland, maar ga daar weg. Neem Nina mee als je kan.' Kolja had het er met Nina over gehad, maar die weigerde. Dit was haar land, zei ze. Daar konden we het niet mee oneens zijn. Dit was haar land, dat zou ze niet achterlaten.

'Inderdaad. Wij. Accu's, dat zou ons weleens kunnen helpen. Het is natuurlijk niet makkelijk hè, deze republiek beginnen, dat begrijpt u ook wel.'

'Ik kan u wel helpen met twee of drie accu's.'

'En met wat roebels?'

'Welke roebels, commandant? Ik heb al maanden geen wasmachine verkocht. De laatste grote verkoop was een combimagnetron met een krasje op de ruit, ik moest zelfs korting geven.'

Kolja laat zijn blik naar het insigne op de borst van de commandant glijden: een tweekoppige adelaar. Het gemuteerde dier deint zacht mee op de ademhaling van de commandant. Die schudt met gespeeld medelijden zijn hoofd.

'Ach, Nikolaj Aleksandrevitsj, zo heet u toch?'

Kolja knikt.

'Mooi. Mooie naam. Past bij het land. En het land is aan het veranderen, Nikolaj. Dat gaat niet zomaar. Verandering is zwaar, voor iedereen. Ik neem de drie accu's graag mee. Dat is genoeg voor nu.'

Kolja loopt naar achteren en tilt de accu's een voor een naar voren. De commandant knikt tevreden en tilt ze naar zijn jeep.

'Als ik meer nodig heb,' zegt hij, 'dan kom ik terug.'

We kijken naar Kolja. Hij leunt op de balie.

'Ik heb geen keus als het voor de republiek is, denk ik?'

'U doet dit voor ons allemaal.'

'Dan zie ik u wel weer verschijnen.'

'U bent een goed man, Nikolaj Aleksandrevitsj, u bent een goed man.'

Paleis van de verloren Don Kozak

'Er zat weinig tijd tussen haar deportatie en de bevrijding van onze stad. Drie maanden maar,' zegt Nikolaj. 'Het duurde nog een jaar voor Duitsland zich overgaf. Wij woonden inmiddels in een ander huis in Stanitsja Loeganska aan de Stationsstraat, het stadje boven Vorosjylovhrad. Bijna dagelijks na de herovering van ons gebied werden er Italiaanse en Duitse krijgsgevangenen weggevoerd in goederentreinen. Als zij naar huis kunnen, moeten onze meisjes toch terugkomen, dacht ik. Elk moment dat ik een trein uit het westen aan hoorde komen ging ik naar het station. Zelfs in de nacht schoot ik ervoor uit mijn bed. Ik voelde de treinen aankomen als ik op mijn buik lag. Ik sliep alleen nog maar op mijn buik. Anna hield me niet tegen. Ze hielp me zelfs in mijn winterjas, elke keer weer. Ik wachtte tot de trein stilstond, drukte mijn oor tegen de wagondeuren, op zoek naar de stemmen van meisjes. Aan de machinist vroeg ik dan of hij de deuren open wilde doen. Er kwam nooit iemand uit. Als ik niet op het station was, maakte ik kleren. Soms werd ik naar de fabriek geroepen om herstelwerk te doen: machines repareren, puin ruimen. Als ik daar binnenkwam, wist ik niet eens waar ik moest beginnen. Aan het einde van de dag voelde het alsof ik niets had gedaan. In het stadskantoor in het centrum van Vorosjylovhrad vroeg ik soms of er nieuws was over de meegenomen meisjes, of ze iets hadden gehoord. Niemand wist iets. Het stadskantoor hing vol met briefjes van ouders die hun kinderen kwijt waren en kinderen die hun ouders kwijt waren, of hun broers, hun zussen. Ze schreven rommelige berichten met een enkele foto erbij, die pinden ze met een punaise aan een heel groot bord. "Tatiana, als je ooit terugkomt, ik ben verhuisd naar de straat verderop, gebouw zes, nummer vijf. Ik wacht op je, je moeder Mariia." Ik kon het niet over mijn hart verkrijgen daar iets op te hangen, het leek een doodvonnis. Anna deed het toch. Ze schreef een zakelijk bericht, alsof het een telegram was: "We zoeken onze dochter Aleksandra. Op 18 november 1942 werd ze in een trein naar Duitsland getransporteerd. Ze zou daar gaan werken in een fabriek. Haar nichten Doesja en Njoesja zaten ook in die trein. We weten niet waar ze terecht zijn gekomen. Mocht u iets horen, wij wonen aan de Wokzalnaja nummer 2 in Stanitsja. Anna Temnikova en Nikolaj Temnikov." We zagen het briefje door de maanden heen van kleur veranderen op het prikbord. Soms verdween het achter een andere oproep, dan verplaatste ik het briefje dat eroverheen hing. In de lente van 1949 verdween het hele bord, alsof alles voorbij was en alles weer goed. Ik werd ziek, steeds zieker. Ik had altijd al zwakke longen gehad van het werken met bont en altijd al gehoest, maar nu was het ernstiger. Ze vonden een bol stof in mijn maag, die haalden ze eruit, aan het hoesten en slechte ademen konden ze niets doen. Longen zijn niet te redden, zeiden ze. Twee jaar later, toen ik nog maar kleine stukken door de straat kon lopen en veel op bed lag, klopte Doesja bij ons aan. Anna deed open en zakte in elkaar. We dachten dat ze dood was, net als Klim. Ze was mager. Haar ogen waren hol. Ze was oud geworden. Ze kwam aan mijn bed zitten en legde haar handen op die van mij. Zo hebben we een tijd gezeten. Ze zei dat het haar speet dat zij het was en niet Aleksandra. Ik zei dat het niet erg was en verschrikkelijk tegelijk. We moesten er kort om lachen. Daarna gaf ze mij de foto van Aleksandra. Ze zag er mooi uit. Gelukkig. Ze had twee jongens vast. Een zat op haar schoot, de ander stond naast haar. De jongens droegen matrozenpakjes en hadden donker haar, net als ik. Ze had volwassen ogen, Aleksandra. Niet meer speels.'

'Achterop had ik een bericht geschreven,' zei Aleksandra, '"Ik denk aan jullie, ik mis jullie. Papa, weet je nog wat je zei toen ik op de trein stapte? Dat over Don Kozak zijn en dat andere? Dat doe ik nu. Zodra het kan kom ik naar jullie toe."

Ze keek naar de brief waarin Nikolaj vroeg wanneer ze zou komen, de brief waarin stond dat de mensen van nummer 12 het slecht hadden.

'Twee jaar later was mijn vader dood. Ik heb altijd gedacht dat we nog tijd hadden. Eigenlijk was dit zijn afscheidsbrief.'

Nikolaj zucht.

'Het was niet makkelijk om terug te keren,' zeg ik, 'dat weet jij toch ook wel?'

'Ja ja,' moppert Nikolaj, 'ik hoopte toch dat ze het zou proberen.'

'Wat als ze haar dan kwamen halen, als ze van haar een collaborateur zouden maken?'

'Dan had ik haar naar Oleg gebracht. Dat hadden hij en ik al afgesproken, direct na de bevrijding in 1943.'

We lopen een statige trap op. Ik denk aan het gat in het bos achter Olegs huis. Aan de herten van mijn voorvaderen die rondjes lopen om een koude, natte schuilplaats waar mijn oma zich dan misschien wel jaren had moeten verstoppen. Ik denk aan mijn ooms, de twee jonge jongens, die dan in Olegs huis zouden verblijven, als verstekelingen van een gruwelijke geschiedenis. Die, net als mijn oma, weg zouden zijn gehaald van hun grond.

'Toen ze voor de tweede keer terugging naar huis, ik denk in 1978, kwam ze een vrouw uit haar barak tegen,' zeg ik. Ik laat mijn hand over de marmeren leuning van het bordes glijden.

'Ze ging op een middag naar een zijstroom van de Donets met mijn moeder en mijn tante Anna. Aan de overkant van het water zat een vrouw. Ze zat alleen op een bankje met een rieten tas tussen haar voeten. Haar lichaam was dun, bijna doorzichtig in de zon.'

Aleksandra waadt door het water met Anna en Marie. De rivier stroomt zacht. Het water is lauwwarm. De modder blijft plakken tussen haar tenen.

'Het is niet meer zo diep als vroeger,' zegt ze. 'Er is heel veel veranderd, vroeger rende ik uren over de heuvels, speelde ik oorlogje. Ik was de dokter die al mijn vrienden verbond. Het paard van onze buurman Oleg, de beste vriend van mijn vader, is een keer weggerend om zich dagen niet te laten zien, helemaal kalm keerde dat beest uiteindelijk terug, helemaal onder de modder, takjes in zijn manen. Dat paard ging zelf weer achter het tuinhek staan. De heuvels zijn afgegraven, er is niets meer van over.'

In de verte, langs de strakke lijnen van het landschap, roken fabrieken. De vrouw op het bankje, aan de overkant van het water, roept mijn oma.

'Sjoera! Sjoera, ben jij dat?'

'Ma, die vrouw roept je,' zegt mijn moeder, die onhandig door het niet zo diepe water beweegt.

'Sjoera, kom eens hier!'

Aleksandra heeft deze oude naam zo lang niet gehoord dat ze bijna vergeet te reageren.

'Ik kom,' roept ze dan en loopt gehaast het water uit. Ze droogt haar voeten af, schiet haar sleehakken aan en loopt over de smalle brug naar de vrouw, die ze, hoe dichtbij ze ook komt, niet herkent.

307

'Sorry, maar ik zie het niet,' zegt ze. Ze gaat op de uiterste punt van de bank zitten, zo ver mogelijk van de vrouw vandaan.

'Ik ben het, Natasja,' zegt de vrouw zacht. 'Natasja, met wie je in de barak sliep. Ik kwam later, met een andere trein, toen de barakken er al waren, toen jij nog boven sliep met je nichtjes, op de zolder van het laboratorium.'

Een tijd zit Aleksandra in stilte naast de vrouw. Ze kijkt om zich heen, naar de vlakgetrokken bergen, naar de rivier die zich koest houdt. Ze kijkt naar de handen van Natasja en herkent de littekens die in haar huid zitten: haar linkerhand haalde Natasja eens flink open aan de afgebroken punt van de eettafel. Iedereen in de barak schaafde zich aan die punt. Bij het inrichten, voor zover je een barak ingericht kan noemen, was de tafel met iets te veel haast naar binnen getild. Natasja slaat haar rechterhand over haar linker, verbergt de plek.

'Ik zie het nu,' zegt Aleksandra. 'Hoe is het?'

'Ik ging terug en jij niet,' antwoordt ze.

'Ik ging naar Holland. Met mijn toenmalige man, met mijn zoon Peter.'

Natasja schuift naar Aleksandra toe en klopt met haar linkerpalm op de plek tussen hen in. Ze is net zo uitnodigend en verzorgend als toen ze kleine Peter door de barak tilde, op de dagen dat het haar beurt was op de pasgeboren kinderen van de *Untermädchen* te passen. Aleksandra herinnert zich het geluid van de lachende kinderen, dat ze door het open raam van het laboratorium kon horen. Aleksandra kon Natasja zo zien zitten aan het eind van de werkdag, tussen de baby's en peuters, die gek op haar waren.

'Dat zijn twee van mijn drie dochters, daar aan de overkant,' wijst Aleksandra. 'Anna, vernoemd naar mijn moeder, is hier voor de eerste keer.'

Natasja wijst naar haar zoon, een dunne jongen in een zwarte zwembroek, die in zijn eentje op een handdoek voor zich uit ligt te kijken.

'Het was lastig om voor hem te zorgen,' zegt ze, 'ik kwam terug en werd bijna direct naar Siberië gestuurd. Ik was nog maar net bevallen en ik moest al. Mijn man, mijn kleine zoon en ik. Daar zat ik weer in een barak. We werkten als beesten. Ik kapte hout zonder handschoenen aan, verboog ijzer met oude machines. Ik at weinig, we kregen nog minder dan bij de Duitsers. Ik sliep in alle kleren die ik had. Er waren wel stapelbedden, maar weinig matrassen. Het was er alleen maar koud, Sjoera. In het begin was er nog de zon waar ik een beetje van opwarmde, maar op een gegeven moment haalde dat licht ook niks meer uit. Ik stopte met mensen naar de barakken dragen. Ik stopte met langere dagen maken. Ik stopte met brood stelen voor anderen. En op een dag, zomaar, ik wist niet eens meer wat voor dag het was, lieten ze ons gaan. Het was 1954. Stalin was al bijna een jaar dood. Ik zat in een trein vol huilende en lachende mensen op weg naar huis. Ik moest zes keer overstappen. Ik kwam hier weer aan, op dat verrekte station. En ik had niks. Geen grond, geen huis, geen voordeur, geen bed. En weet je wat het gekke is, Sjoera? Je komt terug en niemand vraagt je iets. Iedereen wist waar ik was geweest, niemand vroeg iets. Er zijn honderden meisjes hier weggehaald, toen, en iedereen wist het. Niemand sprak erover, wat zeg ik, spreekt erover. Ik zou willen dat ik mijn verhaal aan jou kon geven, al mijn woorden, gedachten, alle beelden die 's nachts door mijn hoofd spoken. Dat je ze mee kon nemen, weg, de Unie uit.'

Hoe langer Aleksandra naar Natasja kijkt, hoe meer gaten ze in haar rok kan tellen, hoe beter ze ziet hoe mager ze is, hoe ingevallen haar wangen zijn, hoe flets haar ogen. De ondergaande zon tekent diepe groeven in haar gezicht, als scheuren in de droge zwarte aarde in de zomer.

'Ik reisde naar het terrein van de fabriek,' vertel ik Nikolaj. 'Voor ik hierheen kwam, wilde ik zien waar ze werkte. In februari 1944, nog voor de Amerikanen echt in Frankfurt waren, werden de poorten van de fabriek al opengezet. De stroom werd van het prikkeldraad gehaald. Iedereen mocht naar buiten. Ze verbleef nog een tijd op het platteland bij een Duitse boer en zijn vrouw, en toen ging ze per schip naar Nederland. Ik vond dat grappig, per schip, alsof ze al helemaal bij ons land hoorde, met al dat water. Toen ging ze ook nog aan zee wonen en daarna op een eiland.'

Stil zit Nikolaj naast me op de trap naar de volgende verdieping. Hij knikt en knikt terwijl ik vertel. Ik houd zijn hand vast.

'Ik maakte haar reis omgekeerd, ik ging per schip naar

Duitsland. Naar het oosten, om uiteindelijk bij het graf van Kolja uit te komen en dan naar jullie oude dorp te gaan. Toen de eerste avond viel, een paar uur nadat ik mijn moeder gedag had gezegd in de haven van Dordrecht, zakte de zon traag in de rivier. Ik zat op het achterdek en zag een klein schip voorbijvaren. De mensen waren ouderwets gekleed. Tussen hen stond Aleksandra, met mijn oom in haar handen, de kleine Peter, die tijdens een van de bombardementen werd geboren. Ze zag er dunner, vermoeider en volwassener uit dan op de foto uit 1939. De kleine golven die onze schepen maakten, schuimden over elkaar heen. Ik zwaaide, ze zag me niet. Ze stond naast haar eerste man op het achterdek. Hij had donkerbruin haar, opgeschoren bij zijn slapen. Ik keek haar na en zag hoe ze Peter wiegde in haar armen. Ik dacht aan hoe ze me vertelde dat jij, ooit, net na haar geboorte, met haar door de gouden velden wandelde en alles over het Donetsbekken vertelde, over de grens met Rusland, die maar een paar kilometer lopen was, over het rood en zwart van de grond, de ongelooflijk vruchtbare aarde.'

'Ik sprak zacht Russisch en Oekraïens tegen Peter,' zei mijn oma. Ze liet me de eerste babyfoto van mijn oom zien, gemaakt door drie Duitse vrouwen uit het lab. 'Ze vonden hem zo'n prachtig jongetje. Hij was toen ook al zo'n charmeur.' Daarna keek ze even naar de foto achter zich, in de servieskast, de laatste van hem. Peter keek met eenzelfde blik de lens in: verbaasd en speels. 'We raken steeds verder weg van mijn moederland, zei ik toen tegen Peter, op het schip. Ik vertelde hem alles over mijn land: het is groot en weids daar, mooi. Er is veel graan, er zijn dieren, rode tomaten in de zomer, meloenen. Soms is er in de avond muziek en dan dansen de mensen. Er is honing en melk, de mensen dragen op bijzondere dagen witlinnen kleren met zwarte en rode stiksels op de boorden en de mouwen, de meisjes dragen bloemenkransen in hun haar als het feest is. Ik heb een vader en een moeder, Anna en Nikolaj. Mijn moeder is Russische, mijn vader is een Don Kozak. Ik heb een broer, Kolja, wat een afkorting is voor Nikolaj, maar omdat hij de jonge Nikolaj is noemen we hem altijd Kolja. Hij heeft net zulke donkere wenkbrauwen als mijn vader, en net zulk mooi, zwart haar. Een jaar voor ik vertrok naar Duitsland werd Nina geboren. Ze was klein toen ik ging. Ze heeft dezelfde blauwe ogen als jij. Je hebt al veel familie.'

Ik knijp in Nikolajs hand, probeer me het fabrieksterrein voor de geest te halen.

'Over een stoep, voorbij twee grote slagbomen, liep ik naar een gebouw waar een informatieloket was. Achter de balie zat een man met een ronde bril. Zijn buik lilde een beetje over zijn broek heen. De man zag me kijken naar de folders in de rekken aan de muur, keek daarna weer naar zijn papieren. Ik wilde hem zeggen dat het helemaal niet bijzonder voelde om op deze plek te zijn. Dat ik ook wel zag dat niets meer was zoals toen en dat Griesheim een verschrikkelijk saai dorp was met aangeharkte perkjes en bejaarde mannen op bankjes die met elkaar schaakten of thee uit een thermoskan dronken terwijl ze naar de rivier keken. In plaats daarvan zei ik: "Hallo. Ja, hoe moet ik — mijn oma werkte hier. Vroeger. Ze kwam uit de Sovjet-Unie. Ze werkte bij IG Farben, ik weet dat het niet meer zo heet en dat er waarschijnlijk geen muur meer overeind staat uit die tijd, maar ik zoek dingen. Dingen van toen. Foto's, papieren, iets. Dingen van haar." De man glimlachte. Hij boog onder zijn bureau om naar iets te zoeken. "Alles is meteen tegen de vlakte gegooid," zei hij, "alle papieren zijn verbrand." Hij reed op zijn bureaustoel heen en weer achter het loket. "Wacht," ging hij verder, "nee, hier is het niet." Hij kwam weer boven de balie uit en begon dingen aan te klikken op zijn computer. Ja, een computer, Nikolaj, is een machine om heel veel dingen mee te kunnen ordenen, lijsten, foto's, documenten. De man dook weer onder zijn bureau en kwam uiteindelijk boven met een plattegrond, die uit een printapparaat was komen rollen. Hij legde het stuk papier tussen ons in en zette groene cirkels op lege, braakliggende stukken land. "Hier moet het ongeveer gelegen hebben," zei hij. Samen keken we naar het papier met de cirkels erop. Ik keek naar de grote rookpluimen die uit de fabrieksschoorstenen kwamen, de vrachtwagens die langsreden, de mannen in werkpakken die over het terrein wandelden met een clipboard onder hun arm. "Neem maar mee," zei hij en tikte met de onderkant van zijn pen op de geprinte kaart. Ik wandelde het terrein af en ging naar rechts. Links van mij lag de rivier.

Op de plekken waar de man de cirkels had gezet, maakte ik foto's van alle vooroorlogse gebouwen. Daarna liep ik terug naar de rivier waar Aleksandra op zondagmiddagen zwom met de andere meisjes. Het water was spiegelglad. Griesheim maakte amper geluid.'

Volksrepubliek Loegansk

26 MAART 2015

De commandant is terug. We hebben geen zin in deze man. We hebben hem de afgelopen weken huis zien houden in het gebied. Hij is een bruut. Overal vindt hij mensen die hij onder de duim weet te krijgen. Hij bedreigt ze, laat ze controleren door zijn soldaten, perst ze af. We moeten hem hier niet hebben. Hij duwt de deur van de winkel met een zwaai open en spreidt zijn armen alsof hij een kroeg binnenkomt en al zijn vrienden aan de bar zitten.

'Kolja Aleksandrevitsj! We moeten wifiversterkers hebben. En verlengkabels. Hele lange. Voor in de loopgraven,' zegt hij, 'het begint nu echt menens te worden, zonder internet zijn we niks.'

'Ik heb er vijf,' zegt Kolja.

'Ik wil ze allemaal voor de prijs van drie,' zegt de commandant.

'Dan is mijn winstmarge verdwenen,' mompelt Kolja. 'Dat kan niet.'

De commandant kijkt hem aan zonder iets te zeggen,

stopt duim en wijsvinger in zijn mond en fluit, als een hooligan tijdens een voetbalwedstrijd. Binnen vijf seconden staat er een jonge jongen in de winkel. Over het midden van zijn hoofd loopt een lange strook blonde haren, die hij in een knotje bij elkaar heeft gebonden. Kolja herkènt hem. Het is een jeugdvriend van hem en Witja.

'Vova, jij ook hier.'

'Kolja, we hebben dit nodig. Begrijp je dat?'

'Ja, dat begrijp ik. En ik heb winst nodig. Ik moet eten, benzine betalen.'

'Alsof je nu überhaupt iets verkoopt, behalve aan ons,' snauwt Vova. 'Iedereens geld is op. Mensen lopen aardappelen voor tomaten te ruilen, gek. Wees blij met wat je doet voor ons. We zullen altijd naar je terugkomen, ook als het voorbij is.'

'O ja, en wanneer is dat? Niemand erkent deze republiek. Jullie vriend Rusland ook niet. Zelfs niet als jullie geld van hen komt. Ik hoef die roebels van jullie misschien wel helemaal niet.'

De commandant schudt zijn hoofd en gebaart Vova achter de toonbank te gaan staan. Een moment kijkt Vova naar Kolja, waarna hij doet wat de commandant van hem vraagt. Hij drukt zich tegen Kolja aan, kijkt onder de toonbank en trekt wat lades open. Wij schrikken van zijn ruwe bewegingen. Hij lijkt nergens respect voor te hebben. Zijn dit de nieuwe leiders van onze grond?

'Witja zou het niet leuk vinden om te horen dat zijn neef ons niet helpt. Je bent toch van hier, waarom geloof je niet in onze republiek?'

'Ik heb toch niet op de Maidan staan protesteren? Ik ben toch niet gevlucht? Ik sta elke week iets aan jullie te verkopen met korting. Ik vecht niet, maar hebben jullie aan Witja niet genoeg? Ik hoorde zelfs dat hij onze broer in Odessa heeft opgebeld om te zeggen dat hij hem neerknalt als die hier in de stad verschijnt.'

'En gelijk heeft hij. Die vent verraadt zijn grond. Lekker naar het Westen verhuizen om daar een beetje de moderne man uit te hangen.'

'Onze neef Andriy heeft ons altijd geholpen als we iets nodig hadden. En ik heb Witja trouwens al maanden niet gezien. De laatste keer dat ik hem zag was hij stomdronken bij een protest in de stad, is dat de toekomst?'

De commandant zucht, slaat zijn blauwe ogen dramatisch naar het systeemplafond.

'Luister. U bent een goed man. Ik zag het de vorige keer al aan u. Netjes gekleed. Opgeruimd. U snapt dingen, u heeft geen lak aan de regels. Nu we een paar maanden geleden hebben gestemd voor verandering, is het goed om door te zetten. U bent op de hoogte. U komt van de Donbas. De Donbas heeft ieders hulp nodig.'

'Waar kon ik voor stemmen dan?' bijt Kolja terug.

'Hm?'

'U weet wat ik bedoel. Er was niks te kiezen.'

Vova timmert met zijn vingers op verschillende toetsen van de kassa, maar er gebeurt niks. De commandant legt zijn hand op de kolf van zijn geweer.

'Waar zijn die dingen?' roept Vova.

'In de achterruimte,' antwoordt Kolja.

Vova tikt de zaklampfunctie op zijn telefoon aan en trapt tegen de deur die naar de achterruimte leidt. 'Goed, hier ergens achter? Tik maar vast in: drie wifiversterkers. Die andere twee kan je defect boeken. Of kwijt, of hoe je dat ook doet. Witja zal je dankbaar zijn.'

'Ik reken er liever vier af. Ik heb een vrouw en twee kinderen.'

'Dat weten we,' zegt de commandant, 'Larissa, Mariia en Anja. Je vrouw deelt mooie foto's op internet. Vooral tijdens Pasen en op 1 mei. Die foto bij het graf van jullie neef Igor vond ik ook een mooi plaatje. Had hij nou ook zo'n grote bek tegen ons?'

'Hij heeft altijd hard gewerkt. Hij werd gevonden met een riem om zijn nek.'

'Aha, ja. Nou, wij hoorden iets anders. Maar goed, goed of fout, we zullen het nooit weten. Jij kan het nu goedmaken voor hem.'

Kolja tikt het bedrag voor drie wifiversterkers in en laat de bon uit de kassa rollen. Achter hem hoort hij Vova rekken omvertrekken en schelden. Kolja schuift de bon over de toonbank. De commandant vouwt de bon vier keer op. Het kleine rechthoekige stuk papier steekt hij in zijn borstzak. Op de borstzak zien we een insigne van een wit hert. Het zit naast het zwart-oranje insigne met de adelaar. Het hert heeft een gouden pijl in de rug.

'Dat hert staat op het graf van mijn grootvader en mijn overgrootvader,' zegt Kolja.

'Dat is mooi,' zegt de commandant, 'dan stonden zij aan de goede kant.'

Met een knal tegen de deur komt Vova terug met de vijf wifiversterkers. Hij geeft Kolja een stoot in zijn rug en loopt dan op een drafje achter de commandant aan, die de deur voor hem openhoudt.

'Voor de zoons van glorie en vrijheid!' roept Vova voordat hij de auto in stapt.

Het gebouw wordt smaller, alsof we vissen zijn die langzaam een fuik in zwemmen. We lijken langzamer te stijgen in dezelfde tijd. Nikolaj duwt een deur naar een nauw trappenhuis open. Hij kijkt omhoog, tussen de relingen door. Ik kijk met hem mee, tel wel twintig verdiepingen.

'Je moet hem niet oom noemen, trouwens. Doe het zoals wij vroeger deden, toen we nog in het dorp woonden: noem hem je broer.'

Als Nikolaj het woord 'broer' zegt, draait mijn maag zich om. Het duizelt me. Ik grijp me vast aan de trapleuning, knijp mijn ogen dicht en ik sta weer in de kathedraal in Odessa. Achter me, buiten, lopen mensen over het kloosterterrein. Vergeleken bij de drukkende lucht van de stad, is het koud hier. Bij een non koop ik een smalle, lange kaars. Vijf hrivna. Priesters met plastic tassen in hun hand lopen de kerk binnen, praten kort met wat dametjes die op banken zitten en verdwijnen daarna achter een houten schot. Er waait een zachte zeewind over het terrein. Ik hoor het water van de Zwarte Zee tegen de kliffen van de stadsrand beuken. Al vier dagen ben ik in deze broeierige stad. Het is een soort doolhof, ik raak er telkens de weg kwijt. Ik heb op de Potjomkintrappen gelopen, ben gebukt door de smalle partizanengangen geschuifeld, heb het standbeeld van Poesjkin geaaid, heb over een louche containermarkt gewandeld en vooral elke dag veel gegeten en gedronken. Elke dag moet ik eten alsof er de volgende dag niets meer zal zijn. Na alle toeristische bezienswaardigheden van de afgelopen dagen hebben Nina en Klawa me meegenomen naar deze uithoek. De wandeling in de bloedhitte duurde bijna drie uur. De buitenwijken waren rommelig, anders dan de hoogbouwwijk waar Klawa woont. Die flat ligt op redelijke afstand van het centrum, pal tegenover een kazerne, waardoor de boel wat beter bijgehouden is. De huizen hier tellen maar één verdieping. Ze zijn omheind en hebben een groentetuintje. Oudjes rommelen wat in de aarde met harken en schepjes, aaien hun katten en drinken thee en vers sap terwijl ze op houten krukjes zitten.

In hoog tempo schreden Nina en Klawa voor me uit op hun sleehakken: slalommend over de straten en trottoirs vol gaten. Met elke stap die we dichter bij het klooster kwamen, werden ze stiller. Toen we de weg richting het terrein insloegen, zag ik veel ouders met zoons in uniform dezelfde kant op lopen. Ze legden hun handen op de ruggen van hun jongens, duwden ze naar de ingang van het klooster. Nina schudde haar hoofd toen ze de jongens zag.

'Het zijn er zoveel,' zei ze, 'straks lopen ze weer bij mij door de straten.'

Klawa legde haar hand op de schouder van haar zus.

'Daar branden we ook een kaars voor,' zei ze.

'Voor wat, een goede reis?' beet Nina haar toe.

'Nee, dat het ophoudt.'

Ik luisterde naar hun gekibbel, het Russisch van Klawa, dik en vol, Nina, die er soms wat Oekraïens doorheen gooide. Klawa, de stadse, moderne Sovjetdame, een dame van het nieuwe land, stond naast Nina: de vrouw die boerin bleef, zoals haar ouders en haar voorouders. Een vrouw van de zwart-rode grond. Voor we naar binnen gingen, door een poort vol fresco's met heiligen, knoopten mijn tantes een bloemendoek om mijn haar, dat ze die ochtend gevlochten hadden. In het Chroesjtsjov-flatje van Klawa moest ik op een stoel zitten, midden in de woonkamer. Nina zat op de bank, dronk thee en gaf tips. Klawa kamde mijn haren, rustig en grondig. Na elke haal met de kam aaide ze over mijn hoofd. Ze praatte Russisch tegen me, zachtjes, alsof het niet voor mij was, alsof ze voor me zong, maar ik het lied niet hoefde te verstaan. Door de openstaande deur van haar balkon kwamen de geluiden van de brede straat binnen. Soms reed er een tram voorbij, er toeterden auto's, de man die op de hoek van de straat groente en fruit verkocht riep dat de aardbeien vandaag extra zoet waren. Ik keek naar de roze pantoffeltjes aan mijn voeten. Mijn tenen staken over de rand van de zool. Boven de bank hing een schilderij van een Oekraïens landschap: goud land met blauwe lucht.

Daarnaast een vaandel met daarop een molen, wolken en het woord Holland. Ik keek naar mijn weerspiegeling in de ruiten van de kast, die de hele muur vulde. Ik zag mezelf in het heldere glas, keek naar mijn wazige contouren in het glimmend gelakte hout. Achter mijn spiegelbeeld zag ik Klawa's spullen achter de ruiten staan: kristallen Swarovski-bollen; foto's van mijn Oekraïense neven en nichten; verjaardagsfoto's van de Nederlandse tak; een portret van Klawa en haar zussen, genomen in de zomer in het oude Vorosjylovhrad. Ze keken een beetje chagrijnig. Alleen mijn oudtante Lida lachte breed, zoals ze ook deed toen ze voor Aleksandra's negentigste verjaardag in Nederland was. Ze glimlachte onophoudelijk, met haar felblauwe oogschaduw en dikke rode lippenstift. Zelfs toen ik haar vroeg hoe het was om zo ver van haar drie zussen vandaan te wonen, in Kazachstan, lachte ze eerst voor ze begon te huilen.

Toen Klawa klaar was met mijn vlecht, vertrokken we.

'Dit is voor je broer,' zegt Nina tegen me, ze wijst naar het smalle lange kaarsje.

'Broer?'

'Kolja. Kijk, hij is je moeders neef, maar zij moet hem "broer" noemen. Maar, Marie is hier niet vandaag, dus jij neemt haar plek in wanneer je de kaars brandt. Vandaag is Kolja jouw broer.'

Aan haar hand zie ik hoe dun ze is geworden sinds ze teruggekeerd is naar Stanitsja Loeganska. Ik kijk van de kaars naar haar.

'Waar moet ik hem neerzetten?'

Samen kijken we de kerk rond, naar de zuilen met heiligen. Onder elke heilige staat een klein rek met kaarsen die net zijn aangestoken, opgebrand zijn, of bijna uitgaan.

'Ik weet het niet. Er zijn geen kaarsen voor mensen in het midden.'

Ik loop heen en weer in de kleine kathedraal, draai rondjes tussen heiligen en een priester die achter het koor verdwijnt, tussen de balie waar ze iconen verkopen en twee dames die met elkaar zitten te fluisteren op een bank. Dan loop ik naar buiten met de kaars nog in mijn hand, ik moet naar de zee. Langs een tuintje waarin de priesters bijen houden, voorbij een begraafplaats en een koepel met heilig water, loop ik naar de rand van de kloostertuin. Ik ga het pad op dat naar de zee leidt. In de verte staan de soldaten op een rij, met hun rug naar het water. Hun ouders zitten op stoelen op het gras. De jongens zijn jonger dan ik, hun gladde gezichten geven bijna licht. De priester roept de soldaten een voor een bij zich, geeft hun met een lepel iets te eten uit een zilverkleurige kom. De jongens slaan een kruis. Ze blokkeren de zee, het zicht op de horizon die een beetje bolt in het midden, iets waar mijn oom Andriy het over had toen we proostten op de gezondheid van onze familie, op vrede en rust.

'Kijk,' zei hij, 'het glas is perfect gevuld als de wodka bolt. Neem het voorzichtig in je hand, proost, en drink het in één keer op. Dat brengt geluk.'

De hitte van de wandeling en de wodka van de vorige avond vallen over elkaar heen in mijn maag. Ik ren de hoek om, op zoek naar een bosje. Gebogen tussen de dunne groene bladeren geef ik over tot ik leeg ben, tot de gal aan toe. Per ongeluk breek ik de kaars.

'Lisa, je bent zo wit als een doek. Kom, hier.'

Nina haalt een stuk zwart brood uit haar tas en duwt een flesje water in mijn handen. De gebroken kaars stopt ze in haar tas. Ik neem een slok, voel het zuur opnieuw naar boven komen.

'Kom, meisje,' zegt ze, 'we gaan terug naar de stad. Die kaars vindt zijn plek niet. Niet vandaag. Over een tijd weten we meer. Dan zal ik hem voor je branden, thuis, in Loegansk.'

Nikolaj pakt mijn hand en trekt me de trap op.

'Lisa?'

'Ja, ja.'

Na zes trappen te hebben gehad, kijk ik tussen de relingen door omhoog. Het trappenhuis lijkt zich uit te rekken als een accordeon. De afstand tot de bovenverdieping wordt niet korter.

'Igor,' zeg ik, 'hij was hier heel even toch? Voor Kolja?'

'Ja. Dunne, lange jongen met een grote snor en half-lang haar.'

'Hij speelde altijd risk met mijn ouders, tot diep in de nacht.'

'Wat?'

'Een bordspel, waarbij spelers verschillende werelddelen moeten veroveren. Igor en mijn moeder maakten

324

zelf extra kaarten: verover de Sovjet-Unie én Europa; verover de wereld. Onmogelijke missies. Ze speelden het nachten achter elkaar, dan lag ik als kind in bed en hoorde ik ze tegen elkaar joelen in het Russisch. Overdag namen ze hem mee naar zee. Ze leerden hem haring met gesnipperde ui te eten. In het begin deed hij het heel onhandig, maar algauw hield hij die vis heel nonchalant bij de staart. Hij doopte de haring in de uitjes, kundig, hij was de enige bij wie de uitjes altijd helemaal op waren. De zussen van oma houden ook erg van haring.'

'Ach, mijn lieve meisjes, mijn lieve dochters.'

We gaan een volgende trap op.

'Witja separeerde,' ga ik verder.

'Separeerde?'

'Die ging weg. Hij ging naar de andere kant, al best snel nadat de oorlog begon. We weten niet waar hij is. Weet jij het?'

'Vraag je me nou of hij hier was?'

'Ja?'

We staan stil, Nikolaj vier treden boven me. Hij haalt diep adem.

'Ik zou het niet weten. Wie weet is hij tevreden gestorven, wie weet leeft hij.'

Ik volg zijn voetstappen, neem zijn tempo aan. In één ritme lopen we tot we boven zijn. We komen uit in een hal. Voor ons bevindt zich een brede deur. In het hout is een Sovjetster gegraveerd. Aan het plafond hangt een kroonluchter, de lampen weerspiegelen zich in de gladgelakte vloer. Nikolaj zet bedachtzaam een aantal passen richting de deur en legt zijn hand op de klink. Hij drukt het ding een paar keer op en neer en schudt zijn hoofd.

'Probeer jij het.'

Ik doe hetzelfde, trek aan de deur, duw ertegen. Niets.

'Kolja,' roep ik tegen het hout, terwijl ik met mijn hand de klink nog eens op en neer duw. 'Hallo? Broer, ben je daar? Ik ben het, Lisa. Marie doet je de groeten. Ze mist je, zegt ze. Sasja heeft me gezegd hierheen te komen. Ze heeft een opdracht voor me. Ik moet iets naar je graf brengen.'

Geen respons. Ik kijk naar Nikolaj, die zijn ogen naar de hemel slaat.

'Wil je zien wat het is?' ga ik door. 'Het is een doek. Ze heeft die van Baba Mari gekregen, toen ze weg moest, in de oorlog. Jij staat er ook op.'

Ik haal mijn tas van mijn rug, rits een van de binnenvakken open en pak de opgevouwen doek eruit. Nikolaj neemt mijn tas van me over, drukt hem tegen zijn buik en kijkt me bezorgd aan.

'Dit is alles wat we kunnen proberen,' zeg ik.

Ik vouw de doek zo plat mogelijk op en duw hem onder de deur door.

'Kijk,' zeg ik, 'Kolja. Jij staat er ook op. Kijk, alsjeblieft.'

Met mijn pink por ik het laatste stuk stof onder de deur door. Als hij hem nu pakt en niet opendoet, ben ik de zak, denk ik. Achter de deur hoor ik geritsel. Ik voel een beetje tocht, zie de laatste zwart-rode rand verdwijnen.

'Nikolaj Aleksandrevitsj,' fluister ik achter de doek aan, 'doe open.'

Volksrepubliek Loegansk

De zwarte jeep staat al de hele ochtend voor de winkel. Wij staan ernaast, houden het in de gaten. De mannen in de auto zien er niet gezellig uit. Ze kauwen kauwgom en nemen slokken uit een fles wodka. Ze kijken constant naar de winkel, alsof ze op Kolja wachten. Dat is niet zo, weten we, Kolja heeft andere plannen. Als onze neef in zijn auto stapt om naar Joelja te gaan, draait hij voor het wegrijden het autoraam open. Hij hoort de motor van de jeep starten. De wagen rijdt achter hem aan. We volgen ze op een draf. De jeep rijdt traag en neemt elke afslag die onze neef ook neemt. Als Kolja bij het huis van Joelja de parkeerplaats op rijdt, blijft de wagen honderd meter verderop staan. Kolja stapt uit, doet zijn auto op slot en kijkt even achterom. De twee mannen met de wodkafles pakken hun telefoons. Ze doen alsof ze iets opzoeken of bespreken. Een van de twee, zien we, is Vova. Ze wachten geduldig, zien we. Ze zijn hier voor niemand anders dan onze neef.

Joelja holt haar balkon op om Kolja nog iets te vragen.

'Vlees en melk! Als het er is? Joehoe! Kolja?'

Vanaf de parkeerplaats kijkt hij omhoog.

'Wat zeg je?'

'Vlees en melk, al is het maar een beetje vlees, kijk maar.'

'Ik zal zien wat ik voor je kan doen. Ik moet eerst langs Larissa, straks, na de zaak, dus het wordt laat.'

'Laat?'

'Later dan je denkt.'

'Zoals altijd.'

Kolja lacht, zwaait en loopt dan naar zijn auto. Even was hij de jeep vergeten. Wij niet, wij staan bij de wagen te wachten, zien dat de twee mannen uitstappen. Ze gooien de autodeuren dicht en lopen op onze neef af. Vova is gehuld in een legeroutfit, de ander draagt een pak waarvan de broekspijpen net te lang zijn.

'Orders,' zeggen ze, als onze neef vraagt wat er aan de hand is.

'Meer wifiversterkers?'

'Iets anders. Wij kunnen je dat niet uitleggen. Dat doet de commandant wel.'

'Ik ga boodschappen doen voor mijn nichtje.' Kolja wijst naar de flat achter zich, naar het balkon waar Joelja nog staat en naar het drietal kijkt. Ze belt Kolja. Hij neemt niet op. Samen met Joelja kijken we hoe een van de mannen bij hem in de auto stapt. Joelja belt nog eens.

'Neem op,' fluisteren we.

'Ja?' klinkt de stem van Kolja.

'Moet ik naar beneden komen?'

'Ah, dank je, komt goed, goed dat je me eraan herinnert. Vlees en melk! Ik zal kijken wat ik kan doen.'

'Wat zeg je nou? Moet ik Andriy bellen?'

'Het komt goed. Als ik wat langer wegblijf, bel jij dan Larissa?'

Kolja hangt op. Hij rijdt de parkeerplaats af en slaat links af, richting het oude stadskantoor, dat in april 2014 bezet werd. De gouden pijlen branden en zingen in onze ruggen. We roepen vanaf Joelja's balkon de stad in, hard, steeds harder. De herten die onze roep gehoord hebben komen onze kant op gerend, vanaf de velden, de rivier, de buitenwijken. We overleggen op de parkeerplaats, zo zacht mogelijk, bang om de tweekoppige adelaars wakker te maken, bang om de zwarte aarde nu nog meer in paniek te brengen. We vertellen het verhaal van onze Kolja, van onze Andriy die niet naar Loegansk durft te komen, omdat hij bang is doodgeschoten te worden door zijn neef Witja, van onze Igor, die we al verloren zijn. We zeggen dat alles uit elkaar valt, alweer.

'Alweer,' zeggen we, 'wat moeten we doen?'

'We kunnen niets,' zegt een van onze oudsten. 'Wij zijn maar voorouders. Wij voelen de grond nog wel onder onze hoeven, maar kunnen er niet meer op lopen.'

We hoopten dat het antwoord deze keer anders zou zijn. Op deze grond is al te veel verloren gegaan om niets.

Paleis van de verloren Don Kozak

Nikolaj en ik laten ons met onze rug tegen de muur naar de grond zakken.

'Er zit niets anders op dan wachten,' zegt Nikolaj. Hij zegt het hard. 'We kunnen hier lang blijven zitten hoor! Zeker ik! Maak je maar niet druk, ik ga nergens heen!' Hij bonkt nog eens tegen de deur. 'Ben jij echt mijn kleinzoon? Zo ja, laat je ballen zien en doe die deur open. Er is hier iemand tussen leven en dood naar je toe gekomen, hoor je dat?'

Hij kijkt naar het plafond, naar de ornamenten en de schilderijen van beroemde Sovjets aan de muur. Ik kijk naar de kroonluchter, die zacht heen en weer beweegt.

Even sluit ik mijn ogen. Ik ben moe, mijn lichaam voelt zwaar en loom van al het traplopen, van het kijken naar al die glimlachende mensen, al die opsmuk, al de leugens in mozaïek. Ik leg mijn hoofd op Nikolajs schouder en zak weg in een droom, val in een donker, diepzwart gat. Door de koepel van de grote zaal tuimel ik naar beneden en rol een trapgat in. Ik beland op een verlaten metrostation, tussen een rij zuilen. Het plafond van het station is gewelfd, net als de ontvangsthal van het Paleis. Overal zie ik Sovjetsterren. Verderop staat Nikolaj. Verwoed trekt hij aan de hendels van deuren in de muurkant van het perron. Met elke deur die niet opent, wordt hij zenuwachtiger. Zijn we ergens in gevallen waar we nooit meer uit kunnen? Als ik over de rood-wit geblokte vloer van het perron naar hem toe glijd om hem te zeggen dat dit maar een droom is, stopt er een lege metro achter ons.

'Station Kropotkinskaja, Paleis van de Sovjets,' zegt een ijzige vrouwenstem, waarna de metrodeuren openspringen. De metro blijft opvallend lang stilstaan, alsof het voertuig op ons wacht. Even twijfel ik of we in moeten stappen. Misschien komen we dan buiten uit, op het plein voor het Paleis, midden in Moskou, of sta ik dan gewoon weer in het veld? Als ik naar de metro loop en wil instappen, trekt Nikolaj achter me een ijzeren deur open. Achter de deur verschijnt een glimmende trap van donkerrood steen. In het midden van elke trede is een gouden ster te zien. Boven aan de trap hangt een wit bord met blauwe letters en een pijl naar rechts: Moskva bassin. Achter ons schuiven de deuren van de metro dicht. De metro rijdt weg.

Nikolaj spurt de trap op, nog dieper mijn droom in. We gaan naar rechts, waar een volgende trap ons verder naar boven leidt. De felle zon weerkaatst tegen de marmeren muren. Ik zie niet waar we heen gaan. Terwijl mijn ogen aan het licht proberen te wennen, ruik ik steeds

sterker wat ik beneden in de metrogang al dacht te ruiken: chloor. Als ik de poort van het metrostation uit loop
en me omdraai, snap ik waar de geur vandaan komt. Ik
sta in een gigantisch, rond zwembad, even bombastisch
als de zaal met het buzz-knopje. Is dit het zwembad dat
zeven jaar na de dood van Stalin werd gebouwd, kort
nadat Chroesjtsjov de verheerlijking van de brute leider
verworpen had? Ik heb geen tijd om er langer over na
te denken: verderop zie ik Baba's doek, hij drijft in het
water. Ik spring het bad in, zwem ernaartoe en pak hem
vast. In de schoolslag beweeg ik naar het midden van
het bad, waar Nikolaj inmiddels uitgeput op de rand van
een plateau zit. Achter hem staat een hok, vijf trappen
rondom het hok leiden ieder naar een duikplank. De ene
plank is steeds een paar meter hoger dan de vorige. Ik
gooi de natte doek in een prop naar Nikolaj en hijs me
uit het water. Hij slaat de doek uit en hangt hem over een
reling in de zon.

Aan de rand van het bad, aan de overkant van ons
plateau, watertrappelt Kolja heen en weer langs de kant.
Soms probeert hij zijn grote lichaam omhoog te duwen
aan de badrand, zijn armen zitten onder de wonden en
blauwe plekken. Na een paar keer optrekken geeft hij het
op. Hij blijft in het water.

'Nikolaj,' roept hij, 'wat is dit?'

'Ik ben hier pas twee keer terechtgekomen, ik weet
het niet.'

Ik kijk even om me heen. Het zwembad heeft echt dezelfde afmetingen als de grote zaal van het paleis. Dan

spring ik snel het water weer in en zwem naar Kolja. Ik wenk mijn overgrootvader, die de doek pakt en zich het water in laat glijden. Hij knijpt zijn neus dicht en gaat kopje-onder. Hij komt boven met zijn ogen dicht en draait zijn torso heen en weer. Hij maakt sterke slagen in het water, laat zijn gestrekte handen schuin het oppervlak in scheren. Hij haalt me in voor ik aan de overkant ben.

'Kom, we spoelen je schoon,' zegt hij tegen Kolja.

Hij drukt zichzelf de kant op en steekt zijn hand uit naar mijn broer en mij. Kolja laat zich uit het water trekken. Traag en met hangende armen loopt hij naar de buitendouches. Op afstand kom ik achter hem aan, kijk naar zijn lichtblauwe overhemd, waar bloedvlekken in zitten. Hij gaat onder een douche staan. Nikolaj draait de kraan open. Kolja draait zich niet om. Traag spreidt hij zijn armen en legt zijn hoofd in zijn nek. Het bloed dat net nog alleen op delen van zijn blouse zat trekt nu in de hele stof, tot alles lichtrood gekleurd is. Daarna stroomt het met het douchewater mee het putje in, het bloed blijft lopen en lopen en lopen.

'Hoelang gaan jullie hier nog staan kijken,' roept Kolja boos, 'wat staan jullie nou te doen, dit helpt toch niet!'

Als ik naar Kolja toe wil lopen om zijn blouse uit te trekken, sta ik opeens in een poel vol modderige drek. Mijn kleren zijn droog, ruiken niet naar chloor, alsof het zwembad niet heeft bestaan. Ik kijk om me heen, naar de cirkelvormige verlaten bouwput, die zo groot is als drie voetbalvelden. Ik zie betonblokken en stukken staal.

Mijn voeten zijn vies, ze zitten onder de modder. Nikolaj heeft een spade gevonden. Hij graaft in de grond.

'Het gat van de naaimachine. Lisa, kijk! En Sergej ligt hier ook!'

Kolja loopt langzaam naar de rand van de bouwput, naar een veewagon die klaarstaat op een spoor. Ik zie een meisje de deur van de wagon openschuiven en naar binnen stappen. Ze heeft een koffer in haar hand.

'Oma!' roep ik, en ren naar de trein. Als ik de wagon bereik en op de weer dichtgeschoven deur bons, begint de trein te rijden. Ik bons en bons op het hout tot er splinters in mijn huid zitten.

'Aleksandra,' roept Nikolaj, 'Aleksandra, kom eruit! Er is hier een kuil waar we je in kunnen verstoppen, je kan hier blijven. Je hoeft niet weg.'

Kolja sprint me voorbij en trekt zich op aan de hendel, waardoor de deur openzwiept. Mijn oma reikt ons de hand vanuit de wagon en trekt mij, Nikolaj en Kolja naar binnen.

'Zo,' zegt ze, 'nu heb ik jullie eindelijk allemaal bij elkaar.'

Ze trekt de deur van de wagon dicht, waarna het pikdonker is.

Volksrepubliek Loegansk

De commandant knipt het lampje op zijn bureau aan. Ik knipper met mijn ogen om te kunnen zien waar ik ben. Ik zit in een kamer in het regionale kantoor van Loegansk. Overal in de kamer staan herten. Ze buigen hun koppen voor me, hun gouden pijlen maken een fel, zoemend geluid. Naast me zit Nikolaj op een tafel, bij een computer waarvan het scherm kapotgeslagen is. Hij pakt de muis en kijkt ernaar. Hij klikt op het muisknopje, scrolt met het wieltje. Ik kijk naar een muur waaraan vijf foto's hangen. Stalin, Fidel Castro, Hugo Chávez, Che Guevara, Poetin. Als de commandant ziet dat Kolja, die op een stoel recht voor Nikolaj en mij zit, ook naar de foto's kijkt, schraapt hij zijn keel.

'Weet je wat ik nou grappig vind?' zegt hij. 'In het westen van Oekraïne, ons oude land, in een of ander nietszeggend dorpje in de buurt van Lviv, willen ze Poetin in een fresco schilderen, op de breedste muur van een kerkje. Ik zag de schetsen van het fresco gisteren op

Russia Today. Ze hadden hem in het vagevuur gezet, op een stoeltje. Een slang hield zijn enkels bij elkaar. Hij had zijn handen op zijn hoofd, alsof hij heel erg in paniek was. Zijn stropdas zat een beetje los. Draagt hij stropdassen?'

Kolja denkt even na, en knikt dan.

'Ik geloof het wel.'

'Ik ook, maar nu twijfel ik. Stropdas of niet, achter hem stond de duivel. Een andere, kleinere duivel prikte een drietand in een nazivlag. Onder die nazivlag lag een rond bronzen schild met daarop de hamer en de sikkel. Dat ding lag ook in het vuur. Links van dit alles stond Jezus voor een blauwe lucht in het zonlicht naar de hemel te wijzen. Wat zouden ze hier nou helemaal mee bedoelen? dacht ik. Is dit hoe die Oekraïners over de situatie denken in hun democratische wereld?'

Joelja belt nog een keer.

'Je nicht?' vraagt de commandant met een gemaakte glimlach. Hij kijkt naar de telefoon, die vier keer overgaat. Kolja legt zijn handen tussen zijn knieën en kijkt ook. Op het beeldscherm verschijnt een bericht.

> *Kolja, moet ik iets doen?*
> *Kolja, waar ben je?*
> *Moet ik Larissa bellen?*
>
> *Ik ga Larissa bellen.*

19.34

Op het scherm staan zestien gemiste oproepen en vijfentwintig nieuwe berichten. Bij elk nieuw bericht licht het scherm op, waardoor we kunnen zien dat de batterij een rood randje heeft gekregen en paniekerig knippert. De commandant schuift een formulier over het bureau en geeft Kolja een pen.

'Als jij aan al die dollars voor je moeder kon komen, dan kan jij voor ons vast ook wat overmaken.'

'Je bent in mijn winkel geweest. Zoveel omzet draai ik in een halfjaar.'

'Ik vraag je gewoon de republiek een dienst te verlenen. Velen zijn je al voorgegaan.'

'Ik heb nog nooit zo weinig verkocht. Je hebt het zelf ook gezien: het is sinds het begin van februari vorig jaar één grote zooi hier. Niemand hoeft meer een koelkast, een blender of een wifiversterker. Mensen willen water en eten. Ons spaargeld is bijna op. Het geld voor mijn moeder was onze laatste grote uitgave. Zij heeft bijna niks, een klein pensioen en haar moestuin, zoals mijn familie altijd een landje heeft gehad. Hoe moet ik mijn vrouw en kinderen onderhouden als ik alles aan jou overmaak?'

'Nikolaj Aleksandrevitsj, luister. Als iedereen "nu kan ik je niet helpen" zegt, dan wordt het hier nooit wat. En wat gaan we dan doen? Wanneer gaan we de republiek dan opbouwen? Moeten we gaan stelen?'

'Is dit anders?'

'We staan toch niet met onze geweren in je huis? We zitten hier netjes een overeenkomst te tekenen.'

'Meneer de commandant. Ik moet dit met mijn vrouw overleggen. Mag dat?'

De commandant zucht en kijkt naar het papier dat

tussen hem en Kolja in ligt. Hij doet zijn handen voor zijn gezicht en zucht nog eens heel hard. We snuiven, de herten, Nikolaj en ik. Wat een theater, denken we, wat is hij van plan? De commandant staat op en trekt een lade vol telefoonopladers open.

'Wat voor toestel is het?'

'Een iPhone, met zo'n nieuw kabeltje.'

'Ah ja.'

De commandant tilt verschillende mandjes uit de lade en roert er een beetje in met zijn dikke vingers.

'Wat gaan mensen doen in dat kerkje daar, denk je,' vraagt hij zonder Kolja aan te kijken, 'gaan ze naar dat fresco zitten kijken en zitten bidden, voor een brandende Poetin? Is zelfs het geloof niet meer heilig? Idioten.'

Hij vist een wit snoer en een wit usb-blokje tevoorschijn.

'Hèhè, zo. Wat een gedoe is dat elke keer.'

Hij zoekt naar een stopcontact. We volgen hem de kamer rond.

'God ja, die zitten hier achter de kasten,' zegt hij, 'heel onhandig ingedeeld door die, hoe noem je dat, officemanagers? Je zou toch denken dat ze daarvoor worden opgeleid, om niet alle stopcontacten te laten verdwijnen achter kasten en tafels. Je moet je batterij even ergens anders opladen als je met je vrouw wil bellen.'

'Waar?'

'Heel ander gebouw. Gedoe is dat. Dan moet ik iemand roepen, die moet weer iemand bellen. Dat soort dingen. Hoe laat is het?'

Kolja kijkt naar de klok boven de foto's.

'Bijna acht uur.'

'Oei,' zegt de commandant met een bezorgd gezicht. 'Ik weet niet of er hier nog iemand is, eigenlijk.'

Kolja knijpt zijn ogen dicht en luistert naar het geroezemoes op de gang. Mannen lopen op en neer, roepen dingen naar elkaar, lachen. De commandant neemt plaats achter het bureau en legt de witte laadkabel op de overeenkomst.

'Ik weet even niet wat ik voor je kan doen nu,' gaat hij verder. 'Het is jammer dat je niet gewoon tekent. Dan zou je naar huis kunnen. En ik ook. Ik bedoel, jij hebt ook nog niet gegeten, toch?'

'Nee.'

'Ik bedoel maar.'

'Mijn neef. Igor.'

'Ja?'

'Toen hij tekende.'

'Ja?'

'Nee, sorry, ik bedoel, nadat hij tekende.'

'Hm, ja ja, ga verder, kameraad.'

'Toen kwamen jullie gewoon terug.'

'Wat bedoel je precies?'

'Na de eerste vijfduizend. En hij was een schilder. Niet eens een zakenman zoals ik, meneer de commandant.'

'Als je een antwoord wil, moet je misschien een vraag stellen.'

'Wat als jullie terugkomen?'

'Weer dat "jullie". Het is ook een beetje toeval dat ik Vova ken en hij Igor weer kent, maar ik had nog nooit van die jongen gehoord. Het is een grote groep hè, van de Volksrepubliek, ik ken niet iedereen. We groeien met de week.'

'Wat als je terugkomt?'

'Wanneer?'

'Als ik vandaag "ja" zeg. Nu. Straks, weet ik niet. Als ik teken.'

'Ja, zeg. Ik kan niet in de toekomst kijken, Kolja, geen idee, ik ben geen waarzegger.'

'Ik wil mijn vrouw bellen. Roep je mannetje maar.'

'Die gaat dit niet leuk vinden.'

'Mijn vrouw gaat het ook niet leuk vinden als ik dit zonder haar toestemming doe.'

De telefoon trilt één keer hard op tafel. We kijken naar het toestel. De commandant staat op en drukt op het knopje onder aan het scherm. Het scherm blijft zwart.

'Goed dan,' mompelt hij, 'weet je het zeker, Nikolaj Aleksandrevitsj?'

Kolja knikt. Hij staat op. Ik wil naar hem toe lopen. De herten en Nikolaj houden me tegen. Ik probeer me tussen hen door te wurmen, maar ze duwen me terug naar het bureau waar ik net zat. De commandant begeleidt Kolja naar buiten. Als die in de gang staat, knipt de commandant het licht uit. Hij kijkt nog even naar binnen, hij ziet ons niet, zelfs de oplichtende gouden pijlen van de herten niet. Hij trekt de deur dicht.

'Het spijt me, kind,' fluistert Nikolaj tegen me, en trekt me tegen zich aan. Het volgende moment zijn de herten verdwenen.

De deur van de kamer in het Paleis waar Kolja zich heeft opgesloten klikt van het slot. Ik leg mijn hand op de klink en kijk naar Nikolaj. Bang voor de woorden die mijn moeder door de telefoon zei toen hij gevonden werd, bang voor zijn bloedende lichaam onder de douche, ga ik de ruimte binnen. Kolja zit op een stoel met zijn rug naar me toe. Op zijn schoot ligt de doek, opengevouwen. Hij laat zijn vinger over de lijnen in het linnen gaan. De deuren naar het balkon staan wijd open. Op het balkon staat een gedekte tafel. Borden, brood en salo, gesneden komkommer, gevulde eieren, rollen zalm, parten tomaat, augurken, een wodkafles met een laagje ijs.

'Heeft je oma dit met haar oude handen genaaid, mijn laatste stukje lijn?'

'Ja,' zeg ik zacht.

'Pakt ze dan steeds die doek uit de kast als er iets is gebeurd? Wat heeft onze oude Mari, God hebbe haar ziel, haar een morbide taak gegeven.'

De vitrages wapperen in de zachte wind. De doek zweeft heel even omhoog en landt dan weer rustig op zijn schoot. Kolja draait zijn hoofd opzij en kijkt naar mijn voeten, heel even in mijn ogen. Zijn slaap en haargrens zitten onder het bloed, het is donkerrood en aangekoekt. Zijn wang is dik, zijn oogkas gezwollen. Hij spuugt op de grond. Bloed. Een stuk tand. Dan draait hij zijn hoofd weer weg.

'We kenden deze situaties van na het uiteenvallen van de Unie. Toen jij twee, drie jaar oud was, Lisa, toen ging het er op veel plekken zo aan toe; Abchazië, Zuid-Ossetië, Tsjetsjenië. Maar zo voelde het hier niet, toen, die lente van 2014. We dachten: hier struikelt ons gebied even overheen, hier schreeuwt iedereen heel kort iets over politiek en soevereiniteit en dat het anders moet en dan is alles weer normaal en rustig. Het was die eerste weken na de Maidan niet zo gruwelijk als in die gebieden die in de jaren negentig aan schaduwoorlogen ten onder gingen. Tot ze op de Krim de mensen begonnen te verjagen, te bedreigen, hen voor de keuze stelden: of een nieuw land of oprotten. Of doodgeslagen worden.'

Hij lacht even schalks, om zichzelf, om de nuance, om de dood misschien. Ik loop naar hem toe om mijn hand op zijn schouder te leggen. Als ik bijna bij hem ben, steekt hij zijn arm in de lucht als een stopteken.

'Nog even niet.'

Zijn pols is in een rare bocht gewrongen en zit vol blauwe plekken. De zegelring, die ze aan zijn ringvinger hebben laten zitten, glimt in het licht. Ik doe of ik het bloed niet op het goud zie zitten.

'Kom op, Kolja. Ik zal niet schrikken.'

Een tijd is het helemaal stil in het vertrek. Ik beweeg niet, Kolja verroert zich niet op zijn stoel, Nikolaj staat stil in de deuropening. De wind trekt door de kamer, de doek waait op en neer.

'Goed dan. Laten we maar eten, zoals we altijd doen.'

Kolja pakt de doek, vouwt die rustig dicht, staat op van de stoel en legt de doek op de zitting. Hij steunt op zijn linkerbeen. Onhandig loopt hij naar buiten. Zijn rechterbeen sleept over de vloer. Als hij bijna op het balkon staat, blijft zijn rechtervoet steken achter het opstapje. Hij lijkt het eerst niet te voelen, maar kijkt dan even naar beneden. Hij draait zijn bovenlichaam naar links en maakt een klein sprongetje op zijn linkerbeen, in de hoop dat zijn hangende voet zo over de opstap wordt getrokken. Er schiet een anekdote van mijn ouders door mijn hoofd: twee jaar voor ik geboren werd, gingen zij op ziekenbezoek bij tante Nadja in Loegansk. Het was zomer. Ze waren door de familie de hele stad door gesleept, hadden alle standbeelden van alle helden en overwinningen gezien, alle Lenins, alle pleinen, alle fonteinen, de bioscoop waar Nikolaj de propagandafilm over het Paleis zag. Ze reden met de tram naar het ziekenhuis. Op een met gras begroeide rotonde, recht voor de ingang, zat een vrouw met haar been in het gips op een bankje. Precies in het midden van het grasveld. Ze keek naar de mensen die uit de tram stapten met bloemen en etenswaren in de handen. Ze keek iedereen na die door de deuren van het ziekenhuis verdween. Binnen gaven mijn vader en moeder tante Nadja een kus, spraken kort met haar, gaven haar stroopwafels en een kaart en gingen na een halfuur weer weg. Toen mijn moeder in de tram stapte, zag ze dat de vrouw verdwenen was. Op het bankje lag alleen nog haar gips. Ze heeft zich jarenlang afgevraagd waar die vrouw gebleven was, hoe ze kon verdwijnen, maar toch niet helemaal?

Ik loop naar Kolja toe en leg zijn arm over mijn schouder, til hem een beetje omhoog en geef hem een kort zetje, tot hij op het balkon staat. Ik ga naast hem bij de balustrade staan en leun vooruit om te kijken naar de Sovjetboulevard, die nog steeds helemaal leeg is.

'Ik kan nu niet oversteken en in een hert veranderen. De grond is zo onrustig. Ik kan er niet op waken zoals onze voorouders bedoeld hebben.'

Hij pakt mijn onderarm en knijpt er hard in.

'Misschien was er nooit iets anders dan het midden,' zegt hij. Hij laat mijn arm los en draait zich voorzichtig naar me toe. De kant van zijn gezicht die ik net nog niet kon zien, zit vol bloed en zwarte deuken. Zijn rechteroog is niet te zien achter een opgezwollen ooglid. De wenkbrauw die daaroverheen hangt, is halverwege gespleten. De snee begint hoog op zijn voorhoofd. Zijn linkeroog is bloeddoorlopen. In zijn nek staan donkerblauwe afdrukken van schoenzolen. Zijn rechterslaap is ingedeukt. Als hij op zijn zij zou liggen, zou ik er zo een golfbal in kunnen leggen.

'Ons stuk land is een breuklijn en we zakken langzaam steeds dieper weg in de aarde. We zitten vast met onze voeten in die zwarte kutgrond. We kunnen niet opzij, niet vooruit, niet achteruit. Dit stuk land is niets gegund.'

Kolja draait zich om naar Nikolaj, die midden in de kamer staat, met de doek in zijn handen. Hij kijkt naar de lijnen, naar het zwarte en rode garen. Als hij de doek van zijn ene in zijn andere hand legt, tilt de wind het linnen even op. Een moment staan we alle drie stil. De doek lijkt door een onzichtbare hand omhoog te worden getrokken. Hij zweeft naar het plafond, langs het schilderij van Stalin die naast zijn moeder op een berg zit, zakt een beetje naar beneden en wordt dan de kamer uit getrokken, het balkon op.

'Nee!' roep ik en maak een sprong, in de hoop dat ik de doek kan grijpen. Kolja doet hetzelfde, zich zo goed mogelijk afzettend op zijn linkerbeen. Nikolaj spurt naar buiten, hij verandert weer in een wit hert. Hij lijkt groter dan eerder. Als de doek over de balustrade waait, hoor ik hem snuiven en maakt hij een grote sprong. In een reflex pak ik zijn achterpoot en spring achter hem aan. Met een ruk word ik de lucht in getrokken. Kolja grijpt mijn enkel. Nikolaj hapt naar de doek, die nog verder wegzweeft. Hij mist. Na een paar duikmanoeuvres in de lucht prikt hij de doek op zijn gewei. Kolja en ik kijken omhoog, naar de doek, die als een vlag boven zijn kop heen en weer waait en dan naar de driehonderd meter leegte onder ons.

Grensovergang Volksrepubliek Loegansk – Oekraïne

AUGUSTUS 2018

Met een dreun beland ik op de aarde. Mijn wangen branden als ik mijn ogen open, mijn huid voelt aan als een stuk vilt. In mijn hand, die verkrampt aanvoelt, houd ik de doek. Naast me liggen twee witte herten, met gouden hoeven en geweien, pijlen in hun rug. Als ze hun koppen bewegen, schitteren die in de zon. Nu pas zie ik dat er zonnebloemen tussen het graan groeien. Ik draai me op mijn zij, op zoek naar de Oekraïense soldaat, maar die is verdwenen. In de verte, door de halmen graan en bloemstelen heen, zie ik de man met het hawaïshirt. Hij zit op zijn hurken aan de rand van het veld en wuift naar me, om daarna meteen een stopteken te maken met zijn hand.

'Hoe ben je daar nou beland?' zegt hij. 'Hoezo leef jij nog?'

Even wil ik hem vertellen van het grote restaurant dat grenst aan de entreehal van het Paleis, maar ik slik de woorden weer in. Hij zal denken dat ik gek ben. Ik wil me weer op mijn rug draaien en opstaan, waarop de hawaïman roept: 'Niet. Doen! Het is een mijnenveld! Blijf liggen. Ik haal hulp!'

Met mijn ellebogen steunend in de zwarte aarde laat ik me voorzichtig op mijn rug zakken. De herten kijken naar me, leggen even hun kop op mijn buik.

'Mijn nederige land is het hart van de Donbas,' neurie ik. 'Het vriendelijke huis van mijn ouders. De Donbas heeft alles wat ik nodig heb: rivieren, steppes en hardwerkende mensen. De vogels zingen voor me vanuit de stralende lucht en de zonsopgang wordt rood voor mij.'

De herten staan op en lopen het veld in. Ik draai mijn hoofd en volg ze. Hun silhouetten vervliegen op de dunne lijn tussen de helblauwe lucht en het geel van het veld.

Stamboom

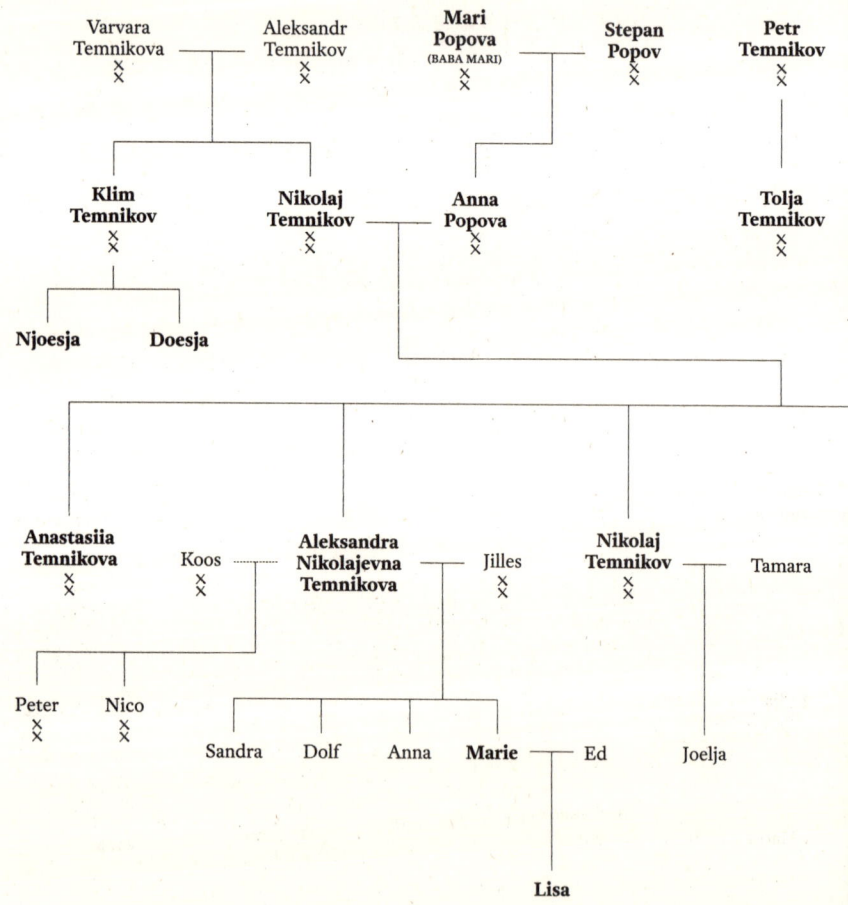

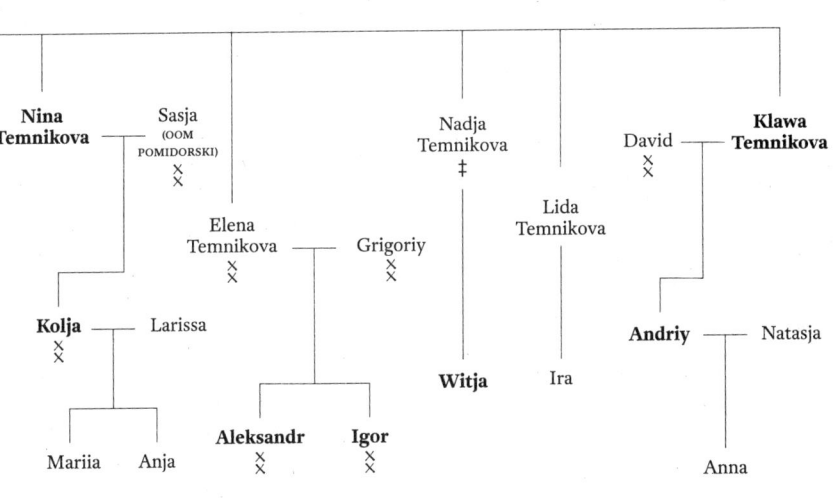

Nina Temnikova — Sasja (OOM POMIDORSKI) ✕✕

Elena Temnikova ✕✕ — Grigoriy ✕✕

Nadja Temnikova ‡

Lida Temnikova

David ✕✕ — **Klawa Temnikova**

Kolja ✕✕ — Larissa

Witja   Ira

Andriy — Natasja

Mariia   Anja

Aleksandr ✕✕   **Igor** ✕✕

Anna

Kaart Oekraïne en Donbas